清代少數民族
文學家族詩集叢刊

第二輯

多洛肯　主編

蔣攸銛文學家族詩集

【清】蔣攸銛　等撰

周　松　多洛肯　點校

上海古籍出版社

國家社科基金重大項目(17ZDA262)階段性成果

西北民族大學西北少數民族文學研究中心研究成果

西北民族大學2015年中央高校基本科研業務費項目（2015ZJ002）資助出版

整理前言

一、清代少數民族文學家族研究概論

按照古人的説法，族是湊、聚的意思，同姓子孫，生相親愛，死相哀痛，時常聚會，所以叫族（參見班固《白虎通德論》卷八《宗族》）。家族以家庭爲基礎，指的是同一個男性祖先的子孫，即使已經分居、異財、各爨，形成了許多個體家庭，但是還世代相聚在一起，按照一定的規範，以血緣關係爲紐帶結合成爲一種特殊的社會組織形式。家族是組成古代中國國家機制的細胞，是傳統社會的基礎和支撑力量。

文學家族從魏晉時期开始出現，一直延續到近代，是中國古代文學史上的一種特殊的、極具研究意義的文學現象，是在師友聲氣、政治之外的另一種文學創作的共同體。文學世家的研究，已成爲文學界和史學界共同關注的熱點，成果蔚爲大觀。縱觀近百年來的研究成果，清代家族文化研究仍主要集中於江南地區與中原腹地的漢族高門大姓。代表作如潘光旦的《明清兩代嘉興的望族》，製作了嘉興91個望族的血係分圖、血緣網絡圖、世澤流衍圖，將嘉興一府七縣望族的血緣與姻親關係進行了系統梳理。吴仁安《明清時期上海地區的著姓望族》對上海地區300餘家著姓望族的世系及形成的歷史原因、發展演變及其社會影響等進行了考察。江慶柏《明清蘇南望族文化研究》分析蘇南望族與家族教育、科舉、藏書、文獻整理、文化活動等諸方面的關係。羅時進《地域·家族·文學——清代江南詩文研究》、凌郁之《蘇州文化世家與清代文學》、朱麗霞《清代松江府望族與文學研究》分别以系統梳理與個案探析的方式，對蘇州、松江等江南地區的世家大族進行剖析。徐雁平《清代世家與文學傳承》則以重要問題研究與家族個案研究相結合的手法，探究清代漢族世家文學傳統的衍生、繼承與發揚。

而作爲中國歷史上第二個由少數民族建立的全國政權，清代統治者對八旗、對各地的回族、對南方地區的少數民族，採取了不少促進社會經濟發展的措施，爲民族地區儒學的傳播打下了一定基礎。清代少數民族文學家族是在各民族文化交融的背景下形成壯大的。漢文化尤其儒家文化與少數民族文化交融激蕩，少數民族文化對儒家文化的價值認同以及多民族文化的互攝交融，形成了我國多民族文化發展的格局。

清代少數民族文學家族作爲英賢家族群體，以其巨大的文學創造力和傳承力，用文字記録行知，以文學方式展現社會風貌，其影響輻射範圍激蕩邊疆、聲聞中華。清代少數民族文學家族充分呈現出悠久的地域文化色彩，凸顯了濃郁新奇的民族特色。清代少數民族文學家族的研究意義，在於深度挖掘清代少數民族文學家族文學創作文本和生態環境的闡釋意義，層層深入清代少數民族文學家族存在方式和關照格局的背後價值。

近年來，少數民族文學家族开始進入研究者的考察視綫，成爲古代文學領域新的學術增長點，出現了一批研究清代少數民族文學家族的論文。如陳友康《古代少數民族的家族文學現象》論及白族趙氏、納西族桑氏兩個文學家族。李小鳳《回族文學家族述略》粗略梳理了明清時期的回族文學家族，並淺析了回族文學家族產生的原因。王德明《清代壯族文人文學家族的特點及其意義》、《論上林張氏家族的文學創作》兩文對清代壯族文學家族進行了一定的梳理與論析。多洛肯、安海燕《清代壯族文學家族及其詩文創作》對清代壯族文學家族中的作家、詩文作品進行全面考察，指出壯族家族文學在地域上分佈不平衡，並將其與同時代的滿族家族文學、蒙古八旗家族文學、雲貴少數民族家族文學（主要是白族、彝族、納西族）進行比較研究。米彦青《清代邊疆重臣和瑛家族的唐詩接受》與《清代中期蒙古族家族文學與文學家族》兩篇論文，對清代蒙古族文學家族尤其和瑛家族進行了較爲系統的考察和探析。全面考察八旗蒙古文學家族文學活動的論文有多洛肯的《清代八旗蒙古文學家族漢語文詩文創作述論》和《清代後期蒙古文學家族漢文詩文創作述論》。涉及滿族家族文學的僅有多洛肯、吴偉的《清後期滿族文學家族及其詩文創作初探》和《清代滿族文學家族文學創作敘略》，二文立足文獻，對清代後期 45 家和整個清代出現的 80 家文學家族進行了全面考察與評述。

我們要深入地考察梳理清代少數民族文學家族文學創作的基本情況，摸清現存詩文别集的存佚情況、流佈現況。清代少數民族文學家族的文學創作繁興突出的表徵是一門風雅。一門風雅反映出清代少數民族文學家族内部文人化的聚合狀態。清人詩文集浩如煙海，少數民族文學家族成員創作作品分散庋藏各地，有不少還是未經刊印的稿本、鈔本，有些刻本僅存孤本。對這筆文化遺産進行調查、摸底，爲防文獻散佚，必須將之進一步輯録、整理。這些文學作品藴涵著豐富的歷史文化信息，是我國古代文學重要組成部分。

據對現有相關文獻資料的調研摸底，清代滿族文學世家有 80 家，家族詩文家 270 人，存詩人數 238 人，别集總數 360 部，散佚 115 部；回族文學世家 14 家，家族詩文家 53 人，存詩人數 34 人，别集總數 91 部，散佚 25 部；蒙古族文學世家 10 家，家族詩文家 31 人，存詩人數 10 人，别集總數 44 部，散佚 5 部；壯族文學世家 11 家，家族詩文家 33 人，存詩人數 16 人，别集總數 28 部，散佚 18 部；白族 5 家，家族詩文家 18 人，存詩人數 18 人，别集總數 26 部，散佚 15 部；彝族 4 家，家族詩文家 14 人，存詩人數 11 人，别集總數 9 部，散佚 3 部；納西族 3 家,家族詩文家 11 人,存詩人數 11 人,別集總數 13 部,散佚 3 部;布依族 1 家,家族詩文家 3 人,存詩人數 3 人,別集總數 6 部,未散佚。摸清家底,爲深入考察清代少數民族文學家族文學創作狀況奠定了堅實的文獻基礎。編纂一部清代少數民族文學家族詩文總集,並做相應學術研究,這是一項重要的基礎工程。

二、蔣氏文人生平及著述徵略

清代滿族漢軍以蔣攸銛爲代表的蔣氏文學家族,先祖是浙江諸暨人,明代前期隨軍徙居遼東,順治年間隨清軍入關,編入漢軍鑲藍旗。清朝立國後,蔣氏家族成員多任地方官員。這樣特別的經歷形成了其獨特而深厚的家族文學。清代蔣攸銛文學家族共經歷五代,涉及八位家族成員,包括蔣毓英、蔣國祥、蔣國祚、蔣詔年、蔣攸銛、蔣攸欽、蔣霖遠、蔣霨遠。蔣氏一門在康熙年間興起,蔣毓英、蔣國祥、蔣國祚父子三人的詩文創作成就斐然。經過蔣詔年和蔣攸欽父子二人的傳承,通過中心人物蔣攸銛的努力,蔣氏家族在乾嘉時期達到鼎盛,一直綿延至清代後期。蔣氏文學家族從尚武的家族轉變成崇文的家族,這也是清王朝發展的縮影。

蔣攸銛(1766—1830),字穎芳,號礪堂,漢軍鑲藍旗[①]。乾隆三十一年生(1766)生於父親蔣詔年江蘇布政司理問官署。乾隆三十四年四歲時入泮,就塾從黄岡高先生學《毛詩》。乾隆四十七年訂姻寧夏馬氏,往德州就婚。乾隆四十八年順天鄉試舉人第十五名。乾隆四十九年年十九,會試中試第五十四名,殿試第二甲第三十二名,朝考第十七名,授翰林院庶吉士。自此至嘉慶四年(1798)擔任武英殿協修官、國史館纂修官等職。嘉慶皇帝掌權之後,官運亨通。《清史稿》

---

① 按:《清史稿》卷三百六十六蔣氏本傳云爲“漢軍鑲紅旗人”,當爲誤記。

卷三百六十六本傳："嘉慶初，遷御史，敢言有聲，受仁宗知。"嘉慶五年，任職江西吉南贛道。嘉慶八年，廣昌縣匪亂，蔣攸銛率兵平叛。嘉慶十一年，任雲南布政使。嘉慶十六年，出任浙江巡撫。嘉慶十七年，任兩廣總督。嘉慶二十二年，出任四川總督。道光二年(1822)，署理刑部尚書。道光五年，授體仁閣大學士，在軍機大臣上行走並管理刑部事務。道光七年，以大學士補授兩江總督。道光十年由江南總督降兵部左侍郎。同年卒，年六十五，謚"文勤"。

蔣攸銛少年中舉，才華過人。張維屏《國朝詩人徵略初編》卷四十三："(蔣攸銛)十八歲鄉試中試，出翁覃谿學士之門，是科詩題'仙露明珠'，劉文清公閱公卷，詩云'月静珠騰海，天高露洗秋'，擊節稱賞，謂此人當作太平宰相。"蔣氏先前詩風清麗，"體物之工，則《秋柳》諸詠欲奪漁洋之席"(翁元圻《繩柑齋詩鈔序》)。隨後在多地爲官，看遍名山大川，詩歌内容日漸豐富，"則以夫子宦轍所歷，凡閩、粤、秦、豫、黔、蜀、吴、越，莫不各有吟詠"(李隆萼《黔軺紀行集序》)。蔣攸銛在京時，與壯族詩人张鹏展同朝为官。好結交友人，多次參加法式善的"詩龕"活動；與老師德保的兒子索綽絡・英和往來唱和；與錢儀吉叔父錢開仕、書畫大家伊秉綬等人交好。曾數次擔任乡试、會試主考官，門人衆多且喜提拔後輩。吴德旋《舊聞隨筆》卷二載："襄平蔣礪堂相國，喜汲引賢，所薦達者如善化唐公仲冕、溆浦嚴公如煜、廣順劉公清及趙文恪(昣慎)、陶文毅(澍)、林文忠(則徐)、鄧制軍(廷楨)，其尤著者也。故文忠論嘉慶道光中名臣各有褒貶，獨於公推服甚至，謂以人事，君之美已弗能及焉。"

蔣攸銛著有《繩柑齋詩鈔》和《黔軺紀行集》，自定《繩柑齋年譜》。

《繩柑齋詩鈔》十二卷，道光十一年門人朱昌頤所刻，次子蔣霨遠校字，前有嘉慶十三年餘姚翁元圻序，道光五年吴巢松序，後有道光十一年朱昌頤跋。華東師範大學圖書館有藏，《清代詩文集彙編》即據該本影印。又有道光三十年其孫蔣斯崇翻刻本，清華大學圖書館有藏。

《黔軺紀行集》一卷,蔣攸銛於乾隆五十七年視學貴州時所作,其中部分詩歌與《繩枻齋詩鈔》卷四重複。現存版本較多:嘉慶十一年刻本,前有曹振鏞嘉慶十一年序,國家圖書館、復旦大學等館有藏。《清代詩文集彙編》所收即此刻本。道光三十年其孫蔣斯崇又據嘉慶本翻刻,中國社會科學院圖書館藏。民國十三年(1924)任可澄輯《黔南叢書》,於第二集收入是書,由貴陽文通書局重排鉛印,國家圖書館等館有藏。另有民國鈔本《黔南遊宦詩文徵》所收《蔣文勤公詩》,載録内容與《黔軺紀行集》一致,國家圖書館有藏。

蔣氏文學家族其他成員有蔣毓英、蔣國祥、蔣國祚、蔣詔年、蔣攸欽、蔣霖遠、蔣霨遠等,其中蔣國祚、蔣詔年、蔣攸欽三人有詩集傳世。

蔣毓英(? —1707),蔣攸銛的曾祖父。字集公,生於浙江諸暨,錦州府監生。康熙十四年(1675)任温州府知府。康熙十八年任以官監生蔭生知泉州府。康熙二十三年任臺灣知府。康熙二十八年遷江西按察使。康熙三十一年任浙江承宣布政使。康熙四十六年卒。有惠政,《大清一統志·臺灣府》載:"康熙中初平臺灣,以毓英爲知府。毓英至,身歷郊原,披斬荆棘,經界三縣封域,相土定賦,罷不急之役,安撫番夷,招集流亡,臺地遂爲樂土。任滿遷去,百姓刊石紀功。"清代恩華纂輯的《八旗藝文編目》記載有《玉川文稿》鈔本,但今已散佚。

蔣國祥(1663—1741),蔣毓英長子,蔣攸銛祖父。字蘿村(蘿邨),又字嵩臣,暨陽歲貢。康熙四十三年任南康府同知。康熙四十八年遷江西同知。康熙五十年署理黄州府知府。康熙五十四年升湖廣知府。雍正七年(1729)十二月奉旨以原銜在内閣侍讀行走。雍正十年十二月特敕河南汝寧府知府。雍正十二年八月任長蘆鹽運使。乾隆四年因歸旗後私回天津,發往蒙古臺站。與盧見曾有唱和之作,蔣詩散軼,盧詩尚存,清代筆記都有記載。蔣國祥無詩文集流傳,民國吴宗慈編《廬山志》卷十一《藝文》收蔣國祥《木瓜洞》一首。

蔣國祚,生卒年不詳,蔣毓英次子,蔣攸銛祖父蔣國祥之仲弟。

字一臣，號梅中，貢生。康熙四十二年任江西婺源縣知縣。有詩集《梅中詩存》傳世，不分卷，清刻本，藏中國社會科學院文學研究所。前有三篇序文，一爲海寧查昇，一爲山陰許尚質，一爲其兄蔣國祥所作。另毛奇齡《西河文集》有毛氏所作序一篇。蔣國祚在詩歌上花了不少心血，其兄蔣國祥在《梅中詩存序》中言："當在家孟慶都時，已能爲五七言句耳。目所經，輒形歌咏，積有成帙。將以就正，其工拙。予不暇論，且恧然自媿焉。"

蔣詔年（1718—1789），蔣國祥三子，蔣攸銛之父。字臨皋，鑲藍旗漢軍金文淵佐領下監生。乾隆四年其父蔣國祥謫戍蒙古臺站，代父戍守時師從盧見曾，"臨皋陳情乞代戍，格於例，又以旗人不能隨侍，兩次乞假省覲，至癸亥始得往代。適陵州盧雅雨在戍所，親承指授，肆力於詩"（《雪橋詩話》卷九）。乾隆二十五年官江蘇布政司理問。乾隆三十五年遷山東平度州知州。有《吏隱集詩鈔》四卷，嘉慶九年刻本，此集前有乾隆丁亥歲（1767）顧怡禄所作序文，嘉慶九年李鈞簡序文一篇，後有其子蔣攸銛《書先府君吏隱集後》文一篇。科學院圖書館、國家圖書館、南京圖書館有藏。

蔣攸欽（約1737—1779），蔣詔年長子，蔣攸銛之兄。字又安，號約園，官雲南麗陽司李。法式善《梧門詩話》卷七載："幼能背誦杜詩全集。筮任滇南州佐，旋罷歸，鬱鬱以没。其詩如《秋夜憶弟》云：'艱難餘骨肉，卓犖見平生。'《吊岳武穆》云：'一代存亡三字獄，十年成敗兩河功。'皆傑句也。"著有《約園詩存》，上下卷，有清刻本，國家圖書館、中國科學院圖書館有藏。

蔣霖遠（1798—1829），蔣攸銛長子。生平事蹟不詳。《繩枻齋年譜》記載著有《雨林書屋詩集》，今不傳。

蔣霨遠（1802—1860），蔣攸銛次子。字濂孫，一作廉生。道光五年舉人，道光十五年乙未科三甲第四十名進士。道光十年捐員外郎，道光十五年任户部雲南司郎中，道光二十一年任雲南開化府知府，道光二十二年爲雲南府知府，道光二十八年出任山東按察使、浙江按察使，道光二十九年任山西布政使，咸豐元年(1851)遷河南布政使。後因圍剿苗匪不利，憂鬱成疾，在貴州巡撫任上去世，謚“勤慤”。續補其父蔣攸銛自定的《繩枻齋年譜》。

此外蔣氏家族歷任多個地區的官員，在多地編修方志，且蔣家人尤喜刻書。蔣毓英與二子國祥、國祚合刻《漢紀》、《後漢紀》，并撰《兩漢紀字句異同考》一卷。重刻《前後漢紀》。曾主持纂修《(康熙)臺灣府志》。蔣國祥曾於康熙三十六年刊陳維崧的《篋衍集》十二卷。又與毛德琦同訂《廬山志》，并重新刊刻桑喬的《廬山紀事》。蔣攸銛，主持纂修《(道光)安徽通志》。又輯刻《同館律賦精萃》六卷。

三、點校版本説明

此次點校以家族爲整體，收録清代滿族漢軍蔣攸銛家族成員詩作。

蔣攸銛《繩枻齋詩鈔》十二卷，以《清代詩文集彙編》所收華東師範大學藏道光十一年刻本爲底本。《黔軺紀行集》一卷，以《黔南叢書》本爲底本，以《清代詩文集彙編》所收嘉慶十一年刻本爲校本。其中與《繩枻齋詩鈔》卷四所收録相同的詩歌，兹不重録。《黔軺紀行集》中紀行，考證之文，亦不收録。

蔣國祚《梅中詩存》不分卷，以中國社會科學院文學研究所藏清刻本爲底本點校整理。

蔣詔年《吏隱集詩鈔》四卷，以國家圖書館藏嘉慶九年刻本爲底本點校整理。

蔣攸欽《約園詩存》上下卷，以國家圖書館藏清刻本爲底本點校整理。

輯佚蔣國祥《木瓜洞》一首，蔣攸銛《宫漏出花遲》等十四首。

目　　録

繩柤齋詩鈔

黔軺紀行集

乾隆五十七年壬子科直省鄉試,四月三十日御試應開,列考

梅中詩存

吏隱集詩鈔

約園詩存

繩枻齋詩鈔

（清）蔣攸銛　撰

繩枻齋詩鈔序

自古嫻政事者，未必能爲文章。能文章者，未必長於政事。蓋藴開物成務之略，或薄雕蟲而不爲。工撑霆裂月之詞，猶囿曲藝而未宏也。三代以來，惟周文公、召康公以一德元輔，雍容歌詠，載在《雅》、《頌》，炳焉燦然。唐有房、杜，其文不傳，亦越燕、許，相業猶褊。其後權文公、元微之諸人，特文陣之雄師，非開濟之上輔也。惟宋希文范公、稚圭韓公以大賢而爲名臣，其道德文章、經緯幹濟播於文苑，垂於汗青，是能兼長，後鮮儷匹。

今我節相襄平公，其范、韓之嗣歟？公少秉庭誥，早登巍科，英蕩四馳，藻鑑洞澈。甫逾三十，已得廉問。又十年，而擁旄節。又十年，而登泰階。其經世之猷，籌邊之略，惠民之政，察吏之方，中外翕然，奉若治譜。蹟公生平所歷，已半寰區，鉅細必親，洪纖胥應。雖自公之偶暇，仍諮政而勤民。詎復能鬬鏗麗於八叉，盡推敲於一字乎？乃讀公所著《繩枻齋詩鈔》，見其和平正大，激越鏗訇，睥睨三唐，暉麗萬有，不必刻意求深，而無不體之物，無事鈎章棘句，而無不達之情。蓋際明良、紀榮遇，則《卷阿》、《泂酌》之盛也。紀山川、問方俗，則"皇華"、"騑牡"之能也。劬王事、勤民隱，有希文先憂後樂之心焉。勵修名、敦實行，寓稚圭寒香晚節之意焉。斯集衆善之長，備四時之氣，秉道德之範，爲風雅之宗者歟？子夏不云乎：仕而優則學，學而優則仕。學優之仕人知勉焉，仕優而學蒙見罕矣。惟公才溢於斗，智裕於囊，靡所不窺，虚而能受。無絲竹摴蒱之好，惟嗜槧鉛。登槐階鼎鉉之崇，依然儒素。是以能窮天地事物之理，燭古今治忽之機，朗光風霽月之懷，有緩帶輕裘之度。光輔堯舜，頡頏臯夔，霖雨八紘，棟梁文囿，即詩以觀，吾知止矣。若夫度己引人，如繩如榯。本忠恕之道，具聖賢之心，抑抑翦翦，孜孜勉勉，功業由於學問，文詞特其初桄耳。鶴接侍最早，覘瞷稍深，辱預校讐，敬綴蕪㓵。高山仰止，景行行止，詩人有言，請視斯語。

道光五年歲次乙酉秋分前二日，姻世後學東吴吴慈鶴謹序

繩枻齋詩鈔序

昔司馬子長受其父太史公天官之書，南遊江淮，探禹穴，闚九疑，講業齊魯，鄉射鄒嶧。開拓其心胸，跌宕其志氣，故其文如星日炳焕，河嶽融峙，千變萬化。惟意所擬論者，謂得江山之助。圻讀方伯蔣礪堂先生之詩，而知其説之信然也。先生承家學於先大夫臨臯先生。讀書五行俱下，過目不忘，經史之外，授以詩賦。弱冠登甲科，入詞館，屢典文衡。晉司岳牧，歷雍豫青揚閩越滇黔，足蹟幾遍天下。所過名山大川，遺蹤勝蹟，必披志乘、詢耆舊、諮故實。凡建置之沿革，道里之夷險，風俗之淳漓，無不燭照數計。故見於詩者，藻麗典則，無媿於古之作者。今讀扈蹕諸什，可以見忠愛之忱；憶家諸什，可以見孝友之性；觀河有作，民物在懷；校士成篇，公明自凜。其考證之精，則五鳳殘碑，足訂史表之訛；體物之工，則《秋柳》諸詠，欲奪漁洋之席。至於寄懷披贈，皆寓箴規；行歷紀程，悉關掌故。其《釣臺》一絶，尤爲嚴陵千古第一知己。非襟期高曠，如晴雲皓月，不能作此語。令後之過臺下者，人人閣筆，當與范文正公《嚴先生祠堂記》同稱絶唱也。方今郅治休明，海宇清晏，凡守土者無星餐露宿之勞，有退食委蛇之適。先生於公餘之暇，焚香默坐，未嘗一日廢詩。其遭際更非司馬子長所及。又日取漢魏唐宋百家之詩熟之復之。沿流討源，考辭選義，和其聲以鳴國家之盛，豈偶然哉。然而先生之持己也恭而廉，處事也敬而簡，上下交接也誠而恕。天下咸以公輔期之，即其取《荀子》"度己以繩，接人用枻"之語，以顔其齋而名其集，可以知其志矣，豈止工文辭而已乎？

坼薄殖就荒，欲求工於比興之學，茫然不知所從。其於先生猶駑馬之追龍驥也。顧不以爲檮昧而命爲之序，淺陋之詞不足爲先生重輕。然世之知先生者，或以坼爲知言也，於是乎書。

嘉慶十三年歲在戊辰九月，餘姚翁元圻拜撰

繩枻齋詩鈔卷一

題張子《賃春圖》

人生何必黄金屋，得尺非賒寸亦足。囊錐終得平原知，爨琴自有中郎續。漢代高人梁伯鸞，寄身廡下袪塵俗。臯子定交杵臼間，知心千古空羣目。吁嗟萬事等浮雲，乘車戴笠何榮辱。人心空着煩惱魔，八千世界渺一粟。張生淑儻權奇姿，功名不向君平卜。年來瀟灑走風塵，棲止京華爲干禄。馮驩何事嘆無魚，毛穎由來慚食肉。是誰畫筆寫其真，古道照人生是獨。方今野無伐檀人，鳳在高岡鶯出谷。青雲遇合會有時，毋忘賃春圖一幅。

送胡希吕夫子祭告西岳華山西鎮吴山江瀆二首

聖主龍飛五十春，欲將德意肅明禋。特掄紫閣黄扉彦，徧告名山大澤神。仙掌峰高雲護節，濫觴源遠雨隨輪。熙朝本不言符瑞，素靄丹光次第陳。

軺車入蜀應星躔，一闋皇華自日邊。檢貯紫泥輝錦水，牒鎸白玉耀金天。豈惟風景供吟賞，要以馨香致恪虔。歸路輶軒勤問俗，衢歌處處祝堯年。

送大學士蔡葛山夫子晉秩太子太師予告歸閩

壽域通南極，文星拱北辰。學推經有庫，望重國之鈞。蓮炬聲華久，水壺藻鑑真。畫圖留禁苑，師爲上書房總師，傳有《澄懷園直舍圖》。講席耀成均。上臨雍，命師主講席。葵悃原依主，松齡欲乞身。慰留心弗忍，褒寵命重申。温諭教過夏，耆筵憶早春。師與千叟宴，齒列廷臣之首。扶筇期益算，賜扇總揚仁。臨行上賜扇杖等物。晉秩榮稽古，乘軺利用賓。恩命給驛，并沿途州縣護送。兒童呼姓字，冠蓋徧城闉。疏傳都門外，歐公潁水濱。秋光初理櫂，正色想垂紳。回首瞻雙闕，揚旌到七閩。鹿溪仙歲月，鶴髮玉精神。立雪慚難匹，光風幸夙親。履聲何日聽，嵩祝覲楓宸。師奏：明庚戌歲來京，恭祝八旬萬壽。

秋柳四首和孫寄圃前輩韻

三月繁華絮已浮，人情摇落始知秋。金城遠別縈新夢，玉笛閒吹赴暝愁。幾縷烟光供畫品，半庭月影爲詩留。不須紅豆生惆悵，攀折臨風可自由。

樓臺別緒箇中含，歷盡暄凉忘苦甘。五夜寒蟬流漢上，一聲新雁到江南。鬢絲那用描山黛，袍影依然拂水藍。廿四橋西砧杵急，凭欄空對樹毵毵。

長條低亞逗秋蛾，蕭瑟西風昨夜多。遠浦蘆飛晴有絮，澄江練映淡生波。即今黄葉聞鴉噪，憶昔青林策馬過。旅客不知花事盡，雙柑還擬問鶯歌。

舞腰消瘦力逾微,枝葉相憐自可依。小閣簾垂汀雨急,短亭人去隴雲飛。且偕籬菊風華老,莫訝江楓色相非。眠起寸心終不謝,靈和殿裏驗春歸。

和友人入松

柯葉從無改,千秋抱寸心。風塵誰物色,天地有知音。節賴冰霜勁,恩滋雨露深。擬將堅赤意,持以勵華簪。松心

搖曳敲青瑣,扶疏上碧峰。冷原留日照,高不藉雲封。拔地濃陰厚,參天秀色重。七株閒倚徧,老幹已成龍。松影

忽聽波濤迴,空庭蝶夢殘。秋聲三徑合,古壁一燈寒。似雨搖空籟,無風瀉急湍。窗前新種竹,幽韻徹危欄。松濤

深林儲五粒,細細綴連枝。翠色仙鸞集,清香老鶴知。雲英餐白芋,石髓潤青芝。詎比凌寒節,菁葱傍風池。松子

明明懸素月,朗朗照青林。一派清輝迴,千山暮靄沉。漸分彤砌影,半劃碧溪陰。攀桂仙踪接,高寒思不禁。松月

積素依林表,虬枝縱復横。凍連千丈白,玉立五株清。合與梅相間,還疑絮乍明。會心應不遠,閒擬灞橋行。松雪

幽徑無繁卉,蒼顔積蘚痕。雲深僧掃葉,風定客敲門。細寫琴三疊,閒開酒一樽。田園蕪可闢,彭澤菊偕存。松徑

試躡尋山屐,亭亭疊嶂前。半峰含夕照,一鶴破蒼烟。閒倚枝邊塔,清流澗底泉。楝樑知有待,身與最高連。松嶺

丁未除夕

每逢佳節倍思親,用唐句。四載於兹忝搢紳。才以多疏偏似傲,書猶供讀不言貧。青袍豈誤儒生事,白髮應思羈宦人。萬户曉鐘鄉夢覺,又隨鵷鷺拜楓宸。

燕　剪

誰家新燕舞夷猶,二月風光玉剪修。脱穎乍思穿綵樹,及鋒相約到針樓。細裁芳草袍痕皺,小蹴澂波練影浮。掠得香泥歸舊壘,雙尖取次上簾鈎。

鶯　梭

閒抛機杼最多情,接葉新棲出谷鶯。柳帶低牽微雨澀,水紋斜織晚風清。玉樓夢别關西路,金縷歌殘里北聲。催取滿園皆錦繡,不辭來往體輕盈。

蜂　房

尋芳隨意宿繁葩,聚族而居亦有家。瓊户依微緣徑竹,金房曲折倚窗紗。衆香國小勤供蜜,一縣花晴早放衙。上苑枝頭新借得,春風齊泛五雲車。

蝶　粉

日暄風細及春忙，洗盡繁華管衆芳。柳絮半簾烟作暝，梨花一院月分光。等閒不入莊生夢，雅潔非偷韓令香。撲得纖腰勞素手，生綃妙搨屬滕王。

白芍藥四首

花譜芳名次第拈，縞衣仙子擅穠纖。淡無脂粉餘容勝，春在盤盂妙相兼。静蕊獨誇三月殿，豐肌不受一分添。漫勞朱網深沈護，白地光明謝俗嫌。

一枝綽約惜將離，閱過嫣紅姹紫時。欲折瑶華贈之子，合名玉版奉禪師。拆腰斜舞銀絲蹙，婪尾低擎翠袖垂。花外若施雲母障，烟叢惟認葉琉璃。

冶容莫道太清癯，性潔由來氣倍腴。三徑午闌風拆繭，一肩曉市雨凝酥。白衣雅稱圍金帶，素面羞描没骨圖。獨坐乍驚塵不到，瓊花品格憶江都。

態濃意遠漫形相，瑶圃仙根冠衆芳。自爾淡中偏得艷，何須色外更求香。日華砌上堂皆玉，月影橋西夜有霜。恰喜照窗傳粉本，也堪長對紫薇郎。

大宗伯德定圃夫子七袠四首

壽世由來鐘壽人，絳帷輝映彩弧新。槐廳佳話推難弟，師從兄補亭先生，鄉會同年，入詞林，及生平官階文運大半相同，而師更歷任封圻。芸閣鴻儒屬老臣。樗櫟自慚仙洞府，松筠不改玉精神。後堂儉德無絲竹，桃實榴花慶七旬。壽辰五月中旬。

座上春風杖履便，德人壽耈古今全。首推文望三千叟，乙巳春與千叟宴。獨擅科名五十年。師丁巳登第，迄戊申五十二年。多士登龍松下御，禁城策馬地行仙。更欣玉樹容臺蔭，定有祥雲映綺筵。

集賢堂上會耆英，玉尺冰壺藻鑑并。文武咸知周吉甫，聲華不數李端卿。唐李揆，字端卿，爲禮部尚書，才名門地有當時第一人之目。江淮甘雨雙輪遠，總督漕運。閩粵仁風兩袖清。巡撫福建、廣州。桃李春官新畫本，新繪圖名。詎惟門下見門生。師五與會試，有小門生之小門生復登門下者。

潞國勛名重一時，駐顔那用擷青芝。筵分進講常登席，朝退看花即有詩。此日争傳公未老，吾儕同慶世之師。從今甲子開新算，黄絹慚無絶妙辭。

泰安道中

岱宗欣在即，乘傳倚斜熏。天遠渾如水，山晴亦釀雲。良苗含宿潤，細草散微芬。攀陟歸途約，開披道里文。邑令嵇承羣贈《泰山道里記》。

舟次姑蘇

一去江南十八年，重來難識舊林泉。不知誰主誰爲客，料是三生有宿緣。

采蓮涇懷古四首在蘇郡城西。

采蓮人去館娃宫，無主荷花自在紅。解得繁華易摇落，隋家何事錦帆風。

范公籌策吴爲沼，伍相生存越不來。若説紅顔皆誤國，當年教戰有英才。横山下有越來溪，越滅吴兵自此入。

浮生忽惹興亡恨，終古難酬歌舞恩。一舸鴟夷傷老大，妄傳解佩與王軒。

白苧山中幾度秋，東施轉洗效顰羞。何如寂寂真娘墓，衰草斜陽吊虎丘。

富春驛

朝辭羅刹岸，夕泊富春川。溪樹窺殘月，漁燈逗晚烟。山容開越國，詩思入江天。愧爾行樵客，長歌意浩然。

桐 廬 縣

桐江風景似桃源，波影天光静不暄。日射山嵐含雨氣，雲移沙渚辨潮痕。峰前塔迥初逢寺，林際烟微忽有村。我欲題詩最高頂，恐驚猿鶴又忘言。

七 里 瀧

聞道溪光七里程，扁舟今日趁新晴。樹摇帆背排空矗，石數江心徹底清。似霧似雲過眼色，相呼相唤畫眉聲。匆匆未飽看山興，詩債無端繫客情。

釣 臺[一]

拂袖東歸物外情，那知隱後轉成名。當年若問歸來意，衹[二]向漁磯寄此生。

天子何妨是故人，桐江烟月樂吾真。胥湖亦畏[三]先生節，不遣衝波過富春。

【校記】

[一] 按：此二詩《熙朝雅頌集》、《雪橋詩話》、《(民國)遼陽縣志》皆誤係蔣攸欽名下。

[二] 衹，《熙朝雅頌集》卷一百六、《雪橋詩話》卷九、《(民國)遼陽縣志》卷三十七作“甘”。

[三] 畏，《熙朝雅頌集》卷一百六、《雪橋詩話》卷九、《(民國)遼陽縣志》卷三

十七作“重”。

蘭江夜泊

舟行迢遞入蘭溪，瀔水橫山路不迷。夾岸雲容時遠近，緣江樹影乍東西。蟬琴一曲涼生水，蟹舍三間月在堤。對此客心清似洗，不須物理費然犀。

登仙霞嶺輿夫喘息步游里許

兩界分閩越，清風宛半帆。一層期更上，九折可名巖。冷翠含崖竹，晴烟護嶺杉。不辭苔磴滑，閑步夕陽銜。

延平府

城高山欲俯，山勢與雲連。樓堞千條瀑，溪橋一線天。籃輿時偃仰，榕樹自鮮妍。十八灘流急，行知王道平。

山泉

泉水何年注，山深脈自豐。斷崖融石髓，巨壑雜松風。亦有逢源勢，無煩汲引功。貪廉由爾別，靜謐守吾衷。

閩闈試事畢自述二首

閩邦理學紹程朱，食古休誇陸氏厨。惟顧披沙欽致寶，敢云傾海乏遺珠。相皮自昔難求駿，點額從今又向隅。少壯登科嗟老宿，況司文柄拜恩殊。

忙中有錯焉能鑄，惟抱虛心對玉壺。苟遇片長皆採録，須知大事不糊塗。源從巨海流多派，林散千花本一株。華國文章經世用，莫教同我濫吹竽。

歸致仙霞嶺

詩情層記早秋天，霜白楓丹又滿前。是處有年皆錫福，此心不競即登仙。嶺上關帝廟，有“到來福地原非福，出得仙霞便是仙”對聯。烟嵐回指三山路，松墅争鋤再熟田。驛館鐘殘窗送曙，鳴珂聲憶五雲邊。

浦城驛

水光山色静朝暉，終日乘軺度翠微。紅葉半林霜有信，白雲一片鶴同飛。嶺邊僧舍頻調茗，山路梵宇甚多，每有僧迎獻茶。竹裹人家對掩扉。惆悵西風嘶老驥，不堪臨别又依依。調副元劉生雲光。

繩枻齋詩鈔卷二

扈蹕湯山和陳榕圃前輩韻

時雍川就理，春省德爲輿。翠嶂清含潤，霓旌迴映虚。飲疑冬日可，源詎醴泉如。澡雪心知羡，臨淵樂問魚。

大新莊即景和韻

寒食東風氣轉清，櫜弓從此入山程。一犁新潤人同饁，十里斜陽柳半迎。天外雲烟共畫品，林中旌斾動詩情。曉來共上蓮花嶺，學步慚無擲地聲。

扈從至盤山柬榕圃前輩

橐筆賡颺愧未能，初暄天氣日華升。已知緑壤醲膏渥，更荷朱提湛露承。謂賞兵民，銀兩有差。攬勝宛窺千尺雪，景創於明趙宧光，吴之寒山寺，國朝范氏搆聽雪閣，西苑淑清院，避暑山莊晾甲石皆建之。偷閑竊附一條冰。君詩快覩春雲展，聊記名游我亦曾。

恭和御製暖元韻

好雨沛浹旬，時巡天霽朗。野潤纖翳無，雲晴出旭晃。連朝氣更暄，山開月不爽。《抱朴子》：三月爲山開月。春色可盤中，太平象無象。農樂舊名軒，行宫軒名。幸慰斯民想。東風效媚兹，著意催花放。叶。江天一覽閒，天成寺賜額。内外景宏敞。惟顧麥千疇，詎愛蓮十丈，盤山有蓮花峰。勤民挾纊如，牧守政無枉。

遊千相寺步榕圃前輩少林寺韻

山勢如盤繞，谷陰巘復陽。言登千相寺，飛瀑浣詩腸。舍策陟苔磴，松風吹我裳。緬惟清凈宇，熟視本空堂。不著一字諦，何來千佛光。洗心等洗鉢，水石争青蒼。如來留粟影，幻滅徒紛忙。歸路晚烟碧，得魚筌已忘。

榕圃前輩邀遊萬松寺不赴口占代柬二首

化工是萬還爲一，詎必看松始當松。我學竹川賢太守，虬枝霜幹在胸中。

祇因火繖臨行帳，未擬籃輿踏遠山。午睡足時貪索句，山靈應亦笑予頑。

翌日遊萬松寺

盤谷之松無寺無，兹何獨以松名擅。我來見松不見寺，看山焉用笑乘傳。雙分石壁插天根，一脈泉舂擣秋練。薛浄相看坐每移，林深但覺雲屢眩。登高長嘯衆山空，巖壑陰陽千萬變。忽聞風雨半天來，却是松濤吹四面。仰觀山頂松更佳，拾□□□□□□。[一]

【校記】

[一] 按：底本“拾”下缺第三葉整版。

詩　二　首[一]

心原不滓誰知浄，山並無心宛出雲。聊可自怡松石意，來仍何見去何聞。

門前桃杏鬬鮮新，寺裏花光尚探春。有探春二株正盛。想是化工留不盡，恐教俯仰蹟都陳。

【校記】

[一] 按：此二詩詩題因第三葉缺版而佚，姑擬作“詩二首”。

雨三月二十日，盤山回程。

祈年瑞雪農壇雨，又見新膏傍輦輪。憶昨奎章憂兆旱，御製暖詩有“春憂夏旱”之句。故今畢宿爲清塵。柳摇沙水出分緑，雲蓊山光不露皴。愛聽田歌泥滑滑，一聲布穀一犁春。

玉川寺閣下小憩

閒來石上卧松根，斗室焚香浄旅魂。僧掃落花春入坐，鳥鳴啄木客敲門。半峰夕照懸危壒，一曲樵歌出遠郛。欲問當年三教事，空庭桃李竟無言。寺昔爲三教堂。

庚戌清明日祭掃畢拜辭先墓

蒼凉人去暮山村，宿草離離染淚痕。新植松楸惟我在，舊傳弓冶與誰論。五車書已供兒讀，三尺碑猶紀國恩。記取年年寒食日，願將清白證心源。

徐建候明府四時行樂名定那，自號信天翁。[一]

【校記】

［一］按：此詩題下缺第五葉整版。

述舊行贈盧南石

師友紹兩世，心蹟推雙清。顧予乏手足，維君視弟兄。憶昔祖與父，聚首在邊城。文傳生祭誄，交見古人情。氈廬儆函丈，事奇心致誠。朔荒八九月，沙草風縱横。雲深馬如蝟，經神奉康成。得朋患難際，奚止肝膽傾。此後四十載，榮粘歷幾更。君家更屯蹇，食報亦不輕。陵州數枝桂，頭角何峥嶸。相晤蓬池上，喜甚悲轉生。君才勝梁棟，謖謖松風迎。致身薄富貴，矢念答昇平。文章乃餘事，天假善以鳴。當其未遇時，出言滿座驚。自慚駑鈍質，竊禄分光榮。甘同鎩羽鶴，不作掉尾鯨。補拙性復懶，謀道兼謀耕。析薪無以荷，詎敢請長纓。先人尚獎拔，吾輩叨科名。金劍已出匣，大弨不受檠。願君當大任，渾厚運精明。樹立自宏達，克家隆德聲。

偶步河干觀釣

五載承明走敝車，聊將蹤蹟伴樵漁。畏逢官長常徒步，醫却窮愁但著書。休戚田閒贈閱歷，羲皇枕畔有蘧廬。我知魚樂誰知我，秋水長竿月上初。

自　笑

自笑謀生拙，揮絃問遠鴻。行藏風定後，心蹟月明中。解得貧非病，方知色是空。昇平無以報，翹首祝年豐。

舟　行

一望杳無岸，孤舟天際來。艫聲衝溜急，帆影逐萍開。風送殘秋雁，雲收昨夜雷。百川皆入海，河伯莫喧豗。

塔　河　淀

津門烟樹望參差，一港蘆花萬柳絲。正是蓬窗秋雨過，波平風輭半帆時。

蒼茫一棹泝空雲，擊楫高歌静夜分。不告鄰艘真姓字，運租船愧謝將軍。

天津李載園明府同年署中聞雁

不作乘風破浪遊，寂寥亭館賦登樓。娟娟涼露蟲鳴夜，漠漠疏星雁度秋。千里憐君江海志，一聲嗟我稻粱謀。楓丹蘆白家何在，借取靈槎到十洲。

觀　河　行

庚戌秋，薊運、窩頭、鮑丘諸河泛溢，余舟行赴津門，四望無際，村舍半墟，慨然于中，歌以誌感。

高阜不分田與屋，下流不辨莽與粟。蒲帆一葉任風來，烟樹荒涼紛在目。憶昔建堤雍正初，引流種稻激清渠。九河尾閭東入海，寶坻爲九河下流。田疇植矣民安居。屈指年來六十載，釜底形成基未改。邑志云鍋底窪。秋濤衝突漲泥沙，每使魚龍混爽塏。作者謂聖述者賢，賴有良吏爲承宣。濬取河心五尺土，築成堅岸且肥田。一從堤廢責民修，民力不齊嗟道謀。大雨時行急徹屋，倏然川潰逐奔流。

聖皇宵旰恤民勤，惟恐偏災上未聞。偶遇歉收在郡縣，金錢絡繹沛如雲。新年甫下貸租詔，三輔愁霖旋入告。達官何不溯其源，治河自古疏爲要。民力愈絀岸愈卑，田凹河凸焉能支。山水常有建瓴勢，議蠲議賑無已時。因念淮黃交會區，漫工比歲近洪湖。汲水一石泥五斗，刷沙有船今則無，安得金緹百萬丈，桃花泛急平如掌。君不見漁陽太守是張堪，千頃狐奴皆沃壤。

重九大風柬徐明府

落帽空餘客興豪，滿城風急怯登高。陶公宅畔無須酒，余不能飲。白傅詩中已詠糕。天遣商飈收積潦，花開隱逸滌煩囂。授衣九月羣情切，端賴賢侯集雁嗷。時方在林亭查賬。

吴鏡遠孝廉見和仍用前韻奉答

當年戲馬蔚詞豪，初日雲霞句獨高。竊恐名流同畫餅，任他食譜署花糕。韋巨源《食譜》有花糕員外。家貧愈覺民生餒，官冷惟無吏事囂。今古暄涼同轉燭，隨陽鴻雁自嗷嗷。

秋　晚

曉來黄葉一枝横，知是新霜昨夜生。花自無言隨地落，水緣不競見波平。寒砧敲月誰心寫，老樹排風尚力争。千載文章憑氣運，歐公那用賦秋聲。

殘　菊

何事争推晚節香，年華彈指判滄桑。人歸三徑雙瞳碧，花散千林一色黄。縱使早開仍拔俗，祇緣耐久似凌霜。淡如竊愧終難匹，笑我餐英爲口忙。

庭中水漢花

一枝綽約小窗前,移向疏籬淺渚邊。弱植也能高自立,幽芳轉以瘦成妍。不臨秋水空憐影,未免風塵半是仙。急付軍持勞翦插,莫教零落峭寒天。

亡兄約園忌日有感

脊令折翼淚如泉,回首音塵已十年。空抱文章歸地下,痛無孫子拜祠前。九侯緒仰千秋紹,三户丁餘一綫傳。廿五人中余最幼,國恩家學凜仔肩。

聞彈棉花口占三首

不讓吴緜獨擅名,攜筐隴畔荷天成。錯疑銀甲彈箏用,却是金閨擘絮聲。

五侯宵讌錦屏高,范叔雖寒有緼袍。應念更殘燈炧處,冬衣猶未試針刀。

天南重譯效呼嵩,不假丁開蜀道通。六詔風烟春色好,木邦人賣木棉紅。時緬甸入貢,恩准通市。

送史鑑曇同年之任楚南龍山令二首

枳棘誰云集鳳枝,溪山勅賜續新詩。揚旌衡岳雲開處,得邑瀟湘雁到時。更喜竹林聯吏治,史君從父,楚北州牧。從今花縣奉人師。四方合是男兒志,贈策無須惜别情。

共作程門立雪人,忘形爾汝覺情親。一行作吏非干禄,萬卷藏書可澤民。未免折腰心自壯,不須强項道常伸。澧蘭沅芷秋光晚,竹馬迎來即是春。

送陳紫峰祠部同年出守鞏昌二首

褰帷隴右卜循良,舊識容臺典禮郎。渤海休風刀買犢,郡邑通渭,曾有逆回之擾。燉煌盛事馬如羊。地邊政合剛柔濟,土瘠心知撫字長。夙擅岐黄能救世,醫人更廣越人方。

曲江同醉杏園春,熊軾朱幡寵命新。帝曰巖疆資表率,人來儀部蔚經綸。霜風已望青驄馬,已記名御史。霖雨應連黑水津。未餞郎中桑落酒,驪歌一闋悵兹辰。

詠史仍用中秋觀釣韻

窮巷門多長者車,桃源誰導武陵漁。介推自不言君禄,趙括何能讀父書。東國王前完太璞,南陽人去憶空廬。清談猶係蒼生望,玉塵風流緬晉初。

徐明府見示勘災志感之作,仍用重九元韻再成二律,一以奉贈一以自嘲

東郭吹竽亦自豪,玉臺新詠羨才高。聲名不負荒年穀,鄉僻空傳

九月糕。遇物和光常藹藹，畏人清德亦囂囂。絳舟已奉如綸詔，郡國應無訴牒嗷。

處世何心賦二豪，春蘭秋菊任相高。和陶此日開松逕，祀柳當年乏棗糕。坐食自慚生計拙，索居未免俗情囂。不因風雨催租急，知是兒童待哺嗷。

繩柑齋詩鈔卷三

預賀盧東僑明府二首

君家昆季鳳毛新，小試行看有脚春。論世要知天下事，讀書如見古之人。綬雖綰墨心仍素，鞭亦施蒲化自淳。十日西窗醫我俗，偏宜得邑少風塵。

千秋勛業讓儒生，莫道爲官學送迎。少歷艱難知疾苦，家傳陰騭篤忠清。十年面壁籌經濟，五夜書屏列姓名。拔薤種花原不悖，更憑盤錯頌神明。

送羅源阮生升基以新進士特用知縣分發安徽

爛銀袍映管花明，特達恩光在此行。自昔文章通政事，即今官職得聲名。勞農郊外如春靄，判牘堂前似水清。千里長安猶咫尺，願君努力答昇平。

題高文杜坡五鳳殘字考册三首並跋　節録考文於左。

五鳳殘字者，曲阜孔廟同文門前楹之右有“五鳳二年魯卅四年六月四日成”石刻一甴，隸書三行，共十三字。後有金開州刺史高德裔爲之記，記云金明昌中詔修孔廟，取石充用，得之靈光殿基西南卅步太子釣魚池中者也。按《漢書·景十三王傳》：魯恭王餘以孝景前二年立爲淮陽王，吴楚反破後，以孝景前三年徙王魯。二十八年薨，子安王光嗣。《諸侯王表》：元朔元年，安王嗣，四十年薨。子孝王慶忌嗣。是安王薨於征和四年，孝王即以是年嗣立。至五鳳二年，正魯卅四年。今《表》孝王嗣於後元元年，則五鳳二年乃魯卅三年。可以此文正其誤矣。余過闕里，於同文門下親見此石。考之趙崡《石墨鐫華》、孫承澤《庚子銷夏記》、曹溶《古林金石表》、顧藹《吉隸辨》皆符，而朱竹垞《曝書亭集》謂是甎一甴、篆一行，即《古林金石表》亦謂小篆。豈五鳳石刻之外别有一甎，復有德裔跋耶？姑闕疑以俟博古者。

靈光遺址想巋然，漢隸猶存魯殿甎。筆陣龍蛇十三字，講堂絲竹二千年。高華合在黄庭上，簡樸還同碧落傳。近聖人居呵護永，歐陽金石待重編。

蟲書鳥蹟久滋訛，釵股新痕折與波。鄴下臺空珍半瓦，岐陽鼓泐輯全歌。今歲上命儒臣集石鼓殘字成歌十首。釣魚事亦闕興廢，駐馬人應重撫摩。篆隸無須粉聚訟，古文三變本同科。

藩侯紀歲首尊王，筆法春秋字有光。誰向魚池鐫五鳳，總教狐腋勝千羊。石經零落流傳慎，史傳參差考核詳。後儻視今今視昔，碑文墨寶共珍藏。

高杜坡先生諱鑌，爲余伯母之兄，績學工詩，兼精字畫。與先府君弱冠定交，老而益篤。乃雷生劍化，未遇茂先。盧氏丁亡，彌傷伯道。生平真蹟，不啻焚子敬之琴而煮林逋之鶴矣。今於中表兄朱雨亭案頭得所考五鳳殘字一冊，嗜古之深，援据之確，已可想見一斑。李賀修文，常歸地下。羊曇策馬，忽痛西州。撫物懷人，百端交集，爰題蕪句，仍付珍藏。乾隆庚戌長至月上浣。

寒　夜

徑僻無賓至，翻成退隱廬。燈光和月冷，雪意望雲虚。安堵思鴻雁，開編擾蠹魚。舉家慚坐食，空羨帶經鋤。

春雪漫興

瞢騰一室白生虚，天與豐年雪縞廬。稚女未能歌柳絮，農人相約駕巾車。興來不飲惟看劍，客至無園可摘蔬。閉户莫煩人卻掃，餘光照我半牀書。

上元無燈

寂寥庭户有餘清，兀坐吟消長短更。但願此心常似月，不燃燈燭自光明。

戲題走馬燈

蹴踏奔騰在箇中，壁光過隙末由從。回旋宛若周盤蟻，局促。[一]

【校記】

［一］按："促"下缺第四葉整版。

詩　三　首[一]

□□□□□□□，□□□□□□□。□□□□□□□，□□□□□□□。□□□□□□□，□□□□又栽花。天知長者無相負，佇聽恩綸錫寵嘉。

重臨曾説穎川限，更有歡迎竹馬來。枳棘暫棲鸞鳳質，喬松老荷棟梁材。江邊已見成陰柳，石上空餘結字苔。德政詩名同仰止，郎官星次近三台。

南浦離情悵緑波，雲烟往事鏡中過。兩年心蹟同明月，四境民依念決河。惟抱琴書行我法，不煩襦袴博人歌。漢廷終起淮陽守，莫羨漁樵張志和。

【校記】

［一］按：詩題及"天知長者無相負"詩皆因第四葉缺版而佚，姑擬作"詩三首"。

張南圃朝選贈白牡丹折枝感興二首

梨雪春融柳絮飛，花王未賜滿林緋。憑君綵筆晴書葉，故爾穠香夜染衣。天與精神超魏紫，人因豐艷道環肥。移來瓊島光明錦，絢爛還教平淡歸。

看花忽憶十年時，膠市風光杖履隨。耆舊凋殘星欲曙，鉛華洗盡玉爲蕤。淡雲微雨過三月，摘艷薰香在一枝。留得本來真面目，不須富貴也相宜。

賦得濁水求珠贈高青選鄉貢

奇珍多自晦，望氣在須臾。汶汶濁水流，隱此徑寸珠。秋宵月當午，團圞滄海隅。鮫宮騰五色，不讓一輪孤。緬惟象罔識，自與離婁殊。探驪人已逝，翻疑照乘誣。我欲溯中央，璇源果有無。惟恐魚目混，詎辭川路紆。天心惜至寶，玉成在泥塗。夜光未應出，到眼終模糊。世情判榮辱，潛德表充符。縱使沉淪久，君看岸不枯。

題王紫詮先生詩鈔後二首名燡，寶坻名士。

拱璧先大父藏書堂名。珍藏記昔時，羽陵蠹化不勝悲。搜殘已愧亡三篋，借讀惟應笑一瓻。憶雪樓空思舊德，還庚集在頌清辭。生平竊負耽書癖，魚豕終存史乘疑。

仙才詩史古今同，蹤蹟飄零玉局翁。嶺海宦游蕉覆鹿，毘陵卜築雪留鴻。聲聞久播雞林遠，格律休矜獺祭工。定武若教真本在，金篦更擬刮雙瞳。

送别徐建侯明府

平生不負五車書，暫解銅章返故廬。未免風塵心自古，任他通塞命何如。東山安石蒼生望，南國甘棠召伯居。清畏人知無以頌，試看進退綽然餘。

辛亥重九抵京寓檢篋得庚戌秋林亭諸友和章口占寄朱雨亭馬午莊

暫息塵勞借壁光，僦居隣書塾。一枝人海得身藏。萸囊空有題糕句，蓋篋欣看伐木章。嶺上白雲應自悦，庭前黄菊爲誰香。庭前有昔人種菊方花。知君不負登臨興，秋稼連村正築場。

重入清秘和文芝厓同年見懷之作

不問君平升與沉，壯懷惟惜歲華侵。爲山愧我循崖返，學海輸君汲綆深。有約秋鴻仍作侶，如雲舊事渺難尋。庭前老樹依然在，莫負凌霄捧日心。

早朝值雨

蟲鳴葉落小窗幽，橐筆西清候曉籌。報國頓忘生計拙，懷人偏恨雨聲秋。不才竊比羊公鶴，欲典原無蘇子裘。今夜高堂眠未得，早朝天氣水雲流。

茶聲二首

忽訝飛泉洒座隅，出山聲似在山紆。不平豈爲勞薪訴，既濟全資活火腴。琴泛松濤風入曲，窗鳴蕉葉雨跳珠。竭來猶憶毘陵道，一幅宸題誦竹爐。

頭綱分賜玉堂陰，紗帽籠頭仔細吟。冷熱自明頻告語，色香以外更推尋。寒消水谷春初瀉,漏轉銅壺月半沉。惟有枕流人解繪,繩床紙閣是知音。

題馬昭亭洗研圖以"洗硯魚吞墨,烹茶鶴避烟"爲題。

聖人清凈無兩心,動静相根同一局。鳶魚飛躍得其真,但説求仙知已俗。先生本是烟霞人,塵綱忽攖紛案牘。屢還合浦孟當珠,未荒三徑陶潛菊。脱巾早賦歸去來,門對青梧心似竹。況有寒泉供枕流,盡洗塵容返初服。庭下新安折脚鐺,斜倚繩牀春睡足。偶逢興至亦揮毫,吟聲未竟茶聲續。墨池餘瀋浸生香,黑蛟蟠處文鱗蹙。由來非俗亦非仙。何事臯禽行躑躅。鶴兮鶴兮爾不見,世事過眼盡雲烟,鵠白未間勞日浴。不須華表去遥遥,且聽松風鳴謖謖。

辛亥除夕二首

回首兒童事半忘,曉鐘未到惜流光。無功莫設酬詩脯,隨例仍牽祀竈羊。八載冰銜叨秘閣,一身拙宦遠高堂。長安儘有聰明客,留得癡呆也不妨。

灰堆空擊生塵甑,商陸新添活火鑪。漏洩柳條春尚淺,頻催爆竹歲云徂。人間迎送應多事,天上暄凉本不殊。安得長繩爲我繫,然薪特與照迷途。

壬子元旦晨餐自述二首

蓬池清切迥無塵,由舊何妨歲又新。學本未優先入仕,吏猶難察況安民。詩書久得閒中趣,窮達偏宜局外身。報稱豈徒文字了,鐃歌預慶太平春。時征西藏科爾喀部。

閲歷深知入世難，吹竽三百帝恩寬。隨緣不必呼如願，處事從教慎履端。當日屠蘇先得酒，今朝苜蓿喜盈盤。東方果腹侏儒笑，何補絲毫亦素餐。

上元前二夕憶家四首

角丱初偕上計車，慈親揮淚倚門閭。而今慣作遠遊子，何日雙輪奉板輿。

生平無志求温飽，農圃風光竟不如。負郭尚餘田二頃，悔教先讀十年書。

一派笙簫沸錦城，上燈天氣值初晴。短檠默坐渾無事，轉愛鄰家詬誶聲。

終日輪蹄候早鴉，每逢閒裏即思家。無杯并不邀明月，底事清光透碧紗。

又寄内四首

甘旨晨昏賴汝知，殷勤特寄一章詩。春寒莫把冬衣卸，白髮新添又幾絲。

孫枝笑語可承歡，衹少庭前綵服斑。訓女應端童孺習，須知稼穡本艱難。

三户蒸嘗報本同，蘋蘩猶是舊儒風。家無長物先靈妥，精潔爲宜不在豐。

敝廬剩有書三篋，檢曝休令飽蠹魚。若問閒官何事業，丹鉛惟恐廢居諸。

輓朱雨亭表兄二首

憶昨開緘翰墨新，那知書至已無人。百年風燭驚何速，一榻衣冠孰與陳。驥負鹽車甘伏櫪，鶴歸華表共傷神。棠梨樹下剛寒食，絮酒何由哭隱淪。

風節居然古逸民，每於和易見天真。秋來尚憶題糕手，春去空懷漉酒巾。七十年間塵外影，一彈指頃夢中身。孤山居士應同傳，誰向泉臺問夙因。

輓張秉衡秀才二首余家林亭時，與秉衡比鄰。

剪燭西窗德照鄰，一庭秋色悵離晨。文章憎命猶餘事，天地無情到此人。雞黍空懷他日約，風流頓盡百年身。屋梁落月分明在，回首音塵淚滿巾。

卜築洵南二十春，滄桑已痛轉移頻。黄壚重過求惟舊，玉樹長埋恨又新。修短也知原有數，襟期深惜更無倫。素車白馬慚元式，何日遺琴得再陳。

繩枻齋詩鈔卷四

壬子五月偕錢漆林檢討典試貴州[一]

六千里外記行縢，謂戊申閩南之行。書劍依然歲月增。想是前生多偃蹇，每從得意倍凌兢。買珠竊恐嗤留櫝，鑑水非徒志飲冰。門第如君才不愧，飛雲巖頂快同登。

【校記】

[一]《黔軺紀行集》題作“閏四月二十八日奉命偕錢漆林簡討典試貴州”。

過盧溝橋戊申使閩，次年奉扶先大夫柩安葬保陽，連歲祭掃皆經此，迄今凡五年矣。

五年五度上盧溝，人事無憑水自流。早列科名慚負米，再持使節聽鳴騶。垂楊攀折情何限，宿雨沾塗歲有秋。計日六郎關不遠，保陽山下望松楸。

衆　春　園

企想中山帥，名高晝錦堂。忠貞標晚節，公咏菊云“爲愛黄花晚節香”。風度領羣芳。便欲徵同樂，非[一]惟奏小康。膽寒西夏國，原不廢秋霜。

【校記】

[一]“非”，《黔軺紀行集》作“寧”。

畫卦臺時望雨甚切

憶昔登臺卦畫分，靈光猶在溯前聞。琴高赤鯉空秋水，樂毅黄金共夕曛。千載奇文傳解澤，九重勤禱望需雲。何當率土甘霖沛，我亦軺車息衆氛。

羑　里

羑里名何古，端因演易傳。心源開後聖，卦畫契先天。臣節冰霜苦，經文日月懸。比干遺墓近，千載泣風烟。

謁岳忠武祠二首

巍峨廟像肅靈光，青史勛名付渺茫。留得忠魂追蜀帝，不將天幸羨蘄王。韓蘄王之得全其終，如衛青之不敗，由天幸也。九原風雨悲南渡，千載松楸憶北邙。若使鑾輿終返正，甘心鳥盡作弓藏。

既爲中原生此人，安危一髮繫千鈞。天心未肯先亡宋，臣罪都緣不帝秦。嵇紹衣襟同濺血，曲端旂幟倍傷[一]神。南强北勝皆離黍，尸祝崇祠歷劫新。

【校記】

［一］"傷",《黔軺紀行集》作"愴"。

淇　水

淇園無復碧交竿,竹箭奔流入夏寒。有斐常懷君子意,不妨便作有�看。

謁比干墓

馬鬣巍封宣聖碑,孤忠如見剖心時。有人抱器存宗祀,無意陳疇作帝師。野俗妄呼丞相號,土人稱比干丞相。來遊竊恐縣官知。蕭然松柏生清籟,暫滌塵容拜古祠。

新鄉謁錢兓齋先生祠即東漆林簡討二首

未報循良奏玉墀,昔年清德畏人知。請看乘傳歡迎日,想見攀轅愛戴時。劉守一錢冰可鑑,薛家三鳳羽爲儀。扶鳩父老争歌舞,不比山頭墮涙碑。

駝灣風景溯從游,去日兒童未白頭。親見郎君持使節,猶談舊德食先疇。城闉永作馨香報,詩卷常爲天地留。故吏守祠先望拜,不虞此願此生酬。

沮溺耦耕處

迷津空指水雲鄉,問答猶傳姓氏亡。若果無心天下事,滔滔何必論行藏。

玩 龍 臺

士生三代後，但苦不好名。虛聲如弗惜，陳義徒峥嶸。葉公楚之良，懷才同屈蠖。高築玩龍臺，千載遐心託。道猶老氏藏，豢擬堯廷獻。繪龍遂致龍，古意良足羨。世人耳目隘，翻謂好尚偏。見之始驚却，未見終茫然。黄金市駿骨，競效追風選。此心果誠求，以約失之鮮。君聞横海鯨，不生尺水中。天龍降户牖，駭棄將毋同。

光 武 井

禍水浸炎祚，赤伏運中梗。真人興南陽，列宿争彪炳。神威滹沱河，王師非火猛。昆陽古戰場，憶昨舊縣境。曉雨犖峭行，驥足不得騁。紆途僕告痡，入憩祠宇整。參天蔚青桐，瞻像時引領。粉壁繪冠裳，彷彿丹心秉。旁通貯月軒，清磬發深省。繁陰綴四圍，偶缺透雲影。道人爲我言，門前光武井。扳石涌泉甘，溉田歷歲永。蔭以汲福亭，俯掬不須綆。其南瀉爲池，芙蕖雜菱荇。出門剔殘碑，疑信兩心併。剌山得飛泉，吾聞都護耿。

卧龍岡謁武侯祠三首

蜿蜒地脈亘嵩陽，名世端因嶽降祥。六出旌旗維漢祚，七擒干羽格蠻方。彼蒼若振東周緒，嗣子應爲北地王。梁父吟成躬耒耒，孰將心蹟判行藏。

久知鼎足分三國，詎料樓桑不再傳。西蜀心傷天下險，南陽夢繞中興年。樂生未竟君臣契，仲父應慚霸業偏。翹首隱山祠宇近，昭烈祠。千秋堂陛肅雲烟。

風光如到錦官城，古柏森連草閣清。莘野不勤三聘駕，荆州那[一]羨八厨名。臺空雛鳳人同恨，地慶雲龍業未成。門外井華思攬轡，願將心秤效持平。

【校記】

［一］"那"，《黔軺紀行集》作"寧"。

宜城縣觀武當山圖

曉發山甫城，暮宿杜康里。旅館偪仄中，槍榆笑鵬徙。鈴鐸聲已無，山程從此始。舊令忽來訪，清談覈名理[一]。突兀太和山，金殿千峰裏。頓忘褦襶行，翻思蠟屐喜。緬維武當君，净樂國王子。泛海結勝因，凌虚契宗旨。忠孝道之源，望雲應陟屺。奈何使臣來，梯航歷星紀。不念倚門閭，盡取供臂指。五百共昇仙，傳聞恐妄爾。進觀天柱高，披圖心仰止。山七十二峰，天柱最高。紫霄宫外松，遇真橋下水。松古鶴翛然，水深魚樂只。神遊清净緣，在此不在彼。

【校記】

［一］"理"，底本作"里"，據《黔軺紀行集》改。

渡　荆　江

沙市烟林入望明，帆檣北滙紀南城。金焦舊夢過駒隙，黔楚新遊逐雁程。倦眼頓開三峽遠，曉風未動一帆輕。沿江烽燧昇平久，不比登樓作賦情。

道中見田家車水者擊鑼鼓唱歌心憫其勞故詠之

隔隴穿渠水擲梭，荊南城外柳陰多。不辭蹴踏[一]喧鐃鼓，預習秋田報賽歌。

【校記】

［一］“蹴踏”，《黔軺紀行集》作“拮据”。

公安城北網魚者甚夥而午食無之口占

鳴榥貫柳競喧呼，忽憶蓬池斫鱠圖。却笑午來慚食肉，此行原不爲蒓鱸。

公安夜發

月明如水水如天，繞郭江村畫景妍。露散汀州凉吠蛤，雲蒸橘柚夜鳴蟬。漁莊四壁惟編竹，稻隴三叉半植蓮。簷角流螢風掠下，一川芳草認前緣。

抵順林驛和少陵公安山館韻

江國延清賞，山程作曉寒。地分三楚界，雲離萬松端。油水名堪紀，桐陰夏欲闌。次日立秋。少陵遺蹟杳，空憶在公安。

澧州覓蘭不得

山勢緑堆成，不見土與石。時有暗香來，何處尋芳澤。

清　化　驛

芭蕉影裏候西風，積翠低迷晚照紅。雲氣界成天一抹，山光恰落小園中。

桃　源　行

源頭活水趨雲壑，坎止流行欣有託。世上田園物外心，春風何意花開落。太元漁者本寓詞，豈有桃林人未知。但看采菊東籬下，即是尋芳洞口時。誅茅栗里消塵障，蓮社清游天所貺。當塗典午任粉更，此身已在羲皇上。我今南過桃源縣，青溪無復流紅片。想當春水漲三篙，匝地花茵落如霰。迤邐行來忽開悟，鏡花水月神相遇。放眼空山石氣青，不須更覓天台路。溪雲初起乳鳩唬，竹樹冥濛日又西。客窗閒聽芭蕉雨，賴有無絃琴自攜。

田家即事六首

昨夜溪流漲，烟痕緑滿汀。浴鳧呼逐隊，劃破一池萍。

刈稻空秋水，村村打穀聲。疏籬醒蝶夢，豆莢雨初晴。

水碓溪頭設，擔來白粲香。催租人未至，先去報豐穰。

樹老占秋信，風牽補屋蘿。擣衣橋下石，青笠掩雙蛾。

野店無墟落，山鄉亦水鄉。開鐺浮角黍，猶自吊沉湘。

驚起沙塘鷺，斜陽又一村[一]。松陰花犬吠，人語啟柴門。

【校記】

[一]“村”，《黔軺紀行集》作“邨”。

曉行入辰州界

新橘初黄磊砢懸，不須更泛洞庭船。人行巖谷交迴路，秋在陰晴未定天。砂井源頭分赤壤，炊烟嶺隙認藍田。烏衣綽約如相識，預訴歸程繞我前。

辰　龍　關

登山直擬控扶摇，形勝猶傳地界超。一徑禦衛穿犖确，四圍作障鬱岧嶢。奇峰插漢排螺髻，薄板横溪駕鵲橋。險阻至今皆樂土，村童閒覓野芎苗。

壺頭山馬伏波祠二首

王佐勛猷聚米初，雲臺焉用姓名書。牀前遺恨故人子，鑾徼空懷下澤車。刻鵠未成心可諒，飛鳶欲墮命何如。功標銅柱猶遭謗，不必壺頭怨耿舒。

儒將原非絳灌儔，武溪一曲陣雲收。平生口不言人過，後世車還似水流。莫歎霍光由外戚，應思李廣未封侯。讖成馬革身何惜，若比嚴陵道不謀。

曉發舡溪途中作

梧桐夜雨聲飄瀟，侵晨促發辰溪軺。坡陁屨上泥滑滑，曲磴危梯疑動摇。天公倏爾鎔神冶，盡扇浮雲歸四野。林梢一角漾輕紅，荷擔時來賣漿者。湖田剁畬秋再熟，寶穎初成待沾足。但咨暑雨樂新晴，農父聞之應怨讟。雲陰始愛曉風凉，嵐氣旋蒸爍石光。陰晴俱未適人意，縱叩天公願莫償。我今觸熱心常静，飲冰無事探金井。竹輿偃仰夢羲皇，神遊先入丹山境。穲稏連陲陽與阡，此邦人已慶豐年。六丁速返雨師旆，徧灑南漳北滏田。

入沅州界書所見

日作登峰造極人，平疇籬舍忽清新。青溪繞屋明于鏡，芳草緑牆緑更春。下括牛羊知共隱，沿流鵝鴨本無鄰。築場收得淵明秫，餘粒還看鳥雀馴。

抵沅州和王文成公題羅舊驛韻

杖藜境憶虎溪頭，辰州虎谿書院，係陽明講學處，有“杖藜一過虎谿行”之句。沅水東來踞上游。花不知名垂谷暗，鳥能唤雨度林幽。龍門近浥仙靈澗，雁塔遥涵文筆洲。才重謫仙人競羨，夜郎不讓古珍州。

七夕大雨曉行口占

一夜沅江雨，應添淚竹痕。七夕雨爲天孫灑淚雨。新流鳧傍母，嫩緑稻生孫。岸古溪橋坼，灘平石溜奔。似憐苔磴滑，雲脚露朝暾。

鎮遠驛不寐二首

亂蟬聲在耳，又聽砌蟲鳴。預報西風候，偏縈北客情。嵐光三面逼，月影半窗明。細數連宵柝，無言對短檠。

中元三日近，迢遞感年華。取士休論命，思親每憶家。人言行役苦，我愧受恩賒。賴有同心友，聯吟墨蹟斜。

飛雲巖和韋約軒前輩韻四首

昔聞飛來峰，玆巖更奇古。聚爲芝蓋雲，散作法華[一]雨。

根虚影倒懸，突兀不可狀。石但作雲觀，真相歸無相。

當其出岫時，本與在山等。一月印千潭，寺名良中肯。

惟山神則靈，非供玩好具。有客懷雲斤，仇池擬小住。

原倡[二]

誰將泰山雲，幻作石洞古。夜深應更飛，去爲天下雨。

本以石爲身，翻若雲之狀。雲耶與石耶，孰是真實相。

頑石與慈雲，佛性本相等。説法逢生公，石亦當首肯。

巨石何玲瓏，巖壑中畢具。乞與米襄陽，此間作常住。

【校記】

［一］"華"，《黔軺紀行集》作"花"。

［二］據《黔軺紀行集》所附補。

重安江

白露方零夜，次日白露。秋晴暑未降。繁香林有桂，小郭水名江。南徼鴻書斷，西風蝶影雙。重安思偉績，形勝控蠻邦。

大風洞

武陵之北風門山，雲氣空懷縹緲間。連朝板屋如戴釜，喜聞風穴開心顔。山僧導我行略彴，野興醫人不須藥。清泉細染洞門苔，未識商飈果何若。僧言昔日有高士，秉炬窮探幽谷裏。初行偪仄漸空曠，到處青泥融石髓。忽聽鍾磬發烟蘿，雲腴雪乳聲相和。千年老蝠大於扇，百尺寒潭静不波。絶壁驚看一穴光，猱升直達山之陽。屋角炊烟颺縷縷，崖前江水鳴湯湯。敲石燃薪取故塗，洞中積霧杳難模。聳身躍出訝星月，聞訊方知日再晡。從今無復遊蹤至，靈區一洩神猶忌。有時噫氣涌奔濤，土人競謂風之自。我觀此景已清絶，又聞此語生歎息。世有桃源真畫圖，夢中擬向淵明説。

洛邦塘

黔中亦有篔簹谷，清韻琅琅水石居。不見柴門惟見竹，一窗新[一]緑課兒書。

【校記】

［一］“新”,《黔軺紀行集》作“深”。

濟　火　行

西川丞相事南征,開山取道逾五丁。牂牁健兒濟濟火,荷戈負弩爲先行。丞相軍威如破竹,先聲所到羣蠻驚。誅茅遂長羅施地,從此西南休甲兵。奕葉相傳至靄翠,奢香貢馬輸忠誠。振臂一呼通九驛,水西宣慰邀光榮。盛極從來衰所伏,天心虧益惟持平。社輝邦彦搆兵禍,世業千年一旦傾。獨不見鰲頭磯上武侯廟,旁立遺像何峥嶸。卉衣椎結無官號,惟記南征濟火名。

九日讌集東山登高

倚城東面緑迴環,畫景全收翠靄間。雉堞烟濛初釀雨,鰲磯雲涌欲浮山。朱顏醉認楓林葉,金縷歌穿佛髻鬟。指點坡陀峰下路,腰鐮齊負稻孫還。

主人愛客客情豪,竹杖籃輿不厭高。福地未須萸結佩,新霜應有鶴鳴皋。烟霞細染山公屐,樽俎閒吟白傅糕。怪底深秋無雁影,時平久慶息鴻嗷。

新寨入沅州境

黔楚分疆地,湍流扼要衝。孤村名九店,塘名。巖邑靖三烽。新寨以西塘皆三烽。霧卷延秋霽,溪喧雜曉舂。芷香如可擷,我欲溯洄從。

下　灘　行

兩山高入雲，衝濤疾於箭。灘急莫辨東西流，峰多誰令萬千變。東歸時值潦水清，亂流一葉心神驚。巉巖百孔銀河水，併作篷窗風雨聲。舟師爲言上灘苦，篙撐纜曳空邪許。風杕[一]波平自在行，回首金盆及銅鼓。二灘名。我心如井觀其瀾，利涉翻同往蹇看。從來敬慎期無敗，不爲人間行路難。

【校記】

[一]"杕"，《黔軺紀行集》作"軑"。

龍　舌　巖

燭龍銜日升扶桑，南行遥歷祝融疆。衡岳峰高渴思飲，雲濤蹴踏神飛揚。倏忽螭輪追不及，屹然化石溪山傍。昂首遠望氣蓬勃，廣長舌在餐天漿。飛流漱激汗珠濺，懸崖突兀鱗鬐張。西江之水吸盡未滿腹，噴山喝野有意仍騰驤。會當用汝作霖雨，金雞喚起雲中翔。今年河朔夏苦旱，吒吒毋作初平羊。

仙　人　房

縹緲雲中君，揮手[一]謝塵宇。何年搆山房，宛若庇風雨。想其丹未成，避喧此託處。雞犬共昇仙，天地一逆旅。後有卜築人，山靈叱弗許。徒壁鎖烟霞，偶憩猿鶴侶。吾聞瀛海東，滄桑易今古。石室亦何奇，幻形惑下土。徒令學長生，餐霞慕輕舉。化去同蜃樓，仙應事斯語。

【校記】

［一］“手”，《黔軺紀行集》作“斥”。

仙人船

昔年海客凌長風，浮槎上與銀河通。歸程袖得天女石，刳船棄置兹山中。七寶裝殘土花蝕，不用亦與金舟同。金舟玉馬，本《抱朴子》。後來太乙曾鼓棹，乘蓮解脱仍虚空。載月三秋木葉落，驅雲八極波濤充。負此全憑龍象力，丹砂可採浮丘翁。

繩枻齋詩鈔卷五

癸丑元日簡緒文二兄二首，時新自粵東乞歸，而銛適由典試貴州旋京

癸年猶記鹿鳴時，余以癸卯舉於鄉。春色潛隨斗柄移。飽食安居蒙帝力，雕蟲小技忝人師。手持衡鑑八千里，身託鷦鷯第一枝。隔院兒童歌擊壤，素餐深愧不如伊。

風煙遥溯五羊城，廿七年來弟見兄。三徑門庭惟樸素，九侯譜系甚分明。時新得舊譜。不須媚竈求多福，猶喜循規及老成。南北分馳皆聚首，京外諸兄俱集。團圞春酒祝長庚。

送史漁村殿撰出守雲南大理三首

王會頻來貢雉臣，比年緬甸入貢。詞曹不頌碧雞神。從兹德意輸南服，猶是文星拱北辰。玉案山高雲擁旆，金沙江遠雨隨輪。蠻童駿篠争歌舞，今見中朝第一人。

相逢猶憶舊招提，丰度翛然古與稽。春殿鳴梢先覩鳳，秋風踏月共聞雞。論交心比凌寒竹，遇事才如照水犀。極目塞鴻南去盡，一庭

黄葉歎分攜。

蓊薈繁林寄一枝，願君此去合時宜。十年舊夢過三宿，萬里新猷凛四知。聞道安民先察吏，不妨爲政亦吟詩。點蒼山上花開候，柳色初黄映御池。

許秋巖前輩招食竹實歸途遇雪實生滇南永昌府。

昨宵兀坐燈花卜，不飲空將酒巾漉。西曹翰林折簡招，晨起衝寒驅我僕。濃陰羃歷城南隅，繪出雲林圖一幅。登堂樽俎色色新，麴米春開散芬馥。炎方竹實得未曾，乍見翻疑烹苜蓿。歸昌之侶競朝陽，磥砢清標依翠麓。萬里筠籃貢使裝，詎比離騷閒草木。圓顆如傾薏苡珠，甘芳似啜桃花粥。顧我雖非食肉人，素餐亦負先生腹。歸路雪花撲面飛，塵胸盡滌質簹谷。想見瀾滄宿雨晴，凌空千个超凡俗。挑燈爲補贊寧書，更待文仝塗墨竹。

又題竹實

昔年乘傳水雲津，玉版禪參臭味親。差免吴儂譏煮簀，那期仙果薦浮筠。雞頭妙相清含露，湖目甘芳迥出塵。鄭重主人相勗意，虚心實腹得其真。

題丁静菴讀書飲酒圖静菴子桐，余閩闈所取士時謁選入都。

當年彭澤令，流觀山海篇。種秫五十畝，一醉一陶然。君今生逢世有道，胡爲詩酒全其天。披圖未竟爲君賀，承家年少青箱肩。射策金門稽古力，天漿高酌櫻桃筵。有子無須身報國，畫堂且學羲皇眠。

榕樹陰濃攜卷富，荔子釀熟開樽先。每逢擊節浮大白，曹倉鄴架何便便。因君之圖勗君子，治術端向書中傳。一行作吏春有脚，不欺爲政蒲鞭懸。絃歌盡被武城化，老農歡醉東風前。躋堂共上靈椿頌，詎數淵明戒子編。

盧南石移居教場衚衕

僕僕贏驂爲底忙，移居君亦學田郎。槐街寂寞無花市，儀部清齋似太常。他日庇寒須廣厦，即今迎歲得康莊。門前儘可栽桃李，佇看新陰滿畫堂。

除夕二首

十載長安勵飲冰，哦松也擬學聾丞。事當棘手天相試，養到安心我未能。藜閣巢痕三宿戀，繩牀詩卷一編增。索逋聲與吟聲急，鎮日敲門總不譍。

頻祈快雪又時晴，曉夢驚回爆竹聲。五日春光饒帝里，新正五日立春。千秋心蹟本儒生。買絲欲繡錐無穎，斫地休歌劍不成。漫説麻中蓬自直，空教伐木詠嚶鳴。

甲寅夏典試秦中路經正定，水阻不得進，前太守邱東河招飲寓齋二首東河名學勄，藏古墨硯及名人尺牘甚富。

別離剛二載，晤對復三人。同行者錢漆林檢討，壬子歲同使黔過此。氣誼班荆舊，圖書集古新。蕉窗消溽暑，竹釀滌征塵。風雨連朝迫，遲留翰墨因。

弭節中山路，争傳太守賢。棠陰喬木澤，東河家於浙之鄞，有古樹軒。硯石鬱林船。地有重臨望，材宜卧理便。歸程黄葉後，相約示新編。

平　定　州

鎖鑰連三晉，烟林自一村。屋高山作磴，牆折水爲藩。芳草層層緑，飛泉處處喧。西成知有慶，禾黍被高原。

壽　陽　驛

取次西風作曉涼，人家陶復隱疏楊。頓教旦晚分寒暑，不枉人稱冷壽陽。

侯馬驛曲沃縣境。

白楊蕭瑟王通里，緑水琤琮豫讓橋。汾曲西風無雁至，鳴鳩猶唤雨瀟瀟。

韓侯嶺二首在靈石縣西，相傳爲吕后誅淮陰傳首至此，因葬焉。

鞅鞅猶非少主臣，淮陰勛業更無倫。殲身已兆王齊日，多事當年躡足人。

甘心跨下忍包羞,鐘室何妨一死酬。若聽蒯生真用背,此山應不讓韓侯。

温　　泉

澡德何須浴,華清有故基。泉聲穿水檻,月影逗巖枝。地擬襄王夢,人傳太子池。砌蟲徒唧唧,逝者已如斯。

秦闈試竣柬錢漆林二首

三持使節出長安,稠疊君恩報稱難。敢謂及門盡桃李,何欣同氣得芝蘭。黔山風雨連牀久,秦地關河放眼寬。他日玉堂傳軼事,固應留作畫圖看。

承家鳳羽振蓬池,我比鷦鷯共一枝。俊杰應多棄繻子,迂疏竊愧伐檀詩。朱衣神豈尋常助,黄絹辭宜仔細推。載得華陰磨劍土,風胡歐冶訂心期。

曉　　行

初日映紅葉,宿鳥驚未翔。遠山雜新柿,璀璨青與黄。我行月甫再,禾黍皆登場。蔬畦紛茂鬱,珠露將凝霜。昨來苦霖雨,東緼烘衣裳。林鳩驅不去,道左時傍偟。歸途平若水,村容湛清光。芳草秋更緑,始知膏澤長。行止天所付,險夷迭相嘗。此心誠坦蕩,出險慎無忘。

自秦中旋京韋約軒前輩贈詩並惠《傳經堂集》次韻奉謝

韋曾撫黔中，亦曾典試陝西，皆余奉使地也。

採風曾到牂牁郡，蔽芾歌無今昔分。策馬西都慚問字，挑燈東閣憶衡文。陝西貢院有東西文衡室，前輩與余奉使時皆在東。勞人載詠依依柳，古意欣披藹藹雲。騷雅心情山斗望，九天咳唾送繽紛。

張蘭渚、洪桐生兩編修雪中招集庶常館

漫天飛絮净纖埃，樽酒論文特許陪。梅興不須官閣動，詩情纔到灞橋來。戀同三宿培英地，館中有御賜"芸館培英"額，余初入館時曾居于此。品羨雙清作賦才。信道條冰偏耐冷，凌競瘦馬共低佪。

送茅耕亭夫子歸覲鎮江二首

講幄需才詎引身，聖朝孝治得情伸。楊侯去日應空國，疏傅當年未養親。到及陔蘭韶景富，歸攜宫錦綵衣新。南徐柳色人千里，回首蓬池共好春。

飛雪桃花颺陌頭，程門景物動離愁。尚虚議禮匡劉席，共羨臨風李郭舟。天上星軺頻夢遠，江南詩社欲從遊。他時判訪三茅去，王母筵前記十洲。

送洪桐生編修典試浙江

名高戲賦動南州，江左人文鐵網收。幹采茂林歸大匠，鑑懸皓月

麗清秋。奇才此日徵羅隱，鉅手當年重馬周。鳳咮堂前栽玉筍，鏡湖風景快新游。

豫闈校士和鄭青墅集杜見贈之作二首名大謨，侯官人，余戊申閩闈所得士。

採風曾到三山郡，丹桂香飄通德門。八載神交勞寤寐，一樽文戰細評論。繭絲政已絃歌化，裘腋詩無襞積痕。作述平生吾未敢，拾來麗句佩芳蓀。

燈燭當年總一般，應教珠賣櫝空還。慚余四織珊瑚網，羨子三栽玉筍班。青墅三與分校。桃李春官誰學步，謂青墅聯捷成進士。精神秋月乍逢顔。宰官詩思清如許，得邑衡門泌水間。時令泌陽。

趙渭川明府以四百三十二峰集相贈四首名希璜，廣東長寧人。

香凝燕寢撥陰何，爲政風流嘯也歌。怪得梅花清到骨，合江樓上祀東坡。

陸海珍藏行卷富，河流直欲障東之。使君自是豐年玉，無俟春郊祝麥詩。渭川昔令于秦，今令安陽。

枳棘誰云集鳳堪，天教棠蔭績周南。梁山考證梁園句，贏得兒童競篠驂。安陽，古邺地。

三載重逢翰墨緣，壬子始相識。隔窗風雨對新編。澄湖萬頃千竿竹,不枉詩人號渭川。

題渭川雲車飛步圖次韻四首

欲識匡盧真面目,雪舟一似剡溪來。緣君詩雜仙心妙,故爾山逢笑口開。金液駐顔焉有種,白雲出岫本無垓。桃源衹在人間世,放眼空明至道該。

肉芝閒與東坡覓,蝶夢羅浮記夙因。砂井莫分勾漏令,雲車聊擬謫仙人。青峰四百誰移置,白髮三千獨寫真。濟水一灣參色相,空潭常注古來春。爲圖時攝篆濟源。

吟興還兼草聖狂,無邊溪壑任平章。壺中不覺九華幻,桑下何嫌三宿長。飛蓋西園邀月影,傾瓢北斗酌天漿。畫圖留得鴻泥印,回首煙霞接混茫。

酬和幸同文會友,敢教屈宋作衙官。劇憐矮屋三條盡,搜索枯腸一字安。妙訣還丹參有幾,陽春飛雪和皆難。笑予乘傳觀山色。摩詰詩中仔細看。

文明堂閲卷和周春田户部韻

頻年棘院對扃扉,定鏡應防屢照違。羽欲求豐先樹骨,花無成樣任抛機。秦黔往事同心印,伊洛真傳溯指歸。千里蓬瀛共明月,霓裳一曲譜依稀。

試竣奉命視學粵西次春田送別韻二首

秋净冰壺萬象過,素餐深愧伐檀歌。觀瀾大海尋源易,攻錯他山受益多。筆妙縱横防鐵限,文成精理式金科。春田工書,是科擬墨人皆傳誦。君才自是豐年玉,我已安心效達摩。

心蹟雙清月共明,依依柳色向都城。雲如往事隨緣結,雨爲離懷不肯晴。已慶士林瞻樂廣,孰將詩品問鍾嶸。南行計日衡陽郡,天末凉風逐雁程。

原倡

彈指秋光兩月過,匆匆南北倡驪歌。文章與我三生共,事業輸君十載多。午夜聯牀同驛舍,虚堂把卷定巍科。人生到處相觀善,如此方云不愧摩。

法眼高懸一鑑明,又移使節向榕城。氣如矯鶴雲舒翼,心拓秋天月正晴。要使騏騮歸物色,定教寒素共峥嶸。此情直似瀟湘水,相送分明數去程。

許州夜發

秋陽初滌沛甘霖,煙樹蒼茫結曉陰。落葉偏驚游子夢,疾風如見古人心。詞壇藻鑑慚無稱,魏闕江湖戀轉深。千里白雲回望合,時平不聽澤鴻音。

渡漢江遇風望黄鶴樓未上

巨浪排空駭客程，南風不競去帆輕。費禕跨鶴非忘蜀，崔顥題詩偶擅名。獨立想傳瀟灑意，遥看彌有溯洄情。三年不負登臨約，忠信波濤自此行。

題港口驛“歇心處”三字爲董宗伯手蹟摹本，驛館即萬年庵，有吴荆山前輩五律匾額，爰次其韻。

古刹何堪爲驛舍，客來洗耳聽溪喧。渟涵自可塵纓濯，淡定無須貝葉翻。三楚界前尋舊搨，萬年橋上紀新恩。道人問我安心法，坎止流行不二門。

巴陵道中

松影上坡陁，秋畦長緑蘿。林深疑日冷，湖近覺風多。僧掃霜前葉，溪喧刈後禾。賓鴻南去盡，指點片雲過。

蠟梅粤西學署。

玉潔堂前宿雨晴，掃除繁豔效葵傾。質非太素塵難涅，香並無心氣獨清。蒼翠任教風宕漾，淡黄疑有月縱横。炎霜朔雪春臺共，持贈何勞驛使行。

補和李虚舟孝廉衡湘夜發名治朝，湖南靖州人。

人隨鴻影曉程忙，入粤原殊陸賈裝。長我十年期砥礪，顧兹五夜凛冰霜。秋風攬轡偕王粲，春殿鳴梢待宋庠。虚舟有兄應秋試。燈火灕江三載約，不教魚目混珠光。

虚舟因瓶中蠟梅將落詩以惜之次韻

小窗取次蠟書開，爲報江南驛使來。不待羣芳争藻艷，衹餘數點浄氛埃。槎牙枝幹春長在，落拓風情歲又回。竟日吟哦無一事，頭銜自笑署西臺。

成中丞城南小獵二首

短衣大箭出江城，曉隊行圍肅斾旌。瘦嶺凍雲麋角解，高原野燒馬蹄輕。櫜弓夙奏長楊賦，列戟新開細柳營。此日時平不忘武，還勤巡歷問民情。

秋場地盡闢蒿萊，畫角無喧絶點埃。羽士皆能驚雁落，山農争看射雕回。網開三面承君德，勝决千籌本將才，歸路朔風吹耳熱，留題應上讀書臺。

賦得落日故人情送遠。

無情衹爲别離長，曉唱驪歌又夕陽。且與故人申繾綣，任他落日去匆忙。暮山千疊催行色，流水三秋惜景光。繫艇小留黄葉岸，揮戈遥指白雲鄉。樹猶如此奚堪折，草獨何心亦自芳。今日西風攀客騎，他年南浦認歸航。晚煙迢遞遮村角，新月依稀上屋梁。旅夜夢魂何處是，願言永好兩相望。

前題憶舊。

驛路皇華匹馬行，故人天末暝愁生。試看宛宛斜陽路，如繪依依遠别情。畫舫鼓催宜小住，玉瓶酒盡尚頻傾。三秋風雨連牀夢，萬疊關山出塞聲。同氣相求明月共，所思不見暮雪横。只緣今夕徒開徑，轉悔當年遽請纓。遵渚賓鴻猶躑躅，投林好鳥自嚶鳴。虞廷鵷侶皆葵向，翹首長安效拜賡。

次魏生爲堂韻二首名應規，閩縣人。

清標不學入時眉，傾海庸教珠自遺。此日鬱江偕陸績，他年雲路識韓琦。遠遊共切登山望，屢照全憑借鑑資。顧我並無一日長，文章千古寸心知。

天開詩境静中窺，五嶺東西載酒隨。三歲遅君懷玉獻，羣言助我揀金披。黑知其白參真諦，青出於藍本寓辭。惆悵京華留滯客，空思折柳唱驪駒。謂爲堂諸同年留京者，余臨行未及面别。

繩枻齋詩鈔卷六

題李敬之《韋廬集》二首名秉禮，曾官部郎，養親居桂林，編修宗瀚父也。

別有飄然思，江山足卧游。高樓殘雪静，孤艇暮煙秋。味在人誰會，情真我欲愁。新詩多樸語，不必替蘇州。

家近陶彭澤，人來王子喬。停雲千里共，叢桂小山招。鶴夢餘澄曠，琴心慰寂寥。客窗燈欲灺，明月永今宵。韋廬與山左詩人李子喬爲古道交，詩集其手定者。

桂林立春

慣作東西南北人，灕江煙景客懷新。爲多閱歷方知學，豈果文章早致身。屋角峰低催臘雨，庭前草緑隔年春。京華瑞雪欣盈尺，又是彤墀拜舞辰。

立春小雨李松圃比部以盆梅水仙相贈即敬之。

曉起讀君詩，雨氣昏四壁。空懷流水心，孰訪孤山蹟。小園佳貺來，幽芳快良覿。相對淡無言，帶雨泠光滴。有如久別朋，乍見轉戚戚。又如得奇書，古義莫與析。感君用意深，不獨慰岑寂。天設歲朝圖，兼可塵襟滌。坐久暗香來，春歸煙冪䍥。此意誰復如，還向君詩覓。

丙辰元日恭紀嘉慶元年。

熙朝授璽古無倫，燕翼勳華美並循。聖子當陽重見丙，元辰布令恰逢申。慶隆業紹章由舊，國初有慶隆舞，爲諸樂之首。嘉會時乘象更新。遥想觚棱初日上，卿雲五色麗彤闈。

詔舉千叟宴恭紀

貞元運合協尊親，親率耆筵拜紫宸。千叟競瞻天子父，三朝都是太平民。含飴佳話人增壽，錫類鴻規物共春。從此十年遵典故，蠲租詔已頌如綸。乙卯冬，已奉普免錢糧，恩旨千叟宴，自乾隆乙巳舉行，迄今甫十年也。

春日聞雁

相伴到衡浦，雲深何處飛。不知春漸老，料得汝將歸。舊業發新幹，前山明落暉。故園花未放，望遠思依依。

花朝春分曉寒有作

已遣東風護落梅，嫩寒料峭重低回。化工未忍春過半，雨意能教花緩開。同氣芝蘭誰與共，無言桃李漫相猜。年來不作紛華夢，多事生公説法臺。

獨秀峰

煙嵐羅列桂城中，獨抱靈奇勢更雄。高不讓塵惟拔俗，空諸所有欲淩風。遥嗤太華雙峰擘，近接南交一柱崇。挹取雲霞歸領袖，虞山咫尺效呼嵩。桂城北有虞山并祠。

呈劉靈溪前輩二首名定逌，武緣人，戊辰編修，以大考疏言過當致仕，今再赴秀峰書院講席。

耽讀人忘老，長貧道益尊。直言濮陽汲，耆德泰山孫。暫輟藏山業，重開立雪門。瓣香欣在即，性敬識同原。到院月課詩題"性敬同原"，四書題"吾日三省吾身"。

盛名天所妬，不遣列朝紳。歲月供經濟，文章見性真。子應知子樂，吾亦省吾身。挹測終難盡，胸藏萬古春。

寄懷李松圃

彈指春光歲又闌，梅花詩句篋中看。早歸親舍非高隱，老擅吟情結古歡。水號湘灕傷別易，地無鴻雁寄愁難。若知半載勞洄溯，多事論交在歲寒。

寄别朱静齋同年出守衢州二首

故人皆出守，賤子獨歸來。判袂情何恝，停雲首重回。地分閩越界,城傍水雲限。到及桂花發,文翁化理才。

仗節昔過此,推篷畫裏行。水因山曲折,雲與樹縱横。舟有同年號,臺高客隱名。俗謂舟子爲同年,自嚴赴衢過釣臺。公餘吟興好,不讓謝宣城。静齋,寧國人,即宣城郡。

送崔雲客同年出守思恩二首尊人漫亭先生任荆宜施道,雲客此行得省覲。

清才的的映冰壺,暫遠蘭臺綰竹符。晝日葵心仍北向,摩雲鵬翼快南圖。澂懷合照靈犀水,惠澤均沾明鏡湖。原是昔年持節地,篠驂今又效前驅。雲客曾典試粵西。

同慶登瀛廿四人,驪歌一闋客懷新。政兼威愛籌邊易,水到湘灕望遠頻。竊喜趨庭遵鄂渚,佇看報最達楓宸。公餘好績虞衡志,容管詩情戴叔倫。

詠雪和馬叔安比部

天教飛白逗枯枝,霰積庭階故故遲。一樣横斜梅夢覺,幾分深淺麥苗知。聚星雅趁消寒會,懸瓠空懷制勝思。時楚蜀用兵,故思如李愬之破蔡也。本不讀書窗洞徹,傳來禁體畫中詩。

寒　　夜

遠歸濯塵纓,默處學枯衲。鄰有伯牙琴,坐懸徐孺榻。爆竹早驚春,飛雪潛送臘。鑑古得皮毛,量才陋升合。吟懷浩無涯,茶韻互相答。漸忘寒漏長,差免俗緣雜。何求香一罏,不飲酒盈榼。獵獵窗風鳴,灑灑硯水合。物情幻須臾,世味争噏嚃。木天歲十周,桂海月五匝。素餐梁有鵜,長途書繫鴿。昔無彈鋏歌,今方隱几嗒。暄涼任推遷,雲月恣吐納。蓬心取次删,蔬腸那許踏。披衣起中庭,書聲通小閤。

丁巳仲春掃墓作

去年寒食客天涯,負土新阡感歲華。清白流傳還索米,軟紅閱歷似摶沙。春風徧拂岡頭柏,世事争誇陌上花。小憩荒祠僧未老,晚鐘初起夕陽斜。

雨後遣興柬馬叔安比部

下尺均沾嫩緑生,曉寒未肯放新晴。架藤賴我扶持力,蠟屐輸君汗漫情。叔安有遊西山之約。春服乍披身轉健,故書重讀眼逾明。海棠旖旎如相告,又聽枝頭好鳥鳴。

送吴穀人前輩歸覲武林

片帆心共白雲飛,豈爲蓴鱸願不違。天與盛名應拙宦,人知樂事在親闈。釣竿愛上嚴陵石,宫錦新添萊子衣。惟有玉堂勞悵望,龍池柳色自依依。

小雨招馬叔安出遊

漸覺流光濕,空階絶點塵。剛逢十日雨,最好一年春。麥想連村茁，花看著色新。晴郊應躡屐，同是不羈人。

題陸璞堂先生適園灌畦小照二首

五湖三泖擅名流，鮭菜風情與目謀。豈有餘閒師老圃，常懷舊德服先疇。園爲先生遠祖文定公遺址。長鑱沃土培根固，古井寒泉引竹幽。半畝昔傳坡老帖，何如杖履得優游。

園中草木亦含英，秋實春華樂意并。欲使蒼黎無此色，還憑挹注得其情。傾葵夙仰簪毫待，拔薤今看露冕行。時新授浙西臬司。聖世樹人歌百稑，光風先拂豫章城。

柳絮四首次周春光韻

小閣簾垂掩夕霏，梨花纔過柳花飛。凌空亦具扶搖勢，入户偏縈薜荔衣。詠雪庭階矜白糝，沾泥心蹟認紅稀。東皇未忍春歸去，一片煙痕著意微。

曉聞簷鐸語丁東，報道新晴玉屑融。得意未經榆莢雨，隨緣恰趁剪刀風。低黏芳草醒塵夢，高擬浮雲點太空。人事摶沙紛過眼，饒他生計緑陰中。

攀折原多離别情，飛揚怪道脱枝輕。本無繁豔何妨落，去逐遊絲自在生。客子萍蹤觀水得，詩人藻思先秋鳴。流光旖旎還如許，載酒重尋葉底鶯。

正是軍威凛折棉，嘘枯底事逐風顛。潛投蛛網飄無定，曲就魚吹聚未圓。試看長條猶撲地，争禁幻影欲漫天。何人大樹標旌節，柳往興歌又一年。時教匪不靖，故末章及之。

輓邵朗巖司業同年二首

潦倒名場三十年，蓬池又苦積薪遷。甫臨槐市開經席，誰主蓉城召謫仙。盛德固知公有後，冷宮終歎室如懸。華亭鶴化同千古，時王荔亭新下世。酹酒何能到九泉。

擬卬巫陽訴不情，華胥夢裏笑蝸争。論年誼合兼師友，彈指驚呼判死生。墨妙褚虞欽筆正，衣傳鄒魯頌衡平。丙午典試山左。君家夙擅堯夫學，一任懸巖自在行。

秋日偕周春田遊陶然亭

經年不與山水覯，閉門兀坐如枯蠶。況復秋容正蕭瑟，眼花井底何能堪。天街小雨塵事歇，急呼我友同登探。遐心莫慰北山北，勝蹟且訪南城南。軒窗洞達凌木杪，女牆繚曲明霜嵐。未飛葭亂何楚楚，半黄楊柳猶毵毵。陶然之意不在酒，爽氣滿抱餘沉酣。今歲都中苦炎暑，出門褦襶心懷慚。兹游頓覺襟袖薄，亭前積潦澂寒潭。始信暄凉如轉軸，誰與彌勒爲同龕。回憶昔游歲在卯，周旋我外人惟三。兩官閩嶠一仕越，官閩者李君長森、胡君應魁，仕越者朱君理，皆余同年。刹那夢境雲煙含。曠觀自得良不易，軟紅影裏争趁蹔。未能長嘯脱巾去，散樗守黑師莊聃。

題焦琴齋同年使蜀吟二首時將外任矣。

我向黔中君入蜀，壬子科余亦使黔。王程萬里共冰心。江流濯錦摛詞艷，嶺上朝天望闕深。四川北界廣元縣有朝天嶺。真鑑尚虞才屈抑，坦懷不覺路崎崟。年來三度滹沱水，斂手層樓百尺吟。正定隆興寺樓作集中絶唱。

萬頃澄湖絶點埃，更於盤錯見奇才。眼前丘壑觀流峙，天際煙雲任去來。秋雨周原頻拂柳，春風官閣待題梅。愛民愛士無殊軌，樂只興歌山有萊。

哭阿文成公二首

周家方召未能儔，將略還兼相業優。社稷勳高中外倚，詩書澤永子孫留。回天獨挽三軍命，拓地全操百勝謀。手縛名王歸闕下，輕裘緩帶自風流。

公卿將相半門牆，親挹春風晝錦堂。銛入詞館時，公以掌院教習，特邀獎勵。惟抱丹心家樸素，别垂青眼士驪黄。千秋麟閣儀容古，十載篷山歲月長。我與軍民同一慟，永懷名德溯旂常。

法時帆前輩既正李公橋爲茶陵故宅復繪西涯卷子三首俗訛爲李廣橋。

不識西涯宅，今知積水潭。舊聞增日下，故里憶湘南。略彴名誰正，芙蕖澤自涵。雅人饒韻事，留待與詩龕。

鳳城天一角，閭巷紀名流。西安門外，李閣老胡同乃西涯之賜第。甲第空喬木，丁年溯釣游。書鐙紅杏雨，畫舫白蘋秋。亦有林泉興，同羣失謝劉。

聚訟雙藤屋，海泊寺街有朱竹垞古藤書屋，比鄰亦有藤花，居人互争之。迷蹤萬柳堂。依然澄水月，不復嘆滄桑。休沐來儇侶，丹青挹古香。傳經居在邇，應號鄭公鄉。

李四員外養菊數百種招賞賦贈

君本青蓮裔，雅擅柴桑癖。仙居傍篷瀛，住西安門外。幽芳寫標格。香聚庭中央，叢羅窗四闢。植楷細懸牌，問名頻數策。暢兹落帽辰，坐待餐英夕。緬維一歲功，不使分陰擲。推尋色淺深，較量土肥瘠。既防火繳蒸，復慮秋霪積。貪多無棄枝，搜奇矜創獲。風日護重帷，萌芽滋廣場。咒筍事本殊，移橙心更惜。蘭分摩詰磁，松並羅含宅。良友疊招攜，經年精考覈。把臂隱逸林，拂袖塵氛蹟。知君大雅才，未展凌霄翮。霜節勵素心，花田綿世澤。金萱映高堂，玉樹森連璧。定叶南陽徵，詎效東籬折。佳卉悦名流，妙手圖新册。樹德兼樹人，從兹穫惟百。

寒夜微雪偶成

雪意低雲待降康，星占蜀野偃欃槍。倚天有劒人工説，批卻無刀我善藏。疆吏盡知牛去犢，邊氓應頌馬如羊。佇看時雨銷兵眚，寰宇春回日月光。

以銀魚餉馬叔安即柬

素質庚庚出水新，絛冰合餉飲冰人。抛來玉尺含波影，貯以晶盤遠市塵。竟體虚明原有骨，經年風雪不生鱗。如君夢繞觀魚港，飛絮飛花晼晚春。

時帆前輩屬題詩龕二首

得意忘言地，拈花欲笑人。三生儲慧業，七寶現全身。悟道聞無隱，驚傳句有神。一龕虚白界，孰主孰爲賓。

彌勒非吾伴，心通萬卷禪。求仙嗤已俗，成佛任生天。壇坫森旗鼓，雲山閲歲年。祭詩應作社，同結瓣香緣。

題魏春松同年西山山居二圖

松靄山房讀書

性耽幽僻非參佛，清韻琅琅鶴警皋。朱竹垞《松靄山房六詠》云："我來凡幾宿，夜夜警皋禽"。額字八分摹竹垞，匾額乃竹垞八分書。書聲五夜答松濤。不須遶屋繁陰雜，獨具凌雲氣節高。樹木十年梁棟用，山靈早爲染青袍。

冷泉覓句

飛來峰下涌清流，貯以煙霞萬斛秋。響應衆山珠唾濺，天涵一碧錦囊收。觀瀾自愜涓涓妙，引竹還同乙乙抽。怪道詞源倒三峽，冷泉亭子幾勾留。

伊墨卿比部同年招游棗花寺看海棠，歸集賜研齋即送魏春松同年出守揚州

經年生意忍輕抛，閒趁春陰踏近郊。花未全開留本色，人當遠别見真交。攜來墨寶循環讀，是日，春松攜所藏時賢尺牘傳觀。擎出詩牌仔細敲。他日蜀岡觀蜀艷，梵林香雨憶新梢。

錢漆林簡討幼失怙恃，艱苦備嘗。旅食京華，又遭王元進士之厄。登第後，疊司文柄，皆與余奉命同行。長途往返，統計幾一載。夜雨聯床，秋風並轡，蓋無一朝夕離者。不獨我兩人契合之深，而藝林佳話，自有各直省秋試以來所未曾有。漆林作《黔江並棹》、《秦關連騎》二圖以傳越。乙卯視學滇南，余亦奉使粵西，旋奉諱歸里。雖尺素頻通，而音塵莫接。今年漆林將任滿北上，方謂離者可以復合。孰意萬里之遊蹤，遂結千秋之恨事。天道難論，至於斯極，追維往昔，痛何可言。爰賦二章奉輓

天涯使節已三年，屈指歸期竟杳然。海曲明珠沈幻鏡，蠻中化雨失蒼煙。功名不比長沙鵩，魂魄應爲蜀國鵑。未得撫棺申一慟，南雲空望淚如泉。

驛路皇華兩度偕，畫圖長在命偏乖。方期白水心同矢，何處青山骨可埋。單騎聲名無梗化，聞按試途中，窮民欲爲刦盜者，君挺身勸諭，僉云夙仰使君清德，涕泣散去。中年婚嫁倍傷懷。君一子三女皆幼。文星永作

桐鄉祀，不與投荒雞麓儕。謂楊升菴先生。

送焦琴齋同年出守瓊州

浹旬別緒如經歲，況復分襟到海隅。定有黎童驂竹篠，不妨炎雨對冰壺。

九重清譽應思孔，用唐孔戣事。萬里吟懷欲景蘇。從此島夷刀買犢，豈惟合浦待還珠。

繩柤齋詩鈔卷七

己未暮春二日值宿棘闈偕何蘭士侍御曉登觀象臺以舒遠眺

晝漏稀聞思悄然，水曹詩有比隣緣。蘭士昔官水部，少陵《比隣詩》："能詩何水曹。"地當四達來新進，燭限三條記昔年。顧我竟成門外漢，與君同測管中天。憑臨頓覺春如海，況復東風過禁煙。

蘭士見和二章仍疊前

倚城佳氣鬱葱然，此地無非翰墨緣。卜晝還須偕卜夜，同官何幸復同年。蘭士亦丙戌生。仙才定荷重申命，祝其入闈分校。霽景剛臨上巳天。更羨嫖姚屬吾輩，冠裳計日繪凌煙。時聞廣賡虞侍御擢副憲，入蜀視師。

磚門雜興次蘭士韻二首

閉門閒聽漏丁東，退食依然身在公。引道青衣袍競色，按名朱點筆分功。隔牆花發春將暮，牆外丁香正開。如市人來日正中。午間放供給入內簾。自笑並無衡鑑責，終朝抹月與批風。時批諸及門制藝，日不暇給。

熏爐茗椀樂相關,聽鼓方知去應官。開門以鼓爲節。話舊但分門内外,標新還論日雙單。東西文場,間一日門封。幸登法地窺儀象,閒枕溪流試釣竿。泡子河。目擊道存皆學問,無言桃李静中看。

揭曉日晨起次蘭士雨中獨酌韻二首

雨爲人難别,霏微不肯晴。夢窗分曉色,林鳥變春聲。客久餘情滯,庭閒衆緑生。慚余未知趣,敢謂勝公榮。

共憶持衡日,還思挾策時。中原非爾力,清豈畏人知。桐爨琴三疊,蛇成酒一巵。染衣今在否,柳色蔚龍池。

新緑四首

細雨流光又一春,無邊生意逗清新。燒痕試覓渾如夢,花片剛飛倩作茵。巧綴牆腰鋪翠鈿,净黏屐齒隔紅塵。城闉柳色迎人出,淺淺平蕪望未真。

結隊晴郊淑景延,一池芳草一池煙。石經垂釣苔衣薄,波爲流觴荇帶纏。詩思西塘猶昨日,離懷南浦倍今年。乍疑遠水同渲染,回首青葱易地然。

風信連番儳過簫,不須紅瘦已魂銷。人歌翠笠榆分社,鶯語青帘柳映橋。一抹峰巒雲欲濕,萬鱗屋瓦黛難描。閉門空負奚囊錦,緑綺輕彈永此宵。

釀花天氣半晴陰，古色斑斕造意深。衣稱華年紛過眼，堂開迴野樂從心。有�最愛娟娟竹，勿踐真成步步金。頭上進賢雙鬢在，宋四六冠頭上之進賢雅宜緑鬢。空階不使一塵侵。

送馮實菴給諫還吴兼謝鶴半巢詩集二首

叢桂初香客袂分，吴江楓落認榆枌。牽船自結漁樵侶，橐筆争傳典册文。夢繞觚棱廛向日，詩編棣萼慰看雲。用杜句"憶弟看雲意"。千秋著作真無忝，錢籜石先生曾許爲著作才。豈爲山中猿鶴羣。

肫然雅意見平生，詠古懷人格老成。青史不須誇勇退，白頭誰復有難兄。無雙士合金臺築，給諫登第朝考詩題乃"黄金臺"也。第二泉將石鼎烹。歸依兄居錫山。莫唱香溪結廬好，集中句。中興鐃吹待君賡。

薊州獨樂寺登高時自裕陵護送回程登此。

登高彌覺歲峥嶸，一抹秋山抱薊城。禹甸即今多秉穗，堯封自古奏平成。三層界闢莊嚴迥，觀音閣三層像甚偉。一塔多懸夕照明。封城有塔。不比臨風誇落帽，鼎湖東望淚縱横。

送黄訒菴侍御歸閩小引

訒菴名照，閩之龍溪人。乾隆丁卯副車。歷任牧令，居樂去思。以報最入郎署。爲京師賞鑑家，所藏名蹟、古硯甚富。嘉慶己未，擢臺諫，與銛共几席者六閲月，益欽其學問經濟，不僅古貌古心，爲三代法物也。今以違故里三十年，乞假徑去，不勝悵惘，率成二律，情見乎辭。

家傳清德古循良，白首郎潛善日强。尚有典型留柏府，定知尸祝在桐鄉。介如舊蓄端州石，行矣今看米老裝。種木成陰三十載，後凋人啟萬松堂。

諫稿初焚好著書，菜根滋味藝園蔬。論心我失忘年友，博物君多問字車。鳬舄風標攜一鶴，鹿溪煙景寄雙魚。魯靈光在同欽式，先後真成漢二疏。謂蔡葛山相國夫子。

予告大學士晉太傅蔡葛山夫子輓詩二首

林泉碩望式朝紳，忽報騎箕上應辰。黄閣誰臻百歲壽，壽九十四。絳紗竊愧一年春。余以甲辰春出門下，乙巳秋即送公歸里。同深木壞山頹痛，莫問生天成佛因。鶴駕定隨龍馭去，高宗龍馭上昇甫及一載，公即棄世。默司霖雨贊鴻鈞。

鄴侯仙骨御長風，不見明廷矍鑠翁。文字先朝呼老友，師儒耆德晉三公。重臣賜醱承恩渥，少子登科食報豐。賴有澄懷遺嚌在，霽顏常奉畫圖中。謂"澄懷園八友"圖。

宿東便門外古寺時奉命抽查五閘漕糧。

襆被來東郭，攤書對短檠。庭閒倉鼠出，風急紙鳶争。隔水一鐘發，環城千柝鳴。凌晨應放閘，煙景又清明。

寄馬秋葯何蘭士二巡漕

盈盈都隔一河流，先後來司挽粟舟。水部揮毫陳上策，扶風聚米運前籌。越人信以船爲馬，蜀道誰能木作牛。時川陝兵事未靖。顧我笑同强弩末，郭門小艇幾勾留。

春陰泛閘

柔艣聲中倦眼開，浴鳧恰趁水瀠洄。陰晴竊效田家祝，涓滴都從御苑來。横截銀河千里迴，養成桃汛一篙纔。待看穀雨連番過，閒把漁竿坐緑苔。

野　菜

朱門饜粱肉，下箸苦不足。食貴更角奇，萍齏屑豆粥。我雖乏兼珍，日飽太倉粟。扁舟颺春風，夾岸茁新緑。丰茸蔭輕儵，雜遝棲野鶩。根同荇藻浮，種異荑稗熟。聊可愜游觀，孰謂資口腹。蓬累村婦來，筐筥溪童逐。蔓引拔連茹，沙披采盈匊。溉釜混蘋蘩，堆柈等苜蓿。假兹當一餐，何以謀半菽。鄉風憶紫蓼，山雪悲黄獨。乃知庾郎韭，猶是豐年玉。願天沛甘霖，四野徧嘉穀。

旅館宵坐，風雨交至，檢書得錢漆林同使陝西途中詩帙，愴然於懷，爰次其韻

吟徧山程復水程，篋中琴斷不成聲。尚疑風雨挑燈共，忽訝雲煙轉眼更。壯志未酬鴻集願，同心敢負歲寒盟。殘箋一幅人千古，雛鳳何年振羽鳴。

原倡

深溪橋斷阻官程，破屋驚傳剥啄聲。僕倦易迷來往路，客愁難辨

短長更。江湖忽引勞人夢，風雨重尋隔歲盟。不憚馳驅頻涉險，澤中鴻雁正哀鳴。

王荔園同年自伊犁寄書來詩以答慰

凄凉戍鼓憶征鼙，昔任安襄道時，親剿賊解圍。習静端宜古與稽。草法有神通劍氣，酪漿可飲比刀圭。酪名水刀圭。功名幻任隍中鹿，蹤蹟閒看海上羝。聖世八荒皆户闥，春風先到玉關西。

瞿生菊亭以詩文詞見贈即送其謁選爲令二首

菊亭名頡，江蘇昭文人。戊子孝廉。余癸丑禮闈分校，薦而未售。

天假名場困此人，文章磊落性情真。壯游出塞詩兼史，詩詞多在雁門作。浩氣傳家譜入神。菊亭遠祖忠宣公拘縶桂林，與張司馬同敞倡和，名《浩氣吟》，今作《鶴歸來傳奇》譜其事。一片宫商含鐵石，半生琴酒雜風塵。詞壇久擅扶輪手，富貴何須早致身。

銅章忽現宰官身，老驥知途定絶塵。繡隴雉來春有脚，訟庭花落聽如神。飽諳草澤煙霞癖，留得詩書面目真。自古親民先善俗，絃歌不乏採風人。

夏日漫興四首

泠泠鐘梵起，旭影逗窗紗。客至驚簷雀，童閒莳野花。榮枯推物理，蕭散得生涯。邪許門前急，輕橈問釣家。

一棹鼓城隅，煙村接遠墟。飛芻來渺邈，委浪去容與。碧葦溪撈蛤，青絲繂引鱸。濠梁吾意適，不必羨儵魚。

高冢何年圮，碑殘逝水流。新蜩淒斷岸，小圃劃平疇。貴盛珠襦閉，荒涼石馬留。重垣防速朽，喬木詎千秋。

節序驚裘葛，行蹤感雪鴻。雨遲芒種後，月出女牆東。自號天隨子，人疑河上公。書長耽索句，外此百無功。

舟行口號二首

叢蘆垂柳短橋横，緑野風光畫不成。只少白羊工設色，登高我欲喚初平。

離離草襯馬蹄輕，慣飲溪流夕照明。何日華陽羣放牧，巴童卬叟話春耕。

雨後賦庭中花木

姹紫嫣紅已過期，玉簪金盞雨中移。蔦蘿松具凌雲勢，夾竹桃矜不世姿。叢菊對人秋入座，雙槐窺我夜吟詩。漫言學圃師樊子，正是農夫荷臿時。

題《小倉山房詩集》

聲名卓魯兼威愛，文筆蘇韓儷海潮。儘有江山供嘯傲，奈何閨閣報瓊瑶。拔香侍坐非周姥，負笈從遊得宋朝。昔日化民終亂俗，九原功罪恨難消。

之任贛南次青山七兄送别韻

同堂不詠角弓翩，南北分襟各一天。宦蹟遠隨鴻影外，離情長繫柳條邊。難忘積累承先德，敢謂功名握寸權。惟祝期頤和靖叟，看予琴鶴伴書還。

原倡

連錢驄馬去翩翩，路向東南九月天。籬菊作花辭闕下，塞鴻成陣到江邊。傳家莫負青氊舊，執法惟憑白簡權。七十老兄雲樹遠，滕王閣上寄詩還。

清江浦謁見制府買舟南下

西臺東觀笑陳人，忽奉新銜贛水濱。大府優容仍我舊，制府仍以道長見稱。高堂馨膳若爲親。文章未必能華國，富貴遑云早致身。一片冰心江月白，愧無治術慰斯民。

揚州晚泊計使閩時過此十二年矣

客星輝映使臣舟，十二年前古渡頭。今日停帆人不識，滿城燈火到揚州。

程任齋太守同泊瓜州，任齋獨遊金山寺，以鹽豉相餉

玉尺樓中事，壬子典試貴州，太守以開泰令分校。玉尺樓，闈中閱卷處。

年華感逝波。煙嵐凝北固，法豉品東坡。蘇詩："雅愛齋厨法豉香。"濟遠憑舟楫，臨民乏斧柯。登峰君造極，碌碌奈予何。

儀徵口阻風

揚舲西去水東流，江上煙雲獲客舟。想是天工憐拙宦，故教風色作淹留。千帆繫纜真州月，一雁呼羣建業秋。露白葭蒼人在否，濟川我欲溯洄求。

舟次金陵，晤太守許秋巖前輩暨令兄香巖先生。留宿署中，兩日始解維去。詩以誌別二首

籠燭登官閣，談經憶昔時。前輩本世好，余幼時從講貫。渾忘身是客，洵以友兼師。東里輿人誦，西河弟子詩。香巖以詩授郡中士。潮聲今夜急，旋復動離思。

敢説儒無用，深知學未優。一官辭魏闕，千里泝奔流。岸迴浮雲幻，帆孤定力收。白門楊柳色，何日識歸舟。

巡閲虔城登八境臺遠眺二首示龍肅齋明府澍。

雙江東折匯城隅，章、貢二水會流於臺北。雉堞千盤陟磴紆。水木頓忘人近市，旌麾竊笑我爲儒。當年偉績傳新建，謂王陽明先生。今日荒臺號鬱孤。鬱孤臺僅存土阜，無所謂螺亭矣。屈指東歸鴻北向，五雲深處是皇都。

雄關自古控名區，聖世山川盡坦途。估客帆檣通百粵，江鄉魚稻

匹三吴。幸逢良吏能求牧，可有奇才欲棄繻。不敢高吟追玉局，秋濤衝突念民痛。秋初江溢城有積水痕。

甄別濂溪書院諸生詩以志勗四首

楊柳風和晝漏遲，蠶聲食葉門新絲。即今春雨論文日，憶昔秋燈校士時。白雪歌成非和寡，黄金質在任沙披。諸生各抱扶輪志，欲問長途老馬知。

承蜩有技審毫釐，汲古遑云舍業嬉。目不瞬時方命射，肱當折後始知醫。窮經別具千秋鑑，下語還憑一字師。直待木雞功養到，信看氣盛短長宜。

文章陰騭本相資，無玷之圭語不支。蓬以麻扶全性直，山因簣積戒途歧。觀瀾自得逢原候，力穡應忘越畔思。尚有玉巖翁在否，宋徵士陽行先居通天巖，林顔贈詩云"爲君題作玉巖翁"。干旌我欲訪茅茨。

頻年蕊榜慎探驪，淬厲名場脱穎錐。惟願席珍完我璞，況逢梓匠與人規。謂王儀部主講。芝蘭同室光風藹，桃李無言化雨滋。計日章江叢桂發，還期努力上林枝。

咏素心蘭

不盡形容妙，方知臭味真。別推幽谷種，如對素心人。靃靡中含勁，清微迥出塵。紉秋誰共賞，攬佩矢惟寅。

豐城道中

一枝柔艣静無譁，差免津亭吏鼓撾。望氣已無雷焕劍，扣舷誰買邵平瓜。黄雲野穫知農樂，緑樹秋陰問釣家。聞道桑乾河漲發，江鄉時雨拜恩嘉。

署臬篆時客以方硯巨筆見贈

范喬世守憶髫年，染翰蓬池當力田。舍己芸人行自笑，由來過眼盡雲煙。

抱璞懷方寓意深，書生習氣重兼金。端州未到無妨取，一舸輕裝擬鬱林。

腕底文書火急催，丹毫滴露潤枯荄。揆天本乏如椽手，安得陽春運掌來。

曾大父昔任江西臬司，崇祀府學名宦。嘉慶辛酉南昌黎湛溪明府捐資重修，而余適來權臬事，瞻拜之下敬述一章

遺愛猶傳浙水濱，仕至浙江布政使，彼都人士請祀名宦，未果。永嘉綏定共懷仁。任温州同知，定耿逆之變。海東應作桐鄉祀，臺灣初平，擢任知府，任滿時，士民數千人赴閩省制府乞留。江右重看栗主新。湛露九霄曾賜醱，蒙賜祭一壇。清徽三世敢趨塵。同官相慶還相勗，功在旂常德在民。

吴白广廣文墨竹倣梅道人筆法白广名照，江西南城人。

雲漠漠兮煙蒼蒼，溽蒸頓掃生新涼。風枝如笑幹如鐵，夢魂飛繞湘江旁。道人賣卜春波里，醉後淋漓滿縑紙。籜龍有孫畫有傳，太博手挐窮其髓。放筆修篛直幹難，眼中突兀青琅玕。相見槎枒芒角吐，輝灑那復如冰紈。當日文蘇偕不朽，新詩在口竹在手。廣文墨妙得三絶，渭川胸次涵千畝。此君常對心神清，叢蘭還愜幽人情。廣文亦工蘭石。便思紉香爲佩入林去，秋聲之館擊節歌嚶鳴。

舟次遇李生榮燾

人海三年别，名場一第違。時落第歸安溪。君方謀菽水，余亦愧萊衣。余適有章門之行，家母壽辰未得稱祝。風雨程千里，煙波野四圍。揚舲重握手，豐羽自高飛。

吴白广卜居秋水園並柬令兄退谷孝廉秋水園距麻源五六里許，可攬麻姑之勝。

幽人端合住林泉，居近麻源不學仙。碧澗棲遲鴻爪印，白雲檢點馬蹄篇。滄桑自在人間世，蘭竹叢生大有年。試上石壇同聽瀑，連牀風雨畫圖傳。

繩枻齋詩鈔卷八

送别鮑雪林上舍祖雋。

憶昔相逢集賢里，問訊惟通姓字耳。程門擁雪客談經，在胡文恪師邸中相識。王子登樓人倒屣。一夕三生有夙緣，況復他方資礪砥。扁舟問渡金陵城，訂交傾蓋從兹始。初臨宦海渺津涯，先涉文江載蘭芷。君才久韞盈櫝珠，天禄親探辨魚豕。曾偕館閣諸公校對文津閣書籍。行有餘力官文書，近習刑名。溯厥本原斯竟委。讀書讀律同一原，治事治經無二軌。與人規矩得神明，置身局外窮表裏。據理遑參世故衷，衡情但守哀矜旨。三年相牖少蓬心，跬步恒嚴泯錯履。高齋清暇偶揮毫，墨妙琳琅兼衆美。兼工書畫。今朝忽動歸與情，爲念晨昏歌陟屺。余亦東西南北人，縶維駒足難啟齒。聞道平反老母娱，陰德猶能及孫子。高堂燕喜有同心，不必斑衣躬介祉。崆山貞固壽綿綿，贛邑有崆峒山。長水春深波瀰瀰。君家平湖。顧我空懷北闕心，期君重飲西江水。

題范忠貞公畫壁詩册公諱承謨，閩浙制府，殉耿逆之難。畫壁詩，獄中作也。此册爲虞山瞿孝廉頡所藏索題。

曠覽翰墨林，所重匪禄位。公也奇丈夫，片紙足寶貴。國初王三藩,萬里藉控帶。豺狼負國恩,牙爪相鈎致。公時握閩節,川潰不可制。孔雀在網羅,哀吟跼身世。老親血垂淚,執友生望祭。三年狴户幽,一夕秋濤沸。慨慷獄中作,蟠屈壁上字。生爲百鬼守,死有浮雲衛。向來顔杲卿,舌斷賊廷詈。文山亦峥嶸,獨立歌正氣。孤忠無依傍,萬古有匹儷。公與成三人,名字日月繫。殘縑滿蛟龍,奇字嚇魑魅。百年落君手,光怪孰敢視。余曾使七閩,祠宇肅瞻睇。況敦維梓敬,感激拜忠義。貞松甘冰霜,白玉受磨礪。卓哉匪躬節,執卷爲流涕。

送何蘭士起官寧夏太守並引

蘭士與余同庚,己未春同以御史值宿棘闈,酬唱匝月,有"同官何幸復同年"之句。次年同改外吏,同隸西江,而南北相去千餘里,僅于始至時一晤而别。不數年,相繼奉諱返都門,又得相過從者將一載。乙丑二月,蘭士起官守寧夏,索詩贈别。吟事久廢,苦無以應,勉成二律以誌離合之緒,不計工拙也。

棘院風花七載前,同官何幸復同年。江城筦鑰分南北,雪色麻衣感後先。過眼烟雲新入畫,君近工畫。聯吟棣萼舊成編。與兄硯儂俱以詩名。搴帷今到西涼去,定使邊氓戴二天。

賀蘭山月共清光,自古雄繁重朔方。寧夏,古朔方。溝畎黄河籌水利,羌戎赤子託邊防。聞風舊識桓君馬,行部新栽召伯棠。酒社詩壇休悵望,絃歌化洽頌蹐堂。

潮州謁韓山文公祠

起衰濟溺有奇勲,手抉天章静海氛。妙墨淋漓鸚鵡賦,祠有《白鸚鵡賦》墨刻，傳爲文公手書。精誠諴感鱷魚文。莫嗟藍水關頭雪，曾格衡山嶺上雲。安擬大顛親説法，當年佛骨未能焚。

留別惠潮道署西園四首

本是西園客，今爲南海行。簿書抛翰墨，泉石萃精英。庭石篆刻甚多。修竹千竿直，方塘十畝清。倚荷亭可憩，昕夕濯塵纓。

蓮開白間紅，夾岸跨長虹。易地柯無改，靈根色不同。荷池中隔一橋，北者素萼，南者紅衣，互栽之，則色隨地變，亦不可解事也。近朱知習染，守素挹香風。采采扁舟去，臨流悟化工。

木棉與荔子，高樹鬱交柯。結實暄涼異，成陰歲月多。林深迷鹿町，雨漲浩鷗波。落日平臺望，郊原插晚禾。

尚書遺蹟杳，署爲明黄尚書故居。傳舍解輕裝。此地森喬木，何人副保障。筍繁争迸砌，榕古結成牆。鴻雪匆匆去，棠陰謝未遑。

舟次清遠訪郭侍御同年儀長園亭即贈

曲徑方塘面面通，幽居負郭認仙蹤。亭先得月忘城市，池不栽蓮愛水松。五載行藏頻把盞，八旬老健未扶笻。蓬窗忽惹觚稜夢，同聽烏臺報曉鐘。

遊峽山望飛來寺

上方渺躋攀，云是飛來者。軒亭倚巖阿，瀑布恣傾瀉。石氣鬱常青，江流逝不舍。帶雨息煩喧，淩風得瀟灑。修竹蔭危梯，短松垂古瓦。登陟不辭勞，擬結遠公社。我來秋月圓，言歸值夏假。載泛湞陽舟，回首藍關馬。雙崖束一流，峽山肇名雅。塵鞅愧林樓，清磬起蘭若。

量移江右吴巢松上舍，賦長律贈行，爰次庚申歲過虔州見寄，原韻奉答二首

兩粤鴻泥留雪印，余乙卯冬視學粤西，丙辰夏初旋京，今乙丑冬觀察惠潮，丙寅夏初赴江右，宛相符合。後先蹤蹟恰同符。斤斤幸奉蕭侯律，幸承巢松尊人、蠡濤夫子整飭之後，得無隕越。碌碌誰還孟守珠。從政無能邀上考，原田如此合新圖。坡公遺蹟垂梁化，致治端須德不孤。惠州有東坡“思無邪齋”、“德有隣堂”書額。

閒嘗世味辨淄澠，失却冰銜但飲冰。畏我友朋嚴素履，期君事業勵青燈。廿年玉樹傾心久，來歲金門奪錦能。報國相期各努力，不教登第讓丁棱。

桐　城　縣

蒙茸細草散微芬，下隰高原路不分。萬壑溪聲時常雨，四山松影半藏雲。碑坊夾路城闉壯，穲稏連村婦子欣。又是桂輪香滿候，一天秋色感離羣。

廬州包孝肅祠二首

芰荷香裏拜清風，關節何曾到此公。留得遺編存諫草，古人端以

孝成忠。

驛路垂楊對夕暉,幾人解識道心微。我來一事先生笑,攜得端州片石歸。

丁卯元旦前三日立春合肥道中即事二首

微風吹起水鱗鱗,四野同雲釀好春。北闕簪裾思我輩,南方椎結念斯民。時赴任滇藩。穿泥已坼迎年麥,荷肉紛來歸市人。茅舍土垣鐃鼓動,太平景象此中真。

粤東江右又南滇,叨竊多慚豈日賢。櫜筆尚能金馬賦,鑄山難供水衡錢。時聞滇省產銅不旺。渾忘行役勞原隰,笑看村童樂歲年。京邸團圞人四口,屠蘇應讓阿濂先。

之官六詔路經太湖縣,謁李蔭原同年母太夫人于里第,馳函報慰,時蔭原布政黔中

少壯感孤露,又乏手足儔。鄉井視傳舍,原隰勞咨諏。直省十有八,其四蹟未周。昨自東粤返,今作南滇游。遥天雲寂寂。寒木風颼颼。霜華浸衣袂,登頓憑山篼。言尋珂里近,村舍前溪頭。喬林奕葉衍,仙李蟠根遒。經傳鄭通德,星聚陳太丘。我友有高堂,未知健飯不。款扉道姓氏,羅拜孫枝稠。各各露頭角,父執多稠繆。登堂几席净,當户峰巒幽。詩書鮮長物,耕作仍先疇。丸熊與封鮓,母德韓陶侔。八旬未扶杖,祝噎何須鳩。賤子前致詞,契交非泛悠。何語囑我友,黔中路當由。答云國恩厚,努力宣皇猷。予老眠食善,内顧無庸謀。行行羨且妬,此福生何修。昔持校士節,板輿奉黄樓。同懷六昆

季,相與潔膳羞。有子直畫省,天路馳驊騮。羣從蘭玉茁,孝弟心油油。聞君善爲治,厚德承天庥。齊魯遺愛洽,牂牱敷政優。咸推慈母訓,早徧輿人謳。薇軒萃百禄,萱閣榮千秋。我本章句士,薄書愧討搜。籌邊膺重寄,覆餗滋詟尤。幸君先路導,許我鄰壁偷。才識雖逕庭,臭味無薰蕕。挑燈傳治譜,不獨舒離憂。三楚驛程遠,五溪烟雨浮。但恐我到黔,君已揚八騶。

襄城道中憶錢溹林簡討,由豫入楚皆昔年同使黔中路也二首

皇華兩度共星馳,最好秋江並棹時。太息故人今宿草,一編誰與訂新詩。

風風雨雨短長亭,十五年前路又經。棖觸情懷吟事廢,輿夫報道柳芽青。

公安縣

迤邐來江渚,田功協雨暘。數聲春鳥脆,一路菜花香。唼水魚兒細,分畦婦子忙。此邦民志定,努力事耕桑。

山路見杏花二首

黄茅緑葦繞山巔,忽見芳菲獨樹妍。紫陌尋春人最少,慈恩風景自年年。

植向瓊林不染塵,淩霄常浥露華新。而今爛漫蠶叢路,冷雨炎風

玉立身。

重遊飛雲洞

珠江親到飛來寺，桂嶺欣看獨秀峰。十五年前曾奉節，八千里外又扶笻。山桃隨意開紅蕚，巖石依然蘸緑蓉。何日塵心清似洗，聽泉閒倚最高松。

滇中秋稔伯玉亭制府招同倪松泉山長、家培元廉訪西郊泛舟觀稼，小憩，近華浦古寺即事二首

秋風倚棹會城西，迢遞峰巒接碧雞。老屋三間延夕照，疏楊一桁界清谿。生機活脱魚跳網，時有獻魚者，買以放生。圖畫天然稻滿畦。本是當年歌舞地，滄桑不改古招提。

如此船應號總宜，新涼又届授衣時。扶犂父老隨行旆，騎竹兒童競水嬉。庶矣何加欣歲稔，食之者衆慮民飢。簿書叢裏陰晴課，錯擬山公宴習池。

丁卯滇闈送監臨主司入場三首

幾度司衡牛耳壇，朱衣常映寸心丹。古榕陰裏三山路，猶記人呼小試官。

詩書大業本無窮，豈果毛錐補化工。欲識醫良肱已折，木犀香在不言中。

春蘭秋菊不同時，自昔英雄困數奇。河鯉無須羞點額，烟雲養足待揚鬐。謂攔輿求遺才者，詩以慰之。

廣省堂方伯自喀喇沙爾寄題《黔軺集》二律次韻奉懷

花田話別春三至，又見簷梅索笑開。珠玉揮毫頻繾綣，前寄詩見懷。雲烟過眼重低回。如君自是扶輪手，顧我原非製錦才。萬里一編勞獎飾，淵懷不棄菲葑材。

玉關鹽澤路迢迢，都護安西雨露饒。聞道繁華連月窟，端須綏輯仗星軺。求魚無術蘇滇海，佩犢何能化嶺潮。徙倚中庭霜滿徑，計程書到早鶯調。

歲云暮矣，譚蘭楣學使任滿將歸，偕諸同人餞別于黑龍潭唐梅花下壁，間讀使尊甫古愚中承筆記，暨學使十八年前詩刻自古咏梅罕工者，銛何敢爲山中高士所笑。聊以誌別云爾

三年大庾江頭住，贛南道署無梅。官閣蕭寥空索句。衝炎旋作嶺南行，無復芳林動吟趣。過梅嶺亦未見。師雄徒夢羅浮游，鐵石何曾廣平賦。萬物於人有夙緣，每以無心得奇遇。朅來昆海古要荒，老幹繁枝飽霜露。託始傳聞唐與明，龍祠左畔龍形互。徑僻常依祇樹園，冬暄宜踏煙霞路。使者瓜期賦日歸，聊借一樽消歲莫。幽芳好在半開時，密艷真疑桃杏誤。競爽叢生布地香，多事石闌勞曲護。置身高處不知寒，花在寺中最高頂。榛苓何意西方慕。若非山下有靈湫，未必成蹊邀客步。問花種植究何年，去來今共蜉蝣寓。壁間先澤紀甘棠，即

此靈根培蓺圃。況復紗籠燦筆花，劉郎不比歌前度。與君同保歲寒心，慣閱暄涼如此樹。

和翁覃溪師恩加三品銜重宴鹿鳴四首

桂輪香到菊花天，矍鑠重登京兆筵。國老鵷班留四老，乾隆丁卯科，京朝官存者，師與羅徽五、梁山舟兩先生暨宗丞徐公四人。華年蕊榜先三年。銛以十八歲叨鄉薦，師更早三年。頻番奉使儲桃李，四典鄉試，五任學政。耄耋經研富簡編。研究經學至今，手不釋卷。屈指八旬猶五載，瓊林佳話待新篇。

稽古榮增翰墨光，高文典册邁班揚。先庚恰荷重申命，周甲欣歌並鼓簧。首善舊聞衣鉢美，謂黄崑圃先生。同年新進鹿苹香。身依日月爐烟在，不比山人薜荔裳。

巢松鶴記鳳梧騫，燭燦三條策萬言。六十年前同席帽，廿餘科後又芳尊。吟成擲地神常健，聽慣鈞天耳不煩。老輩風流垂準則，千秋著作即酬恩。

駒隙誰云歲月遲，簡書萬里憶經師。虎橋烟樹人千古，紀曉嵐師丁卯榜元，惜已下世。棘院風光彼一時。通籍亦叨逢卯宴，銛癸卯舉于鄉，乙卯典試河南，丁卯任滇藩司，皆得預此宴。掄才竊效味辛知。原倡“風簷辛苦愧難知”。鴻文待扣鐘鏞奏，愧乏扶輪大路椎。

題蕭雲巢明府尊甫牧原先生家書十札手卷二首

捧檄時懷負米情，箴言遠寄勵修名。緘書猶是編蒲教，拜讀如傳應諾聲。吴顧愷得父書,拜跪讀之,每句輒應諾。橋木留陰常蔽芾,屏風集誡共分明。用房玄齡事。蘭陵世澤循良譜,對此油然孝弟生。

西河舊識小馮賢,雲巢弟大本作令,亦有治聲。余廉訪西江時耳其名。家訓應同惠政鐫。竊羨一經能負荷,更看兩驥競騰騫。勉期東里興人誦,不比淵明五子篇。三徑未荒珍手澤,慚余莫策祖生鞭。余亦有先君手集,昔賢教子格言。

戊辰閏五月時雨初足,隨伯玉亭制府暨家培元廉訪巡視栽插泛舟滇池,仍用丁卯近華浦韻二首

未得軒亭搆竹西,又來郊外翫秧雞。漸漸禾映高低隴,泱泱泉鳴遠近蹊。隔歲光陰分指顧,同舟風味泯町畦。觀耕願效籌車祝,豐樂頻年賴挈提。

布穀聲中積雨宜,野航恰趁半陰時。三篙瀲灩循阡轉,一色空濛放棹嬉。農事稍稽逢午閏,故人遠别切朝飢。上年倪松泉山長同游,今已入都。何時同聽西清漏,露影荷香玉蝀池。

調任江蘇留别滇南官民二首

六詔承宣三及春,兵銷歲稔沐皇仁。詩書本色循聲吏,滇中訟簡,循吏爲宜。礦廠生涯瘠土民。民多以採廠爲生。可久端須籌樹藝,滇有曠土,余勸民種穀種樹。不貪豈果識金銀。在滇兩年,銅銀廠較旺。明師益友同舟楫,謂伯玉亭制府、章桐門中丞及家培元廉訪史、漁村翁鳳西觀察諸公也。别後彌知臭味真。

碧岫龍祠屢拜嘉,碧雞山龍神祠歲禱雨輒驗。也憑珊網採清華。秋榜後徧閱落卷,挑取書院。香花十里輿情厚,瀕行時,送者香花十餘里。磴道千盤客路賒。荒服羈縻先示信,淳風根本亟防奢。秋光計日長洲苑,鄉味還烹洱海茶。行裝惟普洱茶。

白水河

遺蹟循黄果,地名黄果樹。澂心玩白泉。百重源不涸,萬里客初還。絶壑平橋束,奔流匹練懸。何當結茆屋,攲枕俗塵蠲。

過飛雲巖

暫抛簿領客心閒,又到千巖萬壑間。古柏經年重結蓋,飛雲何日復歸山。坡頭雨急秧苗短,橋下風多澗水潺。騰笑山靈慚碌碌,名區三至不須攀。

廣信道中

天南人過豫章東,雲岫烟林入畫中。犢帶斜陽時浴澗,蟬吟高樹欲生風。山痕一綫通人力,河口一路山脚縴道,傳聞係孀婦捐修。水碓連村奪化工。昔去羊城今虎阜,鬢顔漸改此心同。乙丑夏赴粤東過此。

繩柑齋詩鈔卷九

庚午正月二日恩預重華宫茶宴恭和御製元韻二首

正是郊原宿麥青，雨暘秩敘仰彤廷。醲膏疊沛春前雪，旭景初開歲首蓂。三白祥占調玉燭，重華瑞靄敞雲屏。拜颺無具慚疆吏，仙樂鈞天特許聽。

敬授書成奕葉傳，是日，上與廷臣用柏梁體聯句，以"授時通考"命題。勤民郅治率民先。農書兼采中原菽，蠶事旁徵北地棉。四序不愆臻上理，萬年有道績前編。宸章耕織頒新詠，宣德承流凜鉅肩。

都門述職，瑞雪告豐，元日立春，上升殿受賀，天宇晴霽小臣疊沐恩施渥叨賞賚感深滋惕敬賦四章

聽鑰鳴珂歲又新，巢痕已掃記前因。濟蹌仍結登瀛侶，行禮在陛東，同班多翰詹諸公。瞻就偏爲述職臣。匝地祥霙方餞臘，九天麗日正迎春。欣逢萬國朝王會，有象休徵及令辰。

硉硉吹芋鮮寸長，外臺十載歷封疆。雙江六詔鴻留印，胥水吴山

鶵在梁。樗櫟程材慚大廈，駑駘學步願康莊。民生吏治無旁貸，天語分明誌不忘。

授時省歲凛皇衷，預兆金穰薄海同。歲德在庚。祫祭虔祈孚昊綍，歲暮，祭太廟，上行九叩禮，每至第三拜稍遲，知是默禱也。元正優敘逮臣躬。京朝官及外任三品以上在都者，減免處分，無者各予紀録二次。須知膏澤承宣賴，要以精誠肸蠁通。默祝之江春雨足，載陽蠶月扇和風。

曉煙初散禁城鴉，中使傳呼拜寵嘉。御作仰窺賡復旦，外臣聯隊入重華。特命督撫四人添入重華宫茶宴，恭和御製詩。珍頒四喜荷囊錯，樂奏三升玉液賒。恩賞四喜玉搬指、鼻烟壺、大小荷包，聽戲三齣而退。蚓曲未工叨睿賞，次日，召對蒙論"汝所作還是翰林詩、翰林字"等語。吮毫原是秀才家。

乞假五日省墓保陽感而賦此

紆道君恩重，瞻雲宛到家。五年游子别，自乙丑春展拜已五年矣。萬口善人誇。先曾祖卜居滿城，鄉里有善人之目，曾元上冢者猶指爲蔣善人後也。環翠山無改，焚黄禮有加。松楸餘手澤，留戀日輪斜。

跪剔豐碑字，於今六十年。新榮虚禄養，舊德備銘鐫。雉憶中牟集，珠曾合浦旋。先祖、先父任郡守州牧，皆有實政，得民心。蓬門叨列戟，何以繼先賢。

板輿方二載，先慈迎養西江，甫越二年即見背。宰木忽千秋。不見林烏返，空悲薤露收。賜腥光用薦，恩賞狍、鹿、山雞、冰魚等物，謹物熟以薦。封鮓訓常留。愧彼巖棲者，躬耕菽水謀。

舊是旬宣地，先曾祖任浙方伯。人懷祝嘏思。昔士民請入名宦，未果。章門崇俎豆，廉訪西江崇祀名宦，銛丙寅歲亦任是官，修整祠主。浙水凜裘箕。孤露常華杳，有兄早世。家風暮夜知。此身當許國，聊代蓼莪詩。

夏日查勘海塘，海昌陳氏安瀾園小憩二首

舊德餘喬木，當門讀賜碑。瀾安名自昔，海晏慶于兹。蟬噪無分樹，荷香未吐池。西園如在目，亭畔坐題詩。荷池與惠潮道署西園相似。

正是炎蒸候，偏懷縹緲心。危欄穿曲磴，修竹憩疏陰。時有好風至，端宜新月臨。扁舟乘興返，疑棹剡溪深。

監臨浙闈明遠樓望月

我年十五學文戰，矮簷對月凉生面。兩度秋風擢桂枝，一林春色叨櫻宴。槖筆蓬萊十載餘，星軺華隰頻郵傳。屈數閩黔秦豫行，天教南北東西徧。團圞每在棘垣中，萬里清輝看不倦。常抱冰壺照鮮遺，惟疑銀海明生眩。目從豸繡忝分符，遂覺光陰驚掣電。一輪相對祗文書，九霄無復追羣彥。又作秋簾隔壁人，舉頭忽見金波絢。連朝好雨恰依旬，放出光明人競忭。回憶三條燭燦時，伴余故物澂泥硯。高樓憑眺意何如，遥聽潮聲來一綫。

余莅浙年餘，未遑至韜光菴一游。辛未春去而復返，得觀瑛夢禪居士"韜光觀海"圖卷，爰成二律，用卷中吴穀人前輩韻

幽人尋舊夢，風景接雲林。山水方滋處，煙霞獨往心。塵顔虚一

至，勝地得重臨。膏雨前賢澤，湖山蹟未沈。夢禪尊人永相國貴撫浙時，御賜"湖山膏雨"匾額，至今懸撫署，夢禪追繪是圖送藏菴中，筆墨精妙。

擬躡登峰屐，憑欄最上頭。泉鳴高下石，竹映淺深林。永作名山寶，慚無好句酬。韜光光更遠，海日封岑樓。

甲辰會元侯翀菴樞部下世廿餘年矣，遺孤二人距省百里。余莅浙年餘，未來謁見，今訪得名履端者，詢其家計，爲之黯然。和魏春松同年韻

龍頭晚達本形單，自昔傳經世澤難。爲訪繩樞尋似績，回思席帽共清寒。螢編可在誰能讀，馬鬣猶稽擇所安。助其購地營葬。淳樸常留施孫子，詩書不必定爲官。

附原倡

孤露飄飄悵影單，雲霄念舊古人難。許窺東閣花茵暖，爲軫西華葛帔寒。此日窮鱗需尺澤，當年走馬並長安。鯫生亦是蒼生一，歸向菰蘆話好官。

奉寄文芝崖閣學視學江南，用翁覃溪師辛未會榜後感賦元韻二首

接蹟蓬瀛三十年，輒分中外悵南天。冰衡載喜金針度，玉節旋看水驛聯。己未曾典禮闈，今辛未又主試，旋奉視學之命，距之江一水可通。白露秋江新繾綣，絳帷化雨舊喧傳。昔督浙學，士林稱頌。柯亭老樹知無恙，"庭前老樹依然在"，辛亥年重入清祕堂奉贈出句也。何日重尋翰墨緣。

高山一闋問鍾期，抵掌論詩匡解頤。文戰北軒同夜課，車驅西苑候晨炊。扶輪大雅應無忝，懸鏡虚堂恐自欺。庭際素心蘭正放，相思席帽矮簷時。

舟行過蕭山登陸查勘南沙河莊山遠眺

扁舟東渡問桑麻，溪轉峰回興倍賒。一自濤聲趨北岸，遂教地利擅南沙。連篷煮海俄成雪，比户收棉競曬花。曠土已耕煩控制，試看煙樹萬人家。

宿雨初晴趁夕暉，新霜未染草芳菲。黄雲深處牛呼犢，綠水環餘竹作圍。人道公來覘穀賤，路旁村婦有言之者。我期吏瘦爲民肥。此行預躡重陽屐，不減山陰道上歸。

追題陳梅垞少司馬同年三香憶舊圖二首

念昔青雲侶，同分太乙藜。情因圖畫見，名早弟兄齊。白社人何在，黄壚夢欲迷。湖山叨管領，悵望語兒溪。

紫禁染爐熏，仙才本絶羣。至今誇妙墨，展卷識遺文。留客禪房竹，傳經祕館芸。牛眠方協卜，期爾紹清芬。時方助其幼孫經營窀穸，故云。

擢任粤督偕徐淳夫孝廉同行，途中賦詩相賀，次韻奉答四首

未效涓埃答紫宸，頭銜三載迭更新。庖雖小試非芒刃，魚在洪淵

乏釣綸。渤海尚聞牛作佩，中牟何術雉皆馴。嶺東舊夢思泥爪，此去深慚有脚春。

猶説年華四十强，薄書堆裏鬢毛蒼。不渝止水臣心澹，難布滄波聖德洋。重過雙江懷李勉，李勉爲虔州刺史，建望闕亭。常驅九折陋王陽。海疆盤錯叨宸鑒，上以“海疆難治，生齒日繁”爲訓。蠡識安能效測量。

實政全憑道集虚，未能寡過敢干譽。繁林不少焚巢鳥，涸轍難安脱網魚。百樹人才求一穫，九耕生計望三餘。民風士習相樞紐，陳湛高型待式閭。

消受湖山再歲奇，在浙前後共二年。焚香與子結心知。并州騎竹童迎節，自河督旋浙，紳民迎者不絶於路。魯國搴芹士詠詩。庚午秋，落卷挑取，書院臨行時多賦詩相送。五嶺人歸資砥礪，十年恩驟凛操持。相期雲路鵬摶日，霖雨三霄好設施。

附原倡

歡聲雷動徹楓宸，丹鳳銜來寵命新。帝曰巖疆資整飭，民徯碩輔布經綸。蠻煙瘳篠心先迓，瘴水鯨波蹟永馴。越秀峰高珠海闊，知公一到慶長春。

敭歷官階廿載强，元臣丰采未曾蒼。綰符昔靖虔州孽，持節今清粤省洋。文武才兼陶太尉，遭逢福媲郭汾陽。精神龍馬天生獨，壽世勛名詎易量。

作事輕雲過太虚，不矜勞善不要譽。道心寂寂山藏玉，惠政陶陶水養魚。寬以行嚴中有則，清而不刻地留餘。兩旁膜拜香花滿，直道知猶在里閭。

鯫生才拙數尤奇，青眼蒙公國士知。橐筆幸依嚴武節，焚香曾讀樂天詩。儒生心蹟千秋在，寒素家風寸念持。何日仰憑噓拂力，步趨德政見敷施。

雨雪連綿，滁州一帶泥滑不可行，自六合改道浦口登舟，除夕泊芝麻河。萬籟俱寂，舟子鐃鼓迎年，戲成二絶句

孤艇横江歲已闌，溟濛霧雨作春寒。莫言絢爛歸平淡，且當中流簫鼓看。

衝泥蹟阻乘樏去，利涉風思舶趠虛。應念蕭南工作者，時堵築李家樓漫口。堅冰濕草更何如。

舟次虔州述懷自儆四首

憶昔分符日，江帆汗漫游。初任虔南，買舟長江西上，今復由此行。功名初不料，歲月已如流。判牘全荆樹，瑞金楊氏昆季同居争産，搆訟主嗾者數年，不令覿面。余提案勸論，二人相持痛哭而去。鋤奸拯柏舟。南康奸民邱家亮覬其弟婦之産，揑控姦命，拖累不休。余爲剖斷坐誣，以産據付還孤寡。講堂輪奂美，捐廉修濂溪書院。桃李布陰不。

倉卒萑苻起，淒凉墨絰行。謂寧石會匪之變。閭閻知向義，天地爲銷兵。庾嶺横雲峻，章江澈底清。推篷人指點，還是一書生。

銜齋名述德，此地有前緣。傳舍用歟歷，簪纓接後先。余曾祖任江西臬司，從伯任饒九道糧道，余任贛南道臬司署鹽道藩司。此間司道皆周歷矣，故於臬署廳事以述德名齋。人迎春燕去，船背急流眠。岸草餘寒在，生機已盎然。

纔入虔州境，風光嶺外看。連峰多怪石，瀉水少回瀾。千里溪山互，三年教養難。余治虔三年。前途須努力，皆作上灘觀。

題崔雲客同年册亨從軍圖即送其之淮蔡觀察任

同年況復年相若，天上霓裳事如昨。玉堂彩筆閬風花，十載鵷邛守阿閣。我先君到湘灕右，我返京華君出守。丙辰，余自視學粵西還京，而君出爲思恩守。藥籠曾看苓桂裝，君嘗典粵西試。羽檄驚聞鼓鼙吼。碧山學士清且都，亦能上馬盤蝥弧。長弓大箭好結束，豪氣倒捲蠻雲粗。乞降遮道千蠻奴，父倈母倈泣且呼。多慈少殺革心面，幾日坐掃烽煙無。郿風忽感欒欒棘，淚灑征驂洞庭白。庾舫能空灧澦堆，裴阡近築三橋側。偶開鱣帳坐鴛湖，君以太夫入憂歸晉陵，曾主禾中鴛湖講席。繪此從軍磡峝圖。執經弟子問戎馬，譚兵猶自雄千夫。湔車我飲西泠去，君向高涼重叱馭。祇容官閣一煎茶，己巳，余撫之江，君已拜高州守，過杭一晤。折柳江干又飛絮。今我粗官到海頭，與君共濟木蘭舟。忽聞朝命鳳銜下，催促雙旌上蔡州。今年余督粵，君適權廣州篆，相聚未幾即擢南汝光道。瀕行轉憶從軍日，使我題詩壯行色。誰知白面繡衣人，一笑横刀昔平賊。清秋此去淮西路，祖德還陪鯉庭賦。君侍尊甫以行，而君大父曾任斯道。五十年過任樂安，無雙福媲王文度。君才已備文武英，霖雨自足酬蒼生。八騶不久按邕桂，猶有降苗呼佛迎。

余别韓江七載矣，癸酉仲春以循例閲兵，復莅滋土，澄海李小雲書吉明府昔年豐順令也，賦詩四章見貽，依韻答之，並示諸邑宰及潮人士，以期交相策勉云爾

繡衣曾歷海東涯，蟻磨重來忝建牙。敢以秋毫煩供帳，對兹春水感年華。採風此地先鋤莠，受代當時未及瓜。鱷徙珠還思往哲，豚魚可信語非誇。

漫説環瀛已息氛，澆漓無術善良薰。仍裝鬱浦舟中石，難格衡山嶺上雲。時方望雨。樹色如新團碧沼，謂惠湖道署西園。菜根有味擷香芹。摩挲苔壁鎸詩處，更剔殘碑擴舊聞。

人心天日共斑斑，《管子》："道之在天者日也，在人者心也。"無俟參軍學語蠻。澂以廉泉袪吏橐，抑其强幹恤民孱。潮俗，大姓凌小姓，强房欺弱房，争鬥搶奪由此而起。風清立法知恩後，春藹平争息訟間。境内階前如不隔，絲棼尾大詎爲患。

五月旬宣政未成，何期誼美見恩明。潮城街市，居民多以吉語製燈額相迓。防微莫忽涓涓水，制動翻嫌赫赫名。愧乏憩棠留薄植，幸無害馬樂芸生。時海揭、潮澄等縣令皆知以清勤自厲。搴帷勗爾敦勤儉，克保繁滋心太平。

附原倡

去時尊酒餞津涯，來日壺漿擁纛牙。五管河山新改色，七年鬚鬢未添華。田中尚秀張堪穗，梁上猶懸趙穎瓜。當世明明山有斗，緣何

椽木獨堪誇。

山無瘴厲海無氛，宣㫺皇風百物薰。不愛從人騎白鳳，能令謁客入青雲。輕裝擔負酬庸值，行竈蕭閒卻獻芹。非是明公清節峻，養廉以儉備官聞。

自玷清時銅墨班，廿年邊土語都蠻。歸休只望窗殘喘，脱穎誰知到老孱。一驥嘶風銜勒候，全牛在目奏刀間。定知肘後無人掣，亂筆塗鴉未足患。

如墜如登本性成，渟泓秋水鑑空明。喜繙班史循良傳，不解龍門貨殖名。祝緩公歸相天子，俯從衆望活蒼生。西南一柱擎天若，後有千秋繼廣平。

伊墨卿太守同年過粤，以西溪消夏卷子屬題，即次其韻

西湖重管領，未到此溪陰。瓶鉢三生共，與詩僧了學同遊。煙波一往深。暫爲觀釣客，莫滯出山心。露白葭蒼處，溪多蘆葦。鍾期好聽琴。

又題墨卿所居秋水園圖兼以誌別

話別邗江歲月徂，惠揚輿誦尚歌衢。前守惠州，後守揚州，皆有去思之慕。勞君東海春風棹，示我南華秋水圖。清獻多情添一鶴，園有二鶴。雲霄千里待名駒。賢郎已擢拔萃科。相思命駕知何日，耿耿心期在玉壺。

題鄂剛烈公玉甕詩草稿册鄂名容安，字虚亭，由翰林官至總督，封“襄勤伯”，殉節伊犁。此其應制作稿本，寧化伊氏珍藏。

鐵石人傳藻繪詞，文章忠節兩兼之。千秋法物榮光燭，想見成仁授命時。

簪筆承平用意深，求賢在野寓良箴。用詩句意。直教德比豐年玉，不獨文成百鍊金。

冰霜遺蹟後先望，曾見忠貞畫壁章。曾於虞山瞿孝廉處見范忠貞公畫壁詩草真蹟。絶勝文山歌正氣，天戈指處息欃槍。

六月二日韓桂舲中丞招詣光孝寺荷軒小憩，並謁虞仲翔祠。翌日出長古見示賦此奉答

爲訪名藍到郭隅，暫抛塵鞅結清娱。傳兹面壁歸無相，觀六祖面壁像，無復貫休所畫羅漢矣。化彼文身繼有虞。嶺南文教開於仲翔。千載珠林滋碧幹，菩提一珠已枯，今孫枝出牆外。一池香雨湛紅芙。茫茫人代滄桑感，學步多慚亦濫竽。

和伯梅坪制府緬寧督勦邊外南興逆目張輔國竣事原韻

蘖芽弗剪遂根蟠，螳臂潛興牛耳壇。徹土敢忘陰雨降，養鋒權避瘴雲漫。穴中探虎紆籌策，井底跳蛙逆逞瀾。一自晉公親督戰，梅花如雪不知寒。

戈矛新淬馬新羈，争向南興徼外馳。衆怒可乘笳鼓競，先聲所懾兔狐悲。焚巢纔報烏其遁，走險應知鹿已踦。整我西師返東作，擒渠無待及瓜期。

疾首披猖已十年，天心厭禍刻難延。扶良鑒彼芸苗者，得勢看如破竹然。三猛其蘇崩角迓，三猛皆土司，苦輔國蠶食者。五旬而舉凱鐃旋。餱糧資汝藩籬固，成算胸中一著先。倮黑地瘴毒即冬令亦難深入，以鹽糧資士練，克敵致愾，故云。

克播皇威信壯哉，點蒼山色比嵬嵬。斷藤此日誅黄豹，結草何人亢杜回。春在梯田刀可種，野無京觀網仍開。碧油幢下焚香拜，裘帶風流大將才。

桂舲中丞述職將行，賦詩留别用王明經文誥韻奉酬

劍戟初銷待誦絃，仗公籌海復籌邊。何當細雨征驂日，正是秋風落葉天。前席敷陳隆棟吉，斑衣歡笑大椿年。將請假返吴門，祝太翁八十壽。計程鄧尉梅花發，載得龍光書錦旋。自有威棱育物慈，澄懷不與俗推移。人欽刑賞歸忠厚，我識經綸定險夷。楊柳暫違同濟約，黍苗仍愜再來思。眷言家國衷如繪，愧誦謙謙惜别詩。

仲秋兼權粤撫，入闈襄事，至公堂對月述懷，敬步德定圃師庚寅監臨作元韻二首

桂輪清切碧霄傍，星斗森然網在綱。席帽風霜來得得，鏡湖歲月去堂堂。地當海納人文盛，室仰衣傳姓氏香。師詩懸監臨室。秋暑正

宜時雨化，幾多皓首滯名場。庚午監臨浙闈，忽忽三載，時秋熱甫雨，故云。

坐聽高樓漏點移，熒熒燈火戰酣時。六千士孰鞭先著，十五科慚覺後知。此日風簷無倖進，他年雲路有專司。緣深又預苹芩會，用示諸生勵志詩。秋賦鹿鳴以來，又預此宴，九度矣。

内監試萬子雨雲太守見和前作復疊韻賦闈中即事二首依韻答之

活火煎茶棘院旁，蓬山舊夢憶頭綱。清風共仰無雙品，謂兩主司。暴雨如登有美堂。思妙湧泉誇手敏，才多就範味心香。一般燈燭當年事，愧到東塗西抹場。

海天風景我情移，好在鍾期入聽時。躍冶金看新得意，同岑蘭本舊相知。太守與主司皆杭人。全憑青眼無遺憾，漫説朱衣有默司。江上芙蓉秋欲老，憐他立鵠待緘詩。

題趙笛樓觀察慈竹長春圖即次卷中李小松京兆韻

天水滋篁碧，湘流曲曲長。清風門綽楔，孤露墓封防。節已培慈廕，才宜獲國香。板輿曾就養，花外舉壺觴。

三載馨蘭膳，長安記卜隣。卻添游子淚，爲憶故山春。予季歸帆侍，童孫結耦新。望雲無限意，寸草戀貞筠。

掄才承使節，養福喜家園。送抱齊肩竹，謂笛樓遣諸郎歸侍。忘憂樹背萱。鳥含頻入夢,驄避不聞喧。爲倩朱繇筆,丹青識孝源。

風寒吹撻易,春去駐暉難。欲報劬勞德,回思潔白餐。陶歐留懿範,申甫重良翰。衆母君身任,蒼生汔可安。

甲戌新春魏春松同年來粤主講粤秀書院,出示癸酉春與鄉榜同年五人修禊事所繪苔岑雅會圖,即次其韻

雅集良辰樂性天,擔頭事業讓人肩。竭逢梓里傳經日,悵憶蘭成射策年。余撫浙時,春松主講崇文書院,甲辰榜余年最少,今已届五十矣。我榻不懸春共到,君詩如畫老逾妍。苔岑端藉他山助,漫説風流繼米顛。

題宗氏家乘忠簡公遺像,用卷中吴蠡濤師韻

姓以春卿著,騂旄舊賜盟。高門蕃定國,瑞寶頌鍾嶸。世有箕裘業,時惟草木兵。風雲遭慘會,花石動邊情。君子悲猿化,寰區痛虎争。蒙塵瞻北闕,留守寄東京。泥馬川方濟,銅駝棘未生。旗旍天外指,鼓角地中鳴。歌舞重湖樂,漂摇大樹驚。羽書紛午午,廟算叶庚庚。折坂疲無畏,"毋以九折之疲爲畏",見建炎元年東京留守勅。叢臺蹟竞傾。只今遺像肅,如聽渡河聲。

題春松讀書人家圖二首春松出守楊州時,蒙召對論曰:"汝乃讀書人家。"因繪圖以示子孫。

猶憶青門祖餞辰,梵林香雨浥輕塵。餞别日微雨,同游崇效寺,海棠

初開。臣心精白求惟舊,天語分明聽若新。小試經綸名世業,太平時節自由身。讀書種子憑忠孝,華實相兼有幾人。

四十年前抱膝吟,山房静寄古松陰。春松有《松靄山房讀書圖》。已看玉樹添花萼,新喜添丁。更喜銅盤會竹林。韋老一經傳奕葉,張公百忍訂同心。未忘三徑深宵課,鞅掌多慚俗慮侵。

于役桂林舟中柬春松

三年珠海挽奔湍,桂管山川壁上觀。愧乏奇文能制鱷,幸偕仙侣得驂鸞。嶺高伏莽萌芽易,地瘠求芻撫字難。回憶前塵驚老大,成陰桃李又春闌。距視學時已十九年,昔以初夏去,今來適值四月。

昭平峽灘流甚急

野草隨方異,輕舟上峽紆。濤聲欺白馬,雲氣接蒼梧。勇退輸君速,回瀾笑我迂。千金壺漫挈,忠信即亨途。

英煦齋冢宰以長君新入詞垣次君方授館職賦詩紀盛且以志勗次韻奉賀

樂賢煦齋堂名。高第五雲邊,綺歲多才璧又聯。每誦清芬詒萬石,姓石氏。曾傳舊學侍三天。吾師文莊公入直上書房最久。瓛璡早擅珪璋府,軾轍争誇翰墨緣。蕩蕩霄程初抉起,由來俊鶻不空拳。用杜句。

蘭采陔南棣友情,一家人集小蓬瀛。卅年塗抹成陳蹟,余以甲辰入詞館,忽忽三十年矣。二妙峥嶸畏後生。羣玉圖書原自富,條冰風味本來清。蔚爲國棟連堂構,猶復虛懷似捧盈。

巡閱肇高雷諸郡營伍途中書所見二首

時平講武習鞍韉,瘠土之民少力田。<small>野多曠土,村民以爲不毛。</small>風動修筇鳥石路,霜清短蔗白沙船。犢羣自牧斜陽外,村舍無多疊嶂前。蟋蟀山樞吟未已,連朝栗烈待裝棉。

昔時蛟鱷競戈鋋,固壘高塘尚儼然。<small>數年前洋匪登岸,民間築壘自固,今尚存。</small>盜旣革心皆赤子,官能置腹卽青天。巡防莫犯揚干令,蔽芾多慚召伯賢。寄語化民當息訟,存誠去僞以身先。

繩枻齋詩鈔卷十

乙亥人日次魏春松遣興韻時將入都補部郎

憶我之江惜别時，扁舟不憚朔風吹。余去杭時，春松買舟相送，深夜始返。纔聯秋雨驂鸞棹，又賦春波折柳詩。慘緑衣看新隊侣，輭紅塵理舊鞭絲。沈錢二老前型在，阿閣終棲最上枝。謂歸愚、擇石兩先生皆以晚達躋卿貳。

賀覃溪師得孫次曹儷笙相國韻二首

曲江重宴拜綸恩，是年師重預恩榮宴。又慶含飴瑞在門。丹桂一枝綿桂子，師家本一桂房襄敏公，公之子都水公，正德舉人。是以師重宴鹿鳴筵間有"一枝丹桂夢，重踐白沙筵"之句。青桐千尺長桐孫。繡紋春動回長至，賀客詩成首達尊。述祖有篇傳吉兆，"來慶述祖篇"亦師重宴鹿鳴筵間所得句。栽培忠孝訓常存。

卅年提命絳帷恩，何幸髫齡早及門。曾拜石屏呼石丈，師得奇石，因以石畫名軒。欣聞詩老得詩孫。鬱葱户定饒佳氣，湯餅筵應置義尊。坡公嘗合諸客所送酒置義尊。壁上吟箋新句滿，百年風味至今存。師彌月，李濟菴先生有賀詩，師髫齔時尚記黏壁。

瞿菊亭作令蜀中，歸田後命駕數千里晤於嶺南節署，爲題"桐間露落，柳下風來"小照，仍用十年前舊韻二首

二十年前抱璞人，陽春一曲識其真。存心利濟官無小，廳事堂皇政有神。謂聽訟必在大堂。共説米家船載石，不妨萊邑甑生塵。羅浮春色如相約，余乙丑歲之官東粤，菊亭倩人繪扇頭"羅浮春色"贈行。余去而復來越，乙亥，菊亭度嶺見訪。猶是清時自在身。

瞿曇黄面認前身，風露翛然不受塵。同我初心惟白水，知君遺愛在青神。四川縣名。亭亭枝幹秋來健，濯濯丰姿瘦處真。經訓堂開施孫子，名山著作有傳人。

和李鐵橋司馬留别順德士民四首

鳴琴聲裏見春温，父老争攀欲去轅。作吏早覘經濟略，愛民益廣撫綏恩。頗聞輿誦歌蘆管，應有樓名署稻孫。户牖洞開民志定，用原作"百里聲情通户牖"。此才合榜百城門。

立志須觀筮仕年，南來鳧舄獨飄然。手能製錦無慚學，心可焚香自告天。奏效曾安嗷澤雁，思歸莫羨釣潭鯿。虚懷實政非他術，事事惟求治本先。

探丸小丑昔梁跳，往日瘡痍喜漸消。本爲栽花勤拔薙，能將芃黍换苞蕭。課耕徧鼓村農腹，藏寶無驚舶主腰。三度羅浮迎竹馬，陽江人又盼鳴橈。曾三署博羅，補陽江，調順德，所至有政聲。

愧我先登竿木場，苦將治忽辨微茫。未能濟物資羣策，除卻知人乏一長。試看韡留傳比户，更無錢選累行裝。聖恩特許因材借，九萬鵬程詎可量。時捐升同知，奏請留粤。

附原倡

除吏曾叨詔旨温，便攜琴鶴整南轅。散材敢具煙霞相，小草猶知雨露恩。百里聲情通户牖，一官功過看兒孫。栽花潘縣吾何暇，只有桑麻緑到門。

海涯萍梗已多年，老馬知途恐未然。智不知人尤鮮學，事皆有數莫貪天。戒心最是銜蘆雁，作態何爲縮項鯿。换得頭銜聊避熱，錯教人擬著鞭先。

薪勞蓬轉日凡跳，壯志潛從箇裏消。舊去青衫猶歷歷，年來白髮已蕭蕭。封侯無骨空投筆，向老何心尚折腰。獨有離情抛未得，伊人秋水繫蘭橈。

現宰官身又一場，雪泥鴻爪思茫茫。爨餘焦尾剛三疊，閏過黄楊祇寸長。任滿恰已三年。閒數鶯花隨客舫，卧遊山水入輕裝。紳士多以花卉山水畫册見遺，故及之。庭前幾樹棠肥瘦，可有遊人去後量。

丙子季春南安舟中見白髭一莖賦此

薄領纔抛即首塗，此邦五至歲華徂。蠻煙瘴雨填襟袖，朔雪寒霜上鬢鬚。試數山川行脚徧，若論政事叩胸無。知非又過經年夢，且繪朝天待漏圖。

述職將抵都門端節前一日喜雨

頻年守土叨豐稔，五嶺同霑聖澤深。曾記先庚逢瑞雪，己巳除夕，京師大雪，余適以展覲得邀甄敘。欣看重午得甘霖。低回四載瞻雲願，慰藉三農望歲心。餅餌香中稌黍茂，定知擊壤徧歌音。

送周南卿三燮旋浙秋試四首

黃童生小即無雙，百斛龍文氣欲扛。一自鐖軀游嶺海，湖山清夢繞鄉邦。

萍蹤兩度到東華，甲戌，偕曾賓谷方伯入都，今又同余北上。紫陌朱櫻景物賒。兩次皆值四月。記取來年臚唱後，杏花簪罷見槐花。

襆被原無蘇子裘，依人獨上仲宣樓。文章大有江山助，此去應教出一頭。

聞道棠陰在古陳，南卿尊人宰沈邱，有惠政。寒燈畫荻憶艱辛。生平熟讀瀧岡表，願作熙朝有用人。

題馮生俊焯母王太孺人刲肱圖

鑪香一柱升清煙，心隨煙篆騰青天。孝女有母病弗痊，刲股救母天應憐。中庭拜禱無人見，盤上刀光忽如電。愛親已覺腸九回，和藥真成血一片。懸知此藥異尋常，冷灰倏爾回春陽。鬼神默助孝女孝，戚友但譽良醫良。何圖二豎萱齡促，寸刃重刲右肱肉。大勇偏從弱質生，靈丹難把衰年續。披圖觀者心肅然，此事至再尤堪傳。閨中早識蒿莪義，世上徒誇柳絮篇。馮生捧檄謀甘旨，内行克勤遵母氏。願生采蘭復采杞，移孝作忠原一理。

閩闈門下士吴又京孝廉紹祁黄星巖明府奎光訪余於羊城節署，偕趙淞舲孝廉承烈暢敘兼旬詩以誌别

針芥相投三十年，四人小聚各華顛。細論往事浮雲幻，共守初心定力堅。今古行藏憑造化，時星巖欲不出山。東南保障凛仔肩。茫茫後會知何日，説到重逢又怏然。

和馬秋藥太常見謝荔枝元韻

鄰棗曾叨悵久違，京邸結鄰後，忽忽二十年。故交碩果歎星稀。嶺南不貢蒲萄錦，浙右欣來薜荔衣。官愧素餐知腹負，詩工藻繪覺眉飛。丹心夙共苔岑契，漫説羹梅命理微。推余命，謂來歲當作使相，自揣年資，無是理也。

秋藥度嶺見訪，自春徂秋行將去矣，詩以誌别二首

城角看花每句聯，同遊法源、崇效諸寺。河干轉漕得鞭先。君視漕通□，余亦至五闆抽查。名山著作應千載，瘴海馳驅已六年。畏我友朋心尚素，羨君金石壽方堅。隔牆呼酒風流在，荔子陰中話夙緣。

過眼煙雲歲月長，開元遺事孰能詳。春風梅柳供吟篋，秋水芙蓉送客航。度嶺裝應慚陸賈，埋輪疏競説張綱。西河弟子勞延佇，不爲

蒓鱸戀故鄉。

題何相文南鈺太守羅浮面壁圖時引疾旋粵。

蓬萊左肱入中國，時有游戲飛仙人。君登蓬萊更何往，偶跨洱海頌陽春。詩清政美已無兩，忽遣心兵縛狂象。家山曲愛酒邊聞，初祖禪凝畫中想。絶頂雙趺半席容，猛拋笻杖化蒼龍。憑他蝴蝶春心鬧，不動伽黎一角風。放下神仙與循吏，何事頭陀尋活計。祇應重現宰官身，霖雨東方擁千騎。

成都咏牡丹

嶺南六載悵穠芳，粵中少見此花。錦里春深擅色香。爲襲繁華無素萼，蜀無白牡丹。不教端麗上紅妝。緋袍學士凝風度，紫府仙人暈日光。開近十分尤護惜，任他洛下詡姚黃。

數朵高擎衆葉端，移來官閣當凭闌。風敧似點朱衣額，露湛剛承絳玉盤。艷吐環中仍象外，品題骨重不神寒。試吟白傅叢花句，好並葵心仔細看。

賀煦齋家宰哲嗣昆仲同擢學士少詹即次其韻

喬木前徽未掌綸，先師文莊公未入閣。孫枝騈秀拜恩新。固知福德從無爽，益信文章自有神。臣主一心綿盛繼，弟兄三世篤培因。寄言二宋青雲上，應作蒼生託命身。

中秋日明遠樓待月

雉堞低迷夕照中，樓臺久換黍離宫。試院本前明蜀宫，舊基尚存短堞。頻年庶士争攀桂，往代王孫襲剪桐。騏驥何人千里致，陰晴此日八方同。中秋見月與否，天下皆同。冰輪東望勞延佇，歷歷雲山鶴唳空。

重憩驪山行館

客程紆積潦，秋色滿新豐。雨後山猶濕，霜前柿未紅。肩犁人種麥，選樹鵲呼風。不盡低回意，泉聲咽故宫。

己卯十月皇上六旬萬壽入都叩祝紀恩六首

勛華相繼祝期頤，嘉樂由來受禄宜。周甲算應添五福，先庚天已錫蕃釐。欣隨萬國朝元日，親見三公上壽儀。臣是兩川安撫使，率先魋紒拜彤墀。帶川省口内外有頂戴土司十六人，同理藩院尚書賽沖阿跪覲天顔。

御園冬早尚蘢葱，天借陽春暖氣融。杳靄仙韶山原上界，莊嚴佛相徧虚空。已欣日日堯樽飫，惟祝年年舜陛同。有道聖人宜曼壽，呼三何獨有高崧。

聖德神功帝獨全，烝烝大孝寢門虔。昌辰内禪高千古，恭已文思紀廿年。自己未親政，至今廿載。盗削潢池看燧熄，吏懲貪墨戒民朘。淳風又見還皇古，始信華胥自有天。

六日祥開仰太和，五更齊候火城過。鵲爐煙細通金鑰，虬箭聲遲待玉珂。西極紫騮雲叵匝，伊犁貢馬。南交香象雪嵯峨。南掌貢象。八方共喜瞻天表，萬載重光煥有那。

闍耆靈鷲古嶙峋，身毒扶南本不賓。豈有夜郎終自大，於今迦葉亦稱臣。佉盧忉利諸天字，膜拜華嚴海外人。況已苴蘭歌聖德，旄牛桑漢盡冠巾。帶領各土司分三班聽戲。

主恩深重到微臣，法曲仙音飫再旬。前後共賞戲十五日。御爵親承斟湛露，上親賜酒一壺。佛輪常照樂同春。同樂園、寧壽宫召見十次。黄羅更荷珍頒疊，賞文綺、朝珠共十六种。丹扆難忘勗勉諄。訓勉綦切。小草亦欣依壽寓，龍光歸艷錦江人。

清溪道中時巡閲建昌

劍外雞頭較此平，邛崍而上盡峥嶸。吐番西去邊關冷，西過打箭爐即入藏境，路經冷邊土司。諸葛南來草木榮。先過榮經縣，以武侯征蠻過此得名。相嶺梨花争雪艷，大相嶺極高，梨花已開，積雪未化。瀘江匏葉趁風輕。瀘江即今大渡河，時水未漲，易渡。時清閒肆弓刀隊，不比當年叱馭情。

仁宗睿皇帝灤陽升遐輓辭五章

颶拜逢旬慶，翹思未浹年。壽庭頒賚重，温語沐恩偏。硃諭春前雪，去冬報回任摺，仰蒙硃批："京中得雪透足，定卜豐年，特諭。卿知同深感慰。"黄封袖底烟。人天成永隔，驚淚迸如泉。

大孝稱虞舜，吾皇德更純。視朝仍聽訓，受璽尚扶輪。霜露終身慕，風雷本性仁。省方纔數日，何遽厭臣民。

殷憂頻啟聖，篤祜總承庥。暘雨消災沴，農桑化劍矛。頒綸防有莠，蠲賦慮無鳩。蕩蕩名難罄，都從敬德流。

功繼十全盛，心無一息康。憫忠澄吏治，弼教審刑章。學契甘盤舊，才徵卓茂良。幽居重展謁，述聖迪前光。聖製有《嗣統述聖詩》、《憫忠詩》、《甄别賢愚以澄吏治論》、《弼教申謨論》、《明慎用刑説》。

八紘欽帝念，五聽戒臣俞。肄武人談藝，崇文術重儒。方期成久道，定可啟鴻謨。灤水聲嗚咽，攀號望鼎湖。

又申哀恭述二章

逐隊西臺落拓身，何期簡在謁楓宸。樂郊特畀饒魚稻，授贛南道時，自陳悚懼不勝任，諭以地方無事且魚米之鄉。宣室原非問鬼神。外擢前一年，特蒙召對，垂詢良久。廿載簿書無小補，三遷節鉞荷重申。那知飽聽鈞天後，便是彤墀拜訣辰。

愧鮮經猷柱石臣，入覲時，曾以"國之柱石"訓勉之。寸誠常守矢惟寅。擢臬司謝摺，批諭："常守寸誠，勿隨流俗。"河防曲諒仍還鎮，薦牘旁求謂得人。甫化帶牛叨睿鑒，偶除害馬沐恩綸。此時蜀道青天遠，空對秋風淚滿巾。

和文芝崖同年西藏九日後圃登臺元韻

疆連吴越有餘閒,謂余撫浙,君視學吴門時。彈指光陰十載間。萬里清心盟白水,一杯濁酒挽朱顔。來詩索酒。聊看菊影挑鐙坐,惟祝荷香擁傳還。對此巉巖青不斷,巢痕同憶舊蓬山。

附原倡

天高氣霽岫雲閒,景象空明夕照間。百尺荒臺凌突兀,四圍珠宇抱孱顔。蒹葭水泠鳧仍浴,榆柳陰疏雁正還。惆悵郫筒遲酌我,回頭莽莽萬重山。

輓茹古香大司馬同年

憶昔蘭成射策時,後堂絲竹共親師。甲辰榜發,茅耕亭師招門下士中式七人演廷對,一日君先完卷,余次之,館選恰二人。揮毫平視無餘子,奪錦先攀第一枝。廿載傳箋多手蹟,余膺外任,彼此音問皆手書。元辰話别悵心知。今年元旦,在太和門外席地話别,歎知交日少。如何遽作蓉城主,楹帖猶懸痛淚垂。臨行所贈柱聯,墨蹟如新。

文福生平得兩全,水曹鉅任獨身肩。上年,先帝灤陽升遐。君官司空,晝夜在署,敬襄大安輿廬殿等事,得以妥速無誤。門高已慰于公慶,謂年伯循良懋著,至今畿民感念。語讞旋知汲氏賢。米舫石留人不見,齋中多石供。巾箱經在子能傳。君近年寫小楷十三經。汴軺共結騎箕侶,霜鬢潛滋最少年。今夏,成保菴同年卒于中州差次,余在同榜年最少,亦將六十矣。

壬午蜀闈驟涼用戊寅中秋韻

煎茶三度蜀闈中，皓彩難邀顧兔宫。兩次中秋見月，今年陰雨。秋半已無開臏桂，涼深只爲閏餘桐。因閏月，故早涼。六千人裏囊錐少，四十年前席帽同。爲念西征衣未授，低迷雪意望遥空。時官兵剿果洛克，塞外苦寒，恐已降雪矣。

恩賜紫禁城騎馬恭紀

還朝巽命荷頻番，時自四川總督内轉刑部尚書，管理户部三庫事務。幸釋仔肩凛服轅。年未六旬叨異數，榮逾三接憶初元。駑駘竊愧叨天禄，欵段何修入禁門。臺省諸公皆驥率，揚子牽馬以驥。敢忘故步趁朝暾。

十二月二十六日召入乾清宫跪領御書福字並賞壽字恭紀

守土榮頒早，自庚午後，每年皆蒙賞福字。趨朝寵賚新。福原周薄海，壽亦遠微臣。寶翰從心妙，恩光耀首珍。叩領時，内監將書成福字從頭上一過，隨之捧出。雲霞親捧出，丹筆願生春。

癸未上元後一日正大光明殿預宴恭和御製元韻

龍光錫宴舊章循，卿月咸叨慶早春。御前大臣、軍機大臣、大學士、尚書皆預。獻歲祥霙周率土，祈年霽景樂同民。訓言共仰天如覆，颺拜惟期德有鄰。湛露連番慚報稱，元辰先已奉恩綸。元日有旨，寬減廷臣舊日處分有差。

春莫于役保陽和文筠軒冢宰蓮池行館詠物詩四首

卧地盤空閲歲年，高柯攀附到雲邊。龍蛇作勢乘風舞，瓔珞垂身帶露妍。倒影恰依蓮沼畔，清香如賽葯欄前。冰廳共仰無蹊徑，君掌吏部，有藤花颸。廣厦端宜蔭緑天。藤花。

澹無脂粉净無氛，乍暖風光已帶薰。漠漠池塘春一片，溶溶院落月三分。瀛洲玉映飄香雨，梨花爲瀛洲玉雨。閬苑烟霏擁素雲。猶憶塵勞登相嶺，隔林冰雪日初曛。昔過雅州，相嶺極高，雪中見梨花。梨花。

一株綽約殿餘春，翻笑夭桃早學顰。景物當年迎驛路，繁華今日對羇人。紅雲欲墮驚霜鬢，銀燭誰燒點絳唇。色即是空香更幻，西川同是此花身。蜀海棠亦無香。海棠。

攜酒聽鸝興若何，春深猶未舞婆娑。輕寒淺燠低眉領，奼紫嫣紅轉眼過。驛路影隨游子騎，龍池風裊侍臣珂。依依似爲人難别，好雨東來緑更多。時望雨綦切。新柳。

恩賞人參六兩恭紀

藥籠慚無補，瑶光瑞應躔。三椏鍾氣厚，二等沐恩偏。爲念勞薪久，行當宿疢蠲。時腸紅舊疾方劇。相期登壽域，固本在丹田。

題林石笥孝廉鷗波逭暑圖

本是雲中鶴，非同海上鷗。抗懷青玉案，寄興白蘋州。小住爲佳耳，伊人宛在不。鍾期應竊聽，流水草橋頭。

心曠原無署，乾坤一色秋。苕溪足烟水，松雪繼風流。斷續蟬聲静，高低樹色幽。他年蓬島上，漁隱憶前游。

甲申上元日雪

潦水何時涸，來牟漸發生。上元春未透，三白瑞方呈。自去冬至今得雪三次。加賑慚宣化，停徭起頌聲。時有恩旨：停本年春秋二差。民和宸念切，豐樂願同賡。新正三日，重華宫茶宴，以“賦得民和年豐”爲題。

輓吴美存少司馬其彦二十韻

少年登第才偏勝，君獨老成若天性。一門三世七甲科，君克培元保其盛。胡爲中歲喪斯人，德不延齡才未竟。魚書重展墨痕新，去秋尚接手札。噩夢乍驚珠淚迸。憶昔汴闈徹棘時，亭亭玉樹臨風映。余年三十君十七，出藍愧把傳衣贈。余十八歲中鄉榜十五名，君十七歲中十七名。果然鵬翮上層霄，晉陽真爲一門慶。尊甫鑑菴公同官翰林，相繼大考高等，清華直上。孝友終身泯間言，文章千古崇先正。綿裏針推治世良，舟中麥爲貧交罄。三司分校力披沙，兩度持衡争仰鏡。分校鄉闈者三，典試湖南、江西各一。至今畿輔頌人師，僉云官職聲名稱。視學順天，未滿任以憂去，至今人切懷思。一朝風木折椿柯，奉母南歸篤温凊。姜生大被共承歡，范氏新莊亦爲政。書來母老欲陳情，傴僂不敢邀三命。

潁濱文采合登朝，謂令弟淪齋殿撰。通德門庭堪樂聖。芝草偏先萱草摧，歎息聲知遐邇併。樞部三年履任虚，君督學後，擢少司馬，未到部。郊關一别前緣定。辛巳春初，送余至普濟堂而别。火色鳶肩迥不同，電光薤露誰相證。太虚無礙鶴飛空，積善有兒珠照乘。料君端爲玉樓成，顧我行將春夢醒。

繩枻齋詩鈔卷十一

甲申季夏西苑述職，蒙恩賞御筆詩畫摺扇一柄，一面繪蘭石，題“知芳”二字，一面書御製御《門日詩》：敕政遵前訓，彤庭進衆官。時惟修已慎，治在得人難。施措情兼理，操持猛濟寬。弼予納忠告，永奠萬方安。而以宣仁風，佐治道爲望。微臣感愧交集，恭紀二首

六秩年華邁，三朝寵命申。蕘言叨采菲，蓬質荷披榛。披榛採蘭。地仰清音勝，是日在静明園清音齋召見。恩承寶翰新。薰風方解愠，何以稱揚仁。

昨歲鴻嗸急，求芻不厭頻。發棠周蔀屋，登麥慰楓宸。時正麥熟。臣職慚推已，皇心重得人。願參寬猛意，寮寀矢惟寅。

恭和御製詩元韻

臨軒求上理，分職勵羣官。政以同心濟，人知大體難。衡情先去酷，秉法不徒寬。膏澤占多稼，時暘慶乂安。

恭和御製大暑日養心殿對雨喜成元韻

下尺均霑甫及旬,天心默契聖心仁。三農頓洽爲霖望,萬物欣逢致養辰。波静金門欽水德,永定河初報盛漲一丈二尺有奇,金門閘過水七寸,旋即消落,各工平穩。螟消繡壤祝田神。時因蝻子未净,禱於八蜡祠。從兹暑雨無咨怨,翹首初陽上紫闉。

恭和御製齋居對雨復成元韻

三日連番愷澤敷,不須雷電六丁驅。連日澍雨,静無風雷。煙凝翠仗雲猶潰,潤挹金莖露更濡。膏黍真同田種玉,招涼奚藉殿懸珠。因時茂對宸衷切,府事修和頌有虞。

賦得昨夜庭前葉有聲得心字五言八韻,甲申考翰詹題。

聲在樹間秋欲老,葉飛庭際夜方深。洗空玉露仍如昨,掠地金颸詎自今。幾處湍泉添急響,一窗蘿月減繁陰。試看灌木蕭疏景,回憶清宵淅瀝音。緑竹尚留君子德,青燈宛見古人心。校書原比和雲掃,隕籜微参擊節吟。雨近重陽飄菊徑,霜明極浦綴楓林。授衣共仰求衣切,圖史勤披帝念欽。

曉起初忘歲月駸,庭前忽見葉蕭森。嚴風昨夜人方覺,寒露今年候早臨。無語但聞蟲唧唧,有聲似和漏沈沈。一番微脱來窗北,幾片紛飄點砌陰。惟賴簡編澄俗耳,非關砧杵動秋心。新凉曾記梧先落,古韻猶傳竹自深。賦紀歐公同逸興,詩推翁子擅清吟。欣逢萬寶咸登日,茂對還廑育物忱。

吴巢松學使以余忝預參知郵詩志賀次韻奉答並謝敦勉之意二首

向不如人樂取人，居高速謗凛前聞。空傳寒庇千間廈，深愧勤施四嶽雲。參政循資叨格外，余以資深忝期職。焚香訟過到宵分。澤鴻頻歲初安集，敢謂文恬共武忻。

鯉庭早見茁蘭荄，登師門時，學使方七歲。試院詩清驛使梅。跼厚余非耐官職，抽渝君合舉賢才。追思雪夜聞中論，妄擬房杜之師文中子。克紹風流卜上台。唐吴融詩："自古風流必上台。"同抱冰壺心一片，衆春園裹任花開。來詩以"寒花晚節"共勉，即以魏公帥定武事自勵。

附原倡

聖主金甌第二人，上登極後，兩命漢樞，首濟寧，次即公也。兒童走卒盡知聞。立身已著三朝望，當日曾占五色雲。有人謂公乃魏公後身。喜起明良真不忝，富韓濂洛本無分。全畿尚挽陽春駐，草木天喬意亦欣。

十載瀧阡已宿荄，未看桃李作鹽梅。先大夫每謂公有宰相器，惜不及見。如公自是扶天手，愧我原無盡日才。惟願寒香同晚節，從今佳氣滿三台。戟門定不施行馬，宏閣還因禮士開。

補題陶雲汀中丞漕河禱冰圖，今歲有捕蝗之異即附於篇

小儒動色談鬼神，荒怪情狀迷其真。豈知聖代百靈役，奔走奉職

如臣民。叢祠血食徧天下，往往肸蠁因乎人。自非精誠正直足以感通者，亦復冥冥漠漠誰得而相親？君不見巡漕陶御史，禱冰冰作水。千艘膠凍甓社湖，一夕揚帆去銜尾。借問何神耶？露筋古女子。女子貞魂長不死，能助使君成國功，不負褒稱歐與米。煌煌貞應標天題，曰維昭靈普惠之神祠。江風縹緲吹旌旗，冠珮不動趨冰蠵。使君作記筆淋漓，象以丹青聲以詩。開卷恍見神來時，赫然盛蹟千秋垂。遂使天下鬼神皆忭舞，願奉福祥歸聖主。願得陶公來，神人共安堵。君不見昔年御史今中丞，一夕禱蝗如禱冰。皖江田禾不可犯，暗中似有萬手驅。飛蠅借問何神耶？曰劉猛將軍。將軍專祝著靈顯，不與貞媛爭殊勛。朝命申錫豐苾芬，陰威震耀將軍尊。横戈怒馬排秋雲，趙宋名將難爲昆。僉曰十年來，江淮古廟多。蒙恩自非遇陶公，冥冥漠漠誰復相知聞。始知幽明理，殊途本歸一。鬼神何在在爾室，呼吸通之豈倉卒。志乘他年兩特筆，不紀靈奇紀正直。我觀禱冰圖，又觀捕蝗所。上書鬼神情狀洵非虛，聖代禎瑞無時無。安得爲民爲國精誠感格如公乎？

前司寇韓佳舲年文督工寶華峪，手書近作裝册見貽，並以銛協贊之喜郵詩相賀，次韻奉謝

茅塞塵襟心已聾，心聾，本《抱朴子》。開編浣誦味無窮。霜晨並轡思朝右，同官司寇三月。海國同舟憶嶺東。同任粤東督撫年餘。抱質何傷蠅點玉，知音非俟爨餘桐。雲樓選句懷明允，總在昭昭天鑒中。

惟仁者壽卜岡陵，澹定如公世鮮能。風度咸推嵇紹鶴，生平最鄙郅都鷹。哦松念不忘君國，竊禄心知畏友朋。愧乏瓊瑶無以報，文章千古共青燈。

年班入都以協辦大學士至翰林院上任自述

二十科違三十年，甲辰至癸未二十科，自乾隆乙卯視學粤西，去院三十年。巢痕久掃續前緣。玉堂譜訝心知少，翰林認啟單余科分已在前十名。金榜名思背誦全。乾隆己酉在西苑領朝考卷時，相忽索新進士引見排單。余按省分各依甲第名次，默憶録呈，回署對金榜無錯，今則不能强記矣。階下衹餘横杖隷，惟一走館李姓，係當年舊人。亭中猶貯飽蟫編。謂寶善所《四庫全書》底本。隨車小僕今華髪，初在院辦事時，一僕仍令隨往，已將六旬矣。晚節何時釋重肩。

題李子文雲章孝廉恒山講舍圖時主講正定。

相逢猶記古榕門，初見時子文奉母寄居桂林。恒岳峰高講席尊。已見聯珠森玉樹，兩郎已入泮。無望晝荻侍金萱。西山績學難兄弟，丙歲題名合祖孫。謂令祖丙戌成進士，來年適值是科。他日三蘇齊奪錦，披圖重與説淵源。

恭和御製喜雨元韻乙酉三月十一日。

蹕路東郊雪渥霑，二月廿五日隨扈至燕郊，得雪。滋含宿麥慰茅檐。尚稽零雨桑田慶，切望蒸雲柱礎占。密點連霄千畝通，釀膏下尺一犁添。親耕預仰皇心敬，畿輔旬宣懔日嚴。

恭和御製慎静齋晚坐即事元韻

共荷宸慈本昊慈，何期特賜叔倫詩。唐貞元中，御製《中和節詩》賜容州刺史戴叔倫。五風協應期無爽，十日春留澤未遲。距立夏十日。乙夜觀書摛聖藻，酉年占熟念農時。一篙添得清淮水，輓粟連檣利涉宜。時借黄濟運糧艘輓渡良難。

雪鴻紀蹟六十首

四齡入塾

咿唔小儿誦毛箋，珍重斜暘下學天。塢號感慈恩罔極，山丘重謁是何年。

余生於先大夫江蘇藩理廳署，四歲從黄岡高師授《毛詩》，每晨外祖母徐孺人親攜至書室院前，下學時高師送至上房院門外。孺人卒後，合葬於吴縣感慈塢。若無繼嗣，自辛未春過蘇展謁十五年矣。

五歲吟詩

總角焉知贈别詩，由來天籟識親師。那堪揮手臨歧路，道範終無再見期。

五歲將隨任平度州，高師旋楚。余賦五言二韻送行。有“此時揮手别，後會在何年”之句。師早已下世，且有伯道之傷。

膠東觀政

輸將猶有古淳風，辛苦田家烈日中。慚愧民脂叨厚禄，可能頻歲獲年豐。

見州民完糧自封投櫃，先大夫訓以閭閻疾苦，當思受禄不誣。“頻豐年歲邀天幸”，先大夫罷官時，留别州人詩句也。

洵南下帷

將勤補拙凛官箴，鼓篋當年解惜陰。村社喧闐宵閉户，青燈黄卷此時心。

八歲隨先大夫退耕寶坻縣林亭鎮，十歲習爲制藝，以“人一己百”自勉，門前報賽演劇，從不往觀。

斜陽讀史

性耽觀史勝談經，未到焚膏讀暫停。殘照一編成短視，而今龜鑑識前型。

十一二歲喜觀史而無暇，每於未上燈時，就簷際閲之，目遂短視。

童試倚閭

含淚登車惜别辰，垂髫衣染洛陽塵。板輿奉養無多日，慣作東西南北人。

携一老僕應童子試，徐太夫人揮淚送之，從此慣作遠遊，春暉莫報。

髫年入泮

出於其類拔乎萃，童子何修亦濫竽。想是前生多抑鬱，故教鳩鷃作南圖。

十三歲入泮，四書題“出於其類，拔乎其萃”。

村舍談經

就正前村慰索居，柳橋步屧可當車。漁家怪我期無爽，竊笑書生似趁墟。

十四歲無力延師，每課期先一日赴隣村講貫。過石橋柳岸，有浴沂風雩之致。

槐市擔簦

棲遲人海踏槐黄，負笈居依棘院旁。早得科名悲老宿，畫齋滋味慎無忘。

十五歲入都鄉試，僦居貢院後街，受業於雲夢許秋巖、召村太史，菜羹疏食，出則步行。

桑園却扇

柘園親迎一舟輕，月紀中秋分外明。親寫格言遺墨在，自慚官職過聲名。

十七歲先大夫攜往就婚於馬中齋外舅桑園行館，舟中日有詩課，出句云“節過白露猶餘熱”，對以“月到中秋倍覺明”。曾手寫古人誡子各則爲訓,今付霖兒珍藏。

露華騰采

倖獲遑云奪錦能,萱堂誠感有奇徵。珠騰露洗尋常句,果應師言懼弗勝。

十八歲鄉試中式第十五名。夏間徐太夫人夢見報條名次,符合。闈中座主劉文清公閱余卷,賦得仙露明珠,詩頸聯“月静珠騰海,天高露洗秋”,擊節稱賞,謂此人當作太平宰相。

杏苑聯芳

五年即合持文柄,良馬天教送錦程。歎息劉蕡終下第,祖宗積德我身榮。

十九歲會試例應馬射,余短視不嫻,於騎市中有白馬極馴,乘之應考。後五日,馬殂。是科漢軍卷祇中一名,座主胡文恪公取定兩卷。揭曉前,始擯其一,乃宿學艾孝廉崇禮。余初應童試,謁正陽門關帝廟求籤,首句即“祖宗積德幾多年”。

史館蟫編

頻年橐筆走東華,竊愧承明著作家。前輩風流心嚮往,叨陪繪閣踐隄沙。

二十歲以庶吉士充史館纂修,與孫寄圃、初頤園兩前輩最相投契。今寄翁晉秩綸扉，余適濫膺協贊。

書窗鴻案

學知不足敢求安，攤卷深宵得靜觀。我自研經君刺繡，熒熒共此一燈寒。

每夜閉户讀書，内子對案針黹。寒夜率至漏下十二刻。

東觀校讐

正是荷香六月中，校書水殿坐薰風。溯從飽啖紅綾後，果餌連番食自公。

二十二歲散館授編修，派往西苑文源閣校勘《四庫全書》，蒙賜水果、茶食、紗緞有差。

西清管領

領袖蓬山策六鰲，兼司芸館勵同曹。不因人熱安吾素，碩輔何來正氣褒。

掌院阿文成公謂余人甚正氣，派翰林院辦事兼庶常館提調。

閩海采蘭

榕樹陰中小試官，全披萬卷有餘閒。武夷未得扶筇去，酬祀親登五隖山。

二十三歲充福建鄉試副考官。余四膺試事，皆與同行者徧閲通場，以免疏漏。徐太夫人曾禱於蘇郡五隖山而生，余使閩北旋得往酬祀。

津門杭葦

訪舊津門一葦杭，人家多在水中央。誰知澤國今逾甚，已溺惟思協雨暘。

二十五歲居先大夫憂。天津李載園明府延往閲縣試卷，正當河溢，陸地行舟，今忝爲畿督，疏消水患，苦乏良籌。

黔山持節

水驛山程眼界超，周咨風土記黔軺。寄言求牧先除莠，不擾方能格有苗。

二十七歲充貴州鄉試正考官，有《黔軺紀行詩集》。貴州苗人患役，極恭順。胥役每虐使之，曾告知牧令留意，不三年有松桃之變。

鎖院襄衡

昔年辛苦此中過，畢集羣賢似永和。收得一班竆窮措，大朱衣點額幸無訛。

二十八歲充癸丑科會試同考官。本房中式七名，揭曉，同事謂所得皆鄉裏人，深以爲慰。

秦關聯騎

秦關聯騎與重論，尚認黔江舊酒痕。留作玉堂佳話記，五華山上爲招魂。

二十九歲偕錢檢討開仕典試陝西，即上届使黔舊侶，爲從來所未有。兩家皆繪《黔江並棹》、《秦關聯騎圖》以誌盛事，檢討旋卒於雲南學使任。

汴水同舟

夢裏虚舟待槳行，文章事業竟何成。空言得士傳衣鉢，忽痛門前玉樹傾。

三十歲典使河南副使。周主政鍔先夢避火登一舟，急迫不能開。旁有人告之曰：待槳即行矣。蓋謂"舟"爲"周"，"槳"爲"蔣"也。主政長余十歲，闈中贈詩云："文章與我三生共，事業輸君十載多。"是科得吴生其彦，甫逾四旬，官至少馬而即下世。

洞庭神佑

麻衣人泛洞庭舟，風滯湘陰動旅愁。無數神鴉翻曉日，千檣飛達岳陽樓。

三十一歲廣西學政任内，奉趙太夫人諱，星奔北上，舟次洞庭，客船數百停泊者旬日矣。次晨風利，有神鴉無數回翔帆際，舟人競以米肉飼之，已刻抵岳州。

宣室祥徵

忽傳名紙下西臺,踏雪晨趨閶闔開。自笑幾同立仗馬,何人特許濟川材。

三十四歲官御史,因密保特蒙召見,是日甫得瑞雪,天顔温霽。

五牐盤查

垂楊兩岸河如鏡,小舫中流縴引驢。此是恩波來禁籞,量沙鄭重太倉儲。

三十五歲寓東便門外,盤查五閘運京漕糧,自春徂秋,頗有泛舟之樂。

雙江觀察

春明一别赴雙江,新建勛猷耀此邦。回首觚棱天北極,五車書不改芸窗。

是年授江西吉南贛道,不獲辭,輕裝赴官,半載書籍,贛州有李勉望闕亭,不勝戀戀。

講院論文

光風霽月愧濂溪,五色應無到眼迷。政在化民先造士,千旌爲訪玉巖樓。

贛南文風不振，捐資重修濂溪書院，課期親爲批閱，鄉闈多中式者。宋處士陽行先號玉巖翁。

訟庭維化

慣逞含沙鬼蜮謀，事關風化是吾憂。牖其真性全荆樹，懲爾刁頑保柏舟。

贛南之民好利健訟，爲之提訊。有唆同居兄弟，控争家産五年不相見者；有覬弟産，誣控其婦失節者。皆化導懲辦得以保全。

龍定防邊

巖邑龍南接定南，九連山色界層嵐。陽明當日膚功奏，聊助聲威我亦堪。

三十七歲，粤東博羅永、安會匪滋事，與贛屬定南、龍南相近，設卡防堵，廣爲偵探，悉出己資。

寧石殄寇

禦寇倉皇墨絰行，官兵不若用鄉兵。殲渠散脇期無枉，盡掃邪氛善氣迎。

三十八歲，十月廣昌縣齊匪聚衆，爲其教首復仇，延及石城、寧都共有五六千人。聞變馳往，督率兵勇，激勵士民，邪黨悉就殲擒，地方安堵。初在京，友人筮得蒙之上爻，至此始驗。時已丁徐太夫人憂。

普寧息鬭

蹊田小釁或争桑，蛇鬬甘心内外傷。急捕不容錢乞命，賣力買犢樂時康。

四十歲，特起揀發廣東旋，奉命署理惠湖道。潮人械鬬成習，有普寧方氏同姓操戈。余急派文武帶兵圍捕，不能買凶，在任半年無敢鬬者。

惠海揚兵

催到艨艟一隊雄，揚威端賴舊元戎。横行無此摧殘甚，馬首從今不欲東。

時水師俱在省西東路，洋面空虚，余文檄頻催，原任提督孫全謀帶師船駛至海豐鄭，一帮洋盗正在滋擾。余親往督戰，擊沉賊船十餘雙，殲獲無算。

章門述德

軼事猶傳開綱仁，咸平外署字如新。二賢祠内同名宦，述德齋前草自春。

四十一歲擢江西臬司。曾大父曾居是官，平反冤獄、崇祀名宦，署儀門有"咸平外署"題額。先大夫任南康同知，今尚祀於二賢祠。余故以述德名齋。

沙井棲流

沿江席舍好安排，老者扶持少者懷。計日授資成樂土，居然婚嫁雁鳴喈。

署藩司任内，江南大水，流民攜家而來，不絶於道。在沙井倡捐席屋數千間，以資棲止，日給口糧，流民安之，尚有嫁娶者，春融給十日資散歸。

銅山新礦

功虧一簣祕坤珍，鑿險鎚幽在得人。忽報路南新礦旺，不貪非不識金銀。

四十二歲抵雲南藩司任，正值廠銅衰歇。向之見苗覓礦者，或失之一綫即不可得。適路南州出新廠，得銅五百餘萬，京運採買局鑄無不充裕。

龍潭古梅

昆明城北有唐梅，全賴龍湫液暗培。連歲甘霖皆應禱，偶因祖道看花來。

夏間祈雨黑龍潭，輒應。潭側古梅兩叢，繁茂無比。公餞譚蘭楣學使北上，始見其作花。

胥江話舊

秋水芙蓉慰所思，十年舊侶共旌麾。匆匆又向西泠去，薤露頻驚兩世悲。

四十四歲調江蘇，途次擢蘇撫，甫抵城外，聞督阿雨窗調江適至。初任江西時，廉訪也，相與暢敘而別。未幾，余調浙江，雨窗即物故。其子四川綏定守瑞生亦不永年。

吴岫祈晴

多稼連雲已暮秋，何堪潦雨積平疇。從宜從俗神如在，舜日堯天宿霧收。

調撫浙江，正值新穀登場，陰雨不息，請天竺大士下山供奉祈晴。次日開霽，向迎大士求晴，有牌對曰：堯天清朗，舜日光華。

錫宴重華

祥占三白慶春歸，錫宴重華露未晞。喜起載賡叨睿賞，鈞天仙樂記依稀。

四十五歲，正月二日述職在京。預重華宫茶宴，聽戲和詩，賞四喜玉搬指、煙壺、大小荷包，時值除夕大雪元日立春。

焚黄三代

祖德流傳蔣善人，松楸省視奉恩綸。薦腥今日徒豐祭，負荷何能報析薪。

是年出都，給假滿城縣省墓。以恩賞乾鮮食品薦祀曾大父。昔居是邑，至今鄉里有蔣善人之稱。

浙闈令肅

人文盛處戒浮夸，勗以箴言士不譁。無限雲程端始進，要知秋實勝春華。

監臨浙闈，士子向不守場規，剴切示諭，是科皆魚貫歸號無譁者。

海邑潮平

坍漲情形異昔年，安瀾審度石工堅。小舟問俗頻來往，嚴禁沙民趁賭船。

海潮南漲北坍，海寧石塘喫重。屢往相度培護。小憩陳氏安瀾園。時有沙面，奸民駕船開賭，爲害閭閻。訪獲首惡，此風頓息。

水驛歡迎

小别之江歲已闌，春融歸鎮主恩寬。難酬竹馬思棠憩，勉紹清徽矢寸丹。

調任南河，甫一月仍回浙撫任，浙民駕舟來迎，宛同竹馬。曾大父曾官浙藩，遺愛在民，因作堂聯云："四世紹清徽問父老憩棠猶在，重臨叨異數愧兒童騎竹相迎。”倩餘姚邵同年瑛書之。

河莊秋獲

黨山繁庶又河莊，沃土天成足稻粱。竈子漁丁歸保甲，前旌過處説豐穰。

時蕭山南沙地方漲出良田不少。親往黨山河莊山督編保甲。忽有村嫗曰：“蔣大人回來了，我們又食賤米。”蓋因飭禁長安鎮不得販米入海故耳。

特錫花翎

盜弄潢池始擊蒙，自知有過並無功。兼圻特予冠飄翠，要使臣鄰各效忠。

四十六歲擢督兩粵。入覲，上謂：“寧石兵事，口不言功。”特賞花翎。

重過梅嶺

贛石灘前溯舊游，士民卒伍競攀留。人言往事同三浰，我痛鮮民擁入騶。

赴粵過贛南，士民及營兵爭迓於路，距徐太夫人棄養時已屆十年。

蕩平土寇

本是重洋不逞徒，跳梁何得尚稽誅。噴山歆野張羅網，掃穴焚林息鼓桴。

初抵嶺南，投誠洋盜結夥肆劫。報無虛日，調集官兵搜捕，自夏迄冬悉就殄滅。

信服島夷

貿易南洋原失計，況開厲禁逮紅毛。中朝無取奇淫貨，杜爾生涯自我操。

粤海貿易始於前明宦寺，得不償失。暎咭唎即紅毛國，本在所禁，誤准其來。該夷護貨兵船擅入内洋，不服驅逐。余飭停貿易，不許開艙，乃遵約束守舊制。

韓江化鱷

西園信宿有前緑，比户燈紅愧吉聯。兩度荷池花未吐，故人從此悵啼鵑。

余去潮州七年，復來閲武街市，以吉語燈聯相迓，仍寓道署西園。計兩番游覽荷池，俱非開花之候。舊友徐孝廉秉尊自浙偕來，重談往事。及回省未久，孝廉即下世。

桂海驂鸞

昇平肄武快驂鸞，桂嶺潯江歷歷看。憶昔泮宫春校士，槐花初結杏花殘。

鞠案粤西順赴桂柳、南潯等郡閲伍。時方初夏,與昔年視學,風景無異,而年届知非。

夔門涉險

扁舟西泝錦官城,巴水巫山叱馭行。此是昔年征戰地,覲民飭吏費經營。

調任四川,詔催甚急,由宜昌泝江西上至夔州,登陸兼程赴成都。

錦水息囂

調遣頻仍士氣澆,祇緣將惰遂兵驕。服其心乃繩之法,組練三千静不囂。

省兵,乙亥冬,鼓譟之。後日益驕縱,時有浮言。先爲革除陋習,澄汰劣員,卒伍中有犯必知,立時懲辦,旋皆帖然。

重新石室

地沿尚武急修文,質美還須講貫勤。石室重新培俊杰,果於衆馬得蘭筋。

錦江書院即文翁石室遺址,捐俸修拓,延師訓課。是科解元吴晉燵,乃上年落卷中挑取第一。

永莫金江

苗雖有莠固多良，走險誰憐頳尾魴。苛政莫教人似虎，窮夷非復馬如羊。

寧越一帶往歲時有兵事。稔知由於兵役索擾，客民盤剥，余閱伍至此，嚴申禁令，出示曉諭，夷人悦服，未始非曲突徙薪之助。

永北綏鄰

無端風鶴報鄰封，干羽何能斂惡烽。玉斧畫疆當恤患，金沙息浪始歸農。

辛巳春，滇南永北廳㑇㑇仇殺漢人，焚搶三月。提鎮一味招撫，其地與蜀之鹽源會理毗連，設卡防堵，無一犯境者。收恤流民二萬餘人，事定始散去。

松潘除逆

恃其荒遠莫追捕，衛藏人來誤攘揄。父子元凶皆授首，從今赫濯震天弧。

松潘屬果洛克番，距黄勝關二千餘里，中無居民，其人以畜牧、搶掠爲生，兵至則逃，不可蹤蹟。因誤搶西藏喇嘛貢物，密探道路，出其不意，令提督桂涵冒雨帶兵掩至，焚其黑帳房，擒獲首惡父子及凶夷數十人，就地正法。諸番環跪，無不股慄。

禁城策馬

廿載旬宣心力殫，榮承恩綍掌秋官。春明舊夢今方遂，況復趨朝得據鞍。

五十七歲内召爲刑部尚書，恩賞禁城騎馬。

畿輔鳩民

三輔頻年逢水潦，九重申命沛金錢。發棠請牒慚無地，蠲賦停徭降自天。

五十八歲出爲直隸總督。上年水災後又復大潦，蠲緩之外，得賑銀一百四十萬兩，米七十萬石，藉資補救。次歲又蒙停徭役一年，備沐隆施，自慚無狀，請牒用蘇子瞻杭州賑災事。

介福承恩

報到庭前産一芝，黑頭何幸廁參知。揚仁特寫知芳字，錫福親承染翰時。

五十九歲，閏七月，庭樹生一黄芝，旋奉命協辦大學士。夏間上書御製詩，畫蘭扇，題“知芳”二字以賜，歲除在京又親領御書“福”字。

六旬賜壽

宣勤自愧不如人，篤祐俄驚歲月新。未效寸長叨十賚，欣看尺澤霈三春。

六十歲蒙賜"宣勤篤祐"匾字及"福壽"字,並如意藏佛、蟒袍、朝珠陳設古玩九件,文錦、江綢、線縐料各九端。時值春暮,時雨優霑,感荷恩覃實無紀極。

繩枻齋詩鈔卷十二

讀翁覃溪師《復初齋詩集》續刻，敬題簡末，即次曹儷笙相國、李蘭卿閣讀韻

師昔已過花甲年，復初齋稿初雕鐫。弟子敢議經笥邊，芸臺所刻居吾前。鴻章粲備細不捐，六十六卷裒其全。斯文照世神在天，歲月屢易陬訾躔。李君拾得珍珠船，續輯四卷齊末巔。手爲校録心周旋，一字不使訛旁偏。八音始覺完編懸，開卷棖觸懷桑田。吾師晚歲娱林泉，蘇齋問字人蟬聯。好古徵信追彭籛，石墨萬軸堆几筵。師考正金石文字甚多。得意輒聳雙吟肩，豈特鎔鑄固興還。鄭箋馬疏尤精研，羣經解義遲成編。師有《諸經附記》七十卷尚未付梓。雄文直接昌黎傳，胸羅星宿筆似椽。下視湜籍何迍邅，湖海詩人空愛憐。王述菴先生《湖海詩傳》載師詩數十首，皆少作也。二者剞劂猶遷延，我官翰林愧炬蓮。校讎丙夜青藜然，師每借書眼欲穿。墨痕寸紙雲霞鮮，至今什襲心虔虔。銛在清祕堂時，師借庫書，手箋裝潢成卷。嶺南重鎮慚秉鞭，壽我五十郵筒専。金堅石介心纏綿，勉以實政詩兩篇。是陶是杜離言筌，十載過眼如雲烟。卷中見詩增涕漣，蘭亭考異窮句弦。家事述德供檀旃，師《蘭亭考》亦銛所刻，又曾校定《翁氏家事述略》。瓣香所奉敢不蠲。海之一勺山之拳，竭來詩刻全功竣。六旬弟子老彭宣，遥拜詩境陳豆籩。生天成佛周垓埏，應鑒阮蔣懷謫仙。相公作詩珠唾連，翰墨共結千

秋緣。

巢松學使以余忝晉揆席，仍用去秋賀參知韻賦詩見貽，適聞調任山左疊韻寄賀

所思不見素心人，使節將歸吉語聞。中土三年覃化雨，東邦兩世快披雲。蠡濤師秉藩茲土，吏畏民懷。聲名官職皆無忝，政事文章本不分。此去鵲華山色好，明湖秋柳亦欣欣。

當年厚澤潤枯荄，又見輕裝探嶺梅。壬戌冬，學使隨侍由山左往復嶺南，在虔州相見。功在徙薪須問俗，事無越俎不矜才。弦歌鄉魯邀冰鑒，簪紱巖廊到鼎台。寡過未能惟自省，蓬心何日遇君開。我兩人五年不見，從無如此契闊者，今又須三年矣。

附原倡

畿南多少太平人，好語新從日下聞。齊賀商巖作霖雨，快看汾鼎出卿雲。謝公鎮撫常居外，陶侃精勤尚惜分。聖主賢臣嘉會少，鴻毛風順遇欣欣。

節府金芝又發荄，今夏保陽節署復有金芝之瑞。靈芽雙兆廣平梅。功參造化渾無蹟，學到深醇不見才。武庫星明仍上將，文昌珠貫近中台。祝公四十年公輔，百歲堂前晝錦開。

丙戌春帖子詞

淑景開芳甸，條風拂紫闈。歲功柔兆合，丙見即農祥。

錫福摛毫甫浹旬，本月十八日，蒙預重華宫，恩賞御書“福”字。龍章紀麗歲華新。授時賓日符寅建，萬彙由庚協令辰。是日庚辰開正，適月建庚寅，允符萬物，由庚之義。頻年畿輔播恩綸，樞禁依光第一春。補助親承丹詔下，醲膏海寓被無垠。新正加恩，各直省普霑春澤。

恭和御製臨幸御園之日瑞雪載塗豐年有象敬感

天恩續成七言八，韻以誌欣慶元韻。六花應禱昭誠感，企望郊原續霈時。渥澤南邦欣疊告，歲前，江以南各省皆得雪優渥。祥霙北地待宏施。祈年即兆豐年象，是日，上祈穀大祀畢，赴西苑，前一日宿壇。戴雪爰成快雪詩。

御仗曉排天宇凈，卿雲低映土膏滋。惟看旖旎春生早，不覺曈曨日上遲。積玉園亭增樸素，向榮草木露丰姿。千畦宿麥培根固，一墢新田播種宜。從此雨暘常秩敘，濳孚昊縡荷皇慈。

恭和御製復雪元韻

雨水剛逢應作霖，御園雪景好追尋。定知霑灑連畿輔，又覩瓊瑶滿禁林。眷篤上辛符帝念，耕催小卯慰農心。仙韶飫聽陽春曲，湛露頻霑聖澤深。

恭和御製上元後一日小宴廷臣即席示意元韻

上元典禮戒奢浮，錫宴深期勵翼儔。快雪時晴惟省歲，持盈保泰允升猷。佇看千羽遐方格，謂逆回張格爾即當授首。還慶倉箱薄海周。三載重賡蕭露什，癸未春，刑部尚書任内蒙恩預宴。宸章疊和幸何修。

恭和御製雪晴即景元韻

達旦連宵畫始停，快兹霑渥報新晴。釀膏畿甸千疇潤，旭日林巒一色清。塵净螭坳猶凍合，雲籠鴛瓦倍光瑩。傳柑節展春臺永，時正月十六日。獻歲蓂開兩度榮。

恭和御製西山晴雪八韻元韻

西山新霽候，積雪未全消。初日明千嶂，寒煙豁一朝。澤應同下尺，瑞自不封條。樓閣丹霄近，峰巒碧漢迢。無雲皆粉素，有樹盡瓊瑶。鶴舞沾零亂，樵歌入泬寥。珠塵吹不起，銀冶畫難描。宸詠懷東作，非關淑景饒。

恭和御製勤政殿述志元韻

御屏連殿額，無逸更加勤。殿中御座後炕屏寫《書經・無逸》。克己昭恭已，多聞審擇聞。御作"任人先克己，布政貴多聞"。權衡輕重協，涇渭正邪分。述志詩頻錫，甲申夏蒙恩賜扇，恭讀御書《理事述志詩》。欽明仰聖君。

恭和御製仲春經筵即事元韻講章首題"衆惡之，必察焉"四句，次題"罔以側言改厥度"。

春筵進講率，攸遜志彌昭。聖德宏執雨，用中操治道。察微見遠洞，人情共欽式。度如金玉無，俟敷言乞老，更園聽叨陪。鵷鷺列日宣，奉職愧槐卿。

海淀恩賜園寓感賦

前歲還朝席未温，玉堂難覓舊巢痕。塵容甫得依霄漢，爽塏何期近御園。卅載馳驅慚國棟，一庭花木憶師門。園本阿文成師舊寓。安居大廈吾何補，清夜丹心手自捫。

恭和御製還宮喜雨作元韻二月十一日

陽和大地漸榮敷，雪澤連番雨載濡。千柳煙濃如潑翠，一犁泥滑儼搓酥。風平碧澥春生棹，是日蘇撫奏報：海運米船開行。日麗青旗曉啟途。上自園啓行，天已開霽。伫迓省耕臨禹甸，黄童白叟共歡愉。

恭和御製喜雨元韻二月十七日

中和氣候半晴陰，霡霂欣逢再錫霖。五夜溜聲喧碧瓦，一天潤色藹青林。秖緣東作民依切，特沛西疇帝澤深。麥秀禾生疆吏報，綏豐四海慰堯心。

丙戌禮闈聚奎堂即事次壁間前明王衷白先生韻

襄校奎垣歲月深，乾隆癸丑科曾預分校，迄今三十三年。才抛塵鞅得重臨。客冬始自畿督内召。廿科忝廁絲綸地，四座欣聯翰墨林。要以性真分淑慝，不徒文字判升沈。諸公俱快新硎發，白日青天共此心。

閩豫秦黔愧汲深，曾典四省秋試。越江蜀道屢監臨。監臨浙江、粤東、四川等省計五次。猶思在泮搴芳藻，八旗童試在聚奎堂。何幸程材入鄧林。矮屋三條誰得雋，虚堂萬卷待抽沈。紀年恰值懸弧日，難副旁求側席心。

送韓桂舲少司寇養疾歸里二首

小劫旋叨雨露恩，去秋自馬蘭工次，召署少寇，賞二品頂帶。老成尚喜典型存。官非陸賈無歸橐，廷有皋陶鮮覆盆。姜被聯牀偕伯氏，于門容駟繼賢孫。養痾特遂林泉志，惟抱葵心向日温。

同忝宗工藥籠人，君官秋曹，余在詞館，均爲阿文成公賞識。故交零落歎星晨。顧余伴食慚羹鼎，羨子投簪動縉紳。一舸秋風仙眷屬，滿懷春氣玉精神。五年祝嘏重聽履，猶是熙朝矍鑠身。

丁亥春帖子詞

御園陳綵仗，京兆進春圖。九月恩施沛，迎韶九日符。正月九日立春新正加恩，適有九省。

八穀纔過逢酉熟，三徽端合建壬林。《漢書》：三徽之月爲正。今歲月建壬寅，日在乙酉，發春兆稔，允協農祥。閏餘恰值長羸月，麥秀禾榮慰帝心。

伫看條風出玉關，更敷時雨洗冰山。天狐威震天槍落，萬里鐃歌振旅還。

恭和御製上元後二日小宴廷臣即事元韻

傳柑再展沐恩榮，錫宴名藩逮六卿。南國波恬占利濟，西陲師正祝澄清。願行春令陰陽協,勉率秋官獄訟平。纔過祈年風解凍,應期雨水慰農情。

恭和御製竟日連宵甘霖深透敬感天恩喜成長律元韻

每遇虔祈潤滴酥,今番優渥沐恩殊。條桑陰裏春猶盎,布穀聲中澤共濡。濕徧笠蓑良可慰,珍同珠玉詎能逾。洗兵佇聽鐃歌至,薄海綏豐慶載愉。

題昆明戴古村淳選拔晚翠軒詩後

彩雲騰現處,美偃不勝收。緻網珊曾采,雛鸞骨自遒。文心三古澹,詩筆五華秋。挾策重相見,同驚逝水流。余任滇藩時,古村先人襄幕事,戊辰鄉試,落卷中挑取書院,古村與焉。

無意求温飽,難忘在顯揚。甥方登上第,古村甥黄琮成進士入詞館。子獨整歸裝。降格新花樣,乘時好景光。莫高梨潤詠,鳴盛達天閶。

過趙北口即事四首

永定河原無定河,南堤收束每騰波。金門閘與新灰壩,四載欣無瓠子歌。永定河頻年漫溢,甲申修復金門閘壩,並建灰壩以洩盛漲,連歲安瀾。

千里綿延復舊堤,旱方土及水方泥。欲搪急浪憑叢葦,卧柳經春又茁稊。復修千里長堤,參用水中撈泥作土坯式,頗爲膠固,堤脚多栽卧柳,叢葦以資捍禦。

趙北燕南十二橋，填淤只剩兩三條。垂虹一一通舟楫，蟹舍漁莊景物饒。謂復建十二連橋，並疏濬馬道支河等工。

聖主恤民爲減役，良臣報國不辭勞。畿輔興辦水利，程月川中丞之力居多。一游一豫歌豐樂，三輔從兹息雁嗷。癸未大水，不派徭役兩年，嗣後每年只派一次，比歲豐年，兆民感戴。

七月初三日入金陵節署

重到金陵感歲華，余初任贛南道，過此三宿，今已二十七年。攜來瓶鉢即爲家。高樓天際初三月，滿院江南第一花。山谷詩："玉簪墮地無人拾，留得江南第一花。"磨蟻回旋慚珞碌，澤鴻安集祝篝車。上年江北水災，今可望有秋。舟原不繫身如寄，西園有"不繫舟"額。歎息吾生未有涯。

題海寧朱貞女頻迦禮佛圖

一絲甫訂了三生，滿院冬青護女貞。有母堪依仍佐績，無孤可撫不求旌。原盧挽鹿同牢願，詎比離鸞寡鵠情。試聽小樓鐘梵起，爐烟裊裊佛鐙明。

戊子春帖子詞三首

紀年逢戊吉，獻歲卜金穰。元旦辛亥日。雪已三冬足，春先十日長。歲前十日立春。

止戈聖武尚籌邊，虎旅如雲萬八千。回疆西四城早經恢復，因逆裔張格爾在逃，留防兵萬八千名。寄語金城趙充國，陽回黍谷早屯田。

西北風微保石工，冬間西北風少，故水中摸砌之堰盱石工坍卸有限。東南粟輓趁春融。從兹暘雨三時順，更祝淮黄一綫通。

題梁茝林方伯《漢瓦硯册》，硯爲紀文達公所貽以識師友三世之誼

閲微草堂富文讌，九十九硯詩所艷。師有九十九硯珍藏。我是歐陽門下人，曾登精舍摩挲徧。謂生雲精舍。或爲龍尾或鳳咮，或是端溪或歙縣。其中最古有瓦當，悉數難終世罕見。先師知我嗜好偏，口雖不言心頗戀。貽我珍藏硯一方，其形覆瓦其質甗。硯旁鐫有了翁字，淋漓墨瀋珠璣濺。文清師相著爲銘，質美材良此其選。就論有宋各書家，徵名何代無文獻。不假蘇黄米蔡名，了翁此硯當非贋。服膺弗失廿餘年，回首春風成一電。先師不作門生老，什襲開函淚如霰。今年奉使江南來，茝林示我瓦當硯。瓦當同是草堂靈，香火因緣重覿面。更觀所記益稱奇，師友交情此其驗。一代宗工世受知，范喬當日珍同擅。吁嗟乎！炎劉易姓未央空，遺蹟荒涼滋蔓延。何幸雙鴛得瓦全，劫灰以後猶完善。想見當年摶埴時，主盟早許登壇坫。千秋著作有全材，三世淵源應合傳。我欣此硯得所歸，又爲茝林生健羨。鴻筆霖雨潤蒼生，笑我衰孱徒竊忝。先師精爽實式憑，衣鉢留傳增眷戀。願君子孫永保之，長生無極吾何間。

和英煦齋都護會勘河工袁浦喜晤次韻

命駕人千里，觀河詔十行。每思情緒永，彌覺别離長。墨妙君增媚，薪勞我健忘。他山欣有助，何術善宣防。

聞揚威將軍相國齡參贊大臣楊提軍芳生擒逆酉張格爾，紅旗報捷，詩以志喜五首

烏什烽銷後，懷柔六十年。阿文成公曾言可六十年無事，溯自辛巳削平回部，乙酉烏什定亂，至今年數適相脗合。元臣能燭照，遺孽欲灰然。失馭叢毆爵，求援信斷鳶。蟲沙同一劫，拒守七旬堅。喀什噶爾參贊大臣公慶祥拒守六十七日，援兵不至，城遂陷。

天討昭神速，邊倉利轉輸。伊犁烏魯木齊倉儲充足，無須内地轉運。雄獅方遠集，宿將已前驅。徵調未能即至，總督楊遇春先帶兵出關。保障資臣力，阿克蘇領隊大臣長清換班甫至，賊兵犯界，同提督達桑阿、副都統巴哈布併力戰守，屢挫賊鋒，東四城無警。經綸仰廟謨。軍興以來上，上披章寄諭，詳示機宜，並有硃諭特頒，所以籌計勦撫者無微不至。恩言兼勦撫，錫賞又蠲租。

指顧成三捷，連番復四城。雲霓胥慰望，刁斗不聞聲。鳥已焚林盡，魚猶脱網生。綏之應自至，大漠戒窮兵。揚威將軍長齡、參贊大臣楊遇春、武隆阿率同提督楊芳、總兵余步雲等由巴爾楚克進兵，三戰皆捷，收復四城，逆酉逃遁，酌留防兵，妥籌善後。

無地延殘喘，真如鋌鹿來。八公驚草木，一戰縛渠魁。張逆自布魯特潛回，率餘賊人卡窺伺，黑帽回力拒之。新參贊楊芳、總兵胡超等聞報急追，除夕至喀爾鐵蓋山，臨陣生擒，大功告蕆。黑帽風聲樹，紅旗電影催。恰逢新歲喜，重譯上春臺。

異類難馴化，遐陬詎設防。全憑心似水，一任馬如羊。獉狉無爲

治，羈縻有道長。寄言班定遠，碩畫望平章。

昔直樞廷愧無襄贊，仰蒙恩命俯念微勞，晉銜太子太傅，不勝感悚

紫禁趨承一載羸，衡文纔罷即論兵。丙戌典會闈，閱拔貢覆試卷後，即有西陲兵事。綸言日接依三旨，羽檄風馳復四城。在内時及見收復喀什噶爾、英吉沙爾、葉爾羌、和闐捷報。忝預宣防咨下策，時講加培黄河堤工。疊加保傅愧隆名。去秋已晉太子太保。宸衷獨斷籌經久，從此要荒享太平。

題荆溪任階平泰庶常寒夜寫經圖

負笈龍池弱冠年，入泮後，從張霽青明經受業龍池山古寺，不歸家者兩年。下帷勝地繼荆川。地即唐荆川讀書處。夢來丹篆胸中貯，博得青藜閣上然。枕葄端能探妙藴，巾箱不僅寫殘編。祇緣磨厲名場久，十載光陰石溜穿。寫經十一歲成書。

東觀歸來覓老僧，依然古寺讀書燈。入詞館歸，寺中老僧猶在。不教九庫前賢擅，箋疏十經，多於九經庫矣。惟賴三餘定力憑。樂道守貧言秉母，恪遵慈訓，以此四字爲兢兢。研經博物業繩曾。曾大父鈞臺宗丞，昔以經學名世。他年允副儒林傳，竊比青藍愧未能。階平，余丙戌所得士。

賀耦庚長齡方伯偕諸同人邀往隨園探梅次韻

兩人兩度到江南，余曾撫吴門，方伯會任蘇藩，今同官金陵。沆瀣因緣

説士甘。方伯爲余小門生。塵夢笑予蕉覆鹿，棠陰羨子篠迎驂。濛濛雪意風偏輭，冉冉梅香萼半含。不是諸公饒逸興，園林經歲未曾探。昔日頻看駐入騶，謂尹文端公。婆娑好比挹浮丘。驚傳詞賦江關動，巧借林巒畫本收。天與閒情兼矍鑠，人當卒歲且優游。到門便見千竿竹，怪底清寒酒力柔。

同官竊幸有孚攣，乘興而來亦偶然。羣玉山中消俗慮，群玉山房。聚星堂上繼名賢。用東坡聚星堂詠雪事。花留富貴原非隱，居近烟霞便是仙。雅意莫堅重訂約。流行坎止任方圓。來詩訂重游之約。

題耦庚澄懷圖卷載張文和紀恩詩及後賢和章。

四朝雨露鳳麟洲，初綴鴛班紀勝游。余授職後，派文源閣校書，寓茅耕亭，師園居近光樓。特許校讎清秘閣，因緣棲止近光樓。鞭絲帽影迎朝旭，竹翠荷香快早秋。回首觚稜仙夢遠，幾多同輩擅風流。

逐隊樞廷兩度春，樞直年餘，時與園中諸公過從。重來風景一時新。曾披八友琴書趣，蔡葛山座師有《澄懷園八友圖》。想見三天黼黻臣。西苑上書房分三天。學古當思人可鑑，搜奇莫羨筆如神。惟君心不忘初地，待續西清未了因。

清　流　關

溟濛霧雨作春寒，柳色青青映客鞍。路轉清流關一角，淡紅深白杏花殘。

繩柑齋詩鈔跋

歲在戊子，昌頤堊廬伏處，既奏祥琴。襄平夫子以書招致金陵節署，出《繩柑齋集》命加校定，共釐爲十二卷。逾年，昌頤來京供職，公郵是集，命付剞劂。昌頤復隨時校訂，刊將竣，適公荷内召還京，方謂請業編摩，幸得長侍函丈。詎意大星遽隕，腹痛平原。覩手澤之猶存。覺心喪而彌愴。爰誌顛末，輒爲泣然。

道光辛卯仲夏，受業朱昌頤謹識

黔軺紀行集

（清）蔣攸銛　撰

黔軺紀行集原序

憶歲丙戌，隆萼以選拔應廷試，因得遊相國礪堂夫子之門，學問文章，側聞緒論。竊幸仰嶽之高，觀海之大。雖未能測其實量，而景行有在，心嚮往之。自捧檄南旋，不獲復侍几席。故吾師勳業赫奕，流播宇内，髫垂黄髮，皆能言之。而如萼之身出其門者，轉不能詳且盡。則以夫子宦轍所歷，凡閩、粤、秦、豫、黔、蜀、吴、越，莫不各有吟詠，垂爲著作。私憾親炙之日少，未嘗窺其萬一耳。昨歲來黔，與喆孫鷺汀刺史爲寮友，重以世好，遂稱莫逆，因出所藏《黔軺紀行集》見示。是集爲乾隆壬子，吾師奉命典試此邦，驛路皇華，灑然成韻。而於山川古蹟，考核精詳，匪徒抽秘騁妍，專工藻繪，誠有裨於掌故。信吾師經緯之實學，即此已覘其概已。萼等備員黔中，將周知夫風土故實，勉效尺寸，以期無愧官司之職。集中若《夜郎考》、《貴州考》、《黔陽竹枝詞》諸篇，邦之士大夫皆當細繹而深長思焉，第以爲輶軒之韻事乎哉。今鷺汀重付梓人，以公同好。展誦遺册，慨然念吾師文章學問。其播爲雅頌，歌詠太平者，國史具存。若夫隨所至而記載之編，殊幸得覩斯集，而尤賢鷺汀之克承先志也。爰敬爲之序。

道光庚戌季春，受業李隆萼謹撰

乾隆五十七年壬子科直省鄉試，四月三十日御試應開，列考官諸臣於正大光明殿。是日，蒙恩賜茶食及朱櫻、雪梨，洵曠典也

晨光槖筆上金鑾，鳴盛無能忝素餐。五色目迷知學陋，三條燭盡憶恩寬。御厨又賜紅綾餤，仙果還分赤玉盤。差免倒裲貽衆誚，一誠惟矢寸心丹。

磁州道中四首

清渠夾鏡送征驂，蓮葉青青稻葉含。遠樹四圍天淡沱，水田飛鷺到江南。

緑陰深處見人家，茅屋炊烟一縷斜。蒲外水風晴亦雨，不須鼓吹藉鳴蛙。

芳堤點染白羊蹤，風味依然裴晉公。大石橋邊故園景，詩情多在釣船中。

磁甌野店兩三枝，想見紅衣出水時。更喜晚來嘗玉屑，清芬端是俗人醫。

渡黄河二首

背風旋折泝中流，南北蒼茫大地浮。慣見雲烟人海闊，忘機不啻小於鷗。

誕登彼岸葛衣輕，潤入良苗雨乍晴。差喜南來如食蔗，漸看佳境報西成。

惠然亭二首

亭子居然擬澗濱，杜詩："鄭縣亭子澗之濱。"濯纓暫此息征輪。雅人深致緣非淺，邇室遐心趣倍真。松菊徧縈三徑夢，池臺預結再來因。使君端爲民豐樂，東里千秋墨蹟新。亭有李君扁額。

爲政風流苑在兹，樹人應計十年時。窗前列石山排闥，牆外添泉月入池。解得竹虛君所尚，漫云魚樂子安知。蕭然琴鶴多清賞，不讓韋郎五字詩。

潁橋二首

一路垂楊映蔚藍，巢由往事笑迂談。至今橋下潺潺水，猶爲當年洗耳慚。

六一風流蹟已蕪，空聞林鳥唤提壺。留傳鄉校書門額，果否文章繼小蘇。

裕州曉行二首

梅雨初過又曉晴，豆棚瓜圃小橋横。忽聞籬畔繅車軋，如繪邠風載績聲。

門外方塘剛泛鴨，岸傍疏柳遞聞蟬。腰鐮有待其耘畢，閒趁溪陰伴犢眠。

荆門懷古次漆林簡討韻

路隔荆襄蒼莽間，鳳皇臺上憶門顔。州署即臺故址。全憑鎖鑰收三户，無復旌旗鎮八蠻。泉水縈迴明月嶺，城闉重疊白雲關。講經亭與全忠寺，不獨風流溯峴山。

從來治劇患才多，長者何妨虎渡河。時有虎患。井汲客星敦士習，莊存孝隱協民和。靈山毓秀知懷璧，文治同風慶止戈。白雲調高推郢俗，武城巖邑可絃歌。

朗州道中四首

江干宿雨蘚痕斑，路轉西南水一灣。隔岸人家惟見樹，插天雲影忽逢山。

黄橙緑橘任紛紛，漏月梳風憶此君。清不在多終勝俗，善卷古洞挹餘芬。

湖鄉早稻應蟬鳴，又見畬田叱犢耕。饁餉人歸春玉屑，秋葵花底飯研秔。桃源人呼碎米粥爲“研秔”。

略彴横斜曬網船，柳陰閒話屢豐年。仙源本在人間世，莫怪漁郎去復旋。

遊秦人洞

白馬津相望,距桃源五六里許白馬渡,先過河。青谿路不遥。澗池封洞口,石磴折山腰。一脈泉分瀑,千竿竹蔭橋。塵纓應許濯,雞黍待招要。是日腹枵甚,故云。

馬鞍山

舟行如馬越江頭,越人以舟爲馬。牽引肩輿亦似舟。矖穀人喧前嶺雨,馬鞍山上濕雲流。

和陳桂堂前輩郡署竹石居韻四首

玉局壺中晴亦雨,渭川胸次暑生秋。巖分佛手神工劈,有巨石如佛手,名佛手巖。詩雜仙心逸韻流。便擬蘭亭標峻嶺,盆蘭正開。更顏米舫作方舟。京寓顏"米舫齋",易名"方舟"。朱霞天半雲中鶴,爲愛桑麻豁遠眸。署在桐木山上,右飛而左鳴鶴。

螭坳接席逢初夏,己酉四月同考試,差坐適相次。藜閣分輝憶早秋。丁未夏秋間同校勘西苑《四庫書》。此日五溪宣德意,當年三洏擅名流。凝香地近藏書室,濟遠才殊契劍舟。桐木峰高新集鳳,謝庭蘭玉照人眸。喜聞去秋育麟之慶。

東閣招携舒眺望,湘烟沅水入清秋。山排宣郡窗中畫,琴寫汧公石上流。一線星河垂梵宇,半江燈火雜漁舟。何當呼起冰輪駕,萬里憑開倦客眸。有東皋亭,頗可遠眺。

不緣弭節黔中路，别緒空懷幾度秋。命荷重申增閲歷，戊申秋，銛曾忝闈試。圖窮二酉示源流。黄雲野色連村獲，緑水歸程下瀨舟。叢桂小山新咏好，金篦預擬刮雙眸。時將赴星沙司内監試闈中，定有新詩，歸程擬快誦也。

又和四山詩屋韻二首，一以奉謝一以自述

暢敘無煩肉與絲，仙居蓬島我情移。界亭茶美風生腋，陔屋松清壽介眉。謂循陔書屋。謝客山川欣得雋，廉公襦袴頌來遲。自慚未識飲中趣，減卻塵容賴竹醫。

軟紅影裏颺鞭絲，泉石煙霞性未移。人事經年紛過眼，山光終古結修眉。秋花豔勝春花速，下嶺行思上嶺遲。九十日程餘匝月，循途端是躁心醫。

丹山洞

溪外有靈境，雙崖石壁開。洗砂人已逝，得尺我方來。石供翻經坐，泉流汲飲臺。洞外舊有此臺。上方鐘磬寂，秋思水雲隈。

中和塘小憩

如輊如軒躑躅行，青山未上碧溪横。我來不是旬宣吏，慚愧兒童竹馬迎。時兒童聚觀者數十人。一叢碧玉水之湄，好是輕陰未雨時。自笑迂疏耽問古，輿臺解覓路旁碑。

咏雙髻山五言八韻

何年椎髻化,山骨想瓏玲。半面峰眉緑,雙鬟石髪青。盤龍留古意,墮馬幻芳型。並倚芙蓉鏡,全開翡翠屏。湘妃原結伴,辛女認分形。辰州有辛女巖,相傳爲高辛氏女所化,與瀘溪縣武山有石,狀如狗,舊相傳爲槃瓠者,均屬誕妄。附記於此。月共當頭見,泉疑解珮聽。駢枝巖草秀,兩角嶺雲停。合貯仙人屋,無心關尹邢。瀘溪境有仙人石屋。

題萬卷書巖在玉屏城東一里。

一幅原如畫,紛披緑錦函。地非羣玉府,山似積書巖。苔字雲封秘,蘿圖石壁巉。支分疑小酉,回望隔松杉。

相見坡

峰回衹隔一溪深,鳴和還同鶴在陰。覿面相逢不相及,須知爾室有遐心。

華嚴洞

崖石中分福地恢,天然門壁接崔嵬。碑經仙客成圓照,洞憶居民避劫灰。秉燭未遑三宿戀,布金不假五丁開。欲知達摩安心竟,謖謖松風灑面來。

暮抵黄平即事二首

赤脚花苗布裹頭，欣逢北客語啁啾。爲言今歲多甘雨，晚穀先偕早穀收。

夕照低銜一縷霞，踏青人去趁歸鴉。道旁睨視旋驚避，自採山前石竹花。

柳樹坪

黔地多山，謂土田稍寬衍者爲坪。在清平城西六里許有石一區，峰巒峭壁，宛若假山。

妙得崚嶒勢，屏峰砌緑莎。錯疑真面目，袛道小坡陀。松質叉牙古，壺天歲月多。佳名傳柳樹，擬續研山歌。

黔陽竹枝詞八首

黔之苗種類甚夥，向但知青布裹頭、短裙、赤脚及耳墜大環、帶銀項圈者爲苗，而其衣飾風俗更有新奇可詫者。途中見聞所及，因漫咏之。

仲家苗女好樓居，綵布横腰若綬紆。堪笑湘江惟六幅，長裙百摺更何如。

吹徹蘆笙夜未闌，花毬騰擲月場寬。春來賣劍求黄犢，娶媳全輸黑牡丹。

醅菜珍同旨蓄藏，無鹽巧用蕨灰香。黑衣競逐烏鴉隊，銅鼓聲中賽竹王。

馬郎房子寨門前，舞袖新裁錦作緣。面首莫嗔呼阿妹，頭錢合抵外甥錢。

肇婿翻疑報打牙，歲時做戞語紛譁。冠笈尚不忘初服，耕織惟勤蔡宋家。

青藍衣色别東西，祭白頻將木板齎。更有牯羊居搆竹，春歸怕聽杜鵑啼。

稱體桶裙無襞積，垂雲剪髮作齊眉。羊樓縹緲青衫葉，人在鴨鵜水一枝。

健婦鋤犂號土人，田歌亦解敬如賓。匏笙譜就豐年曲，叢拜村頭五顯神。

闈中題金笠菴同年科豫蜀江紀行録并詩

由來丘壑胸中具，自有風雲腕底開。九折何妨呼馭過，三秋誰與泛槎回。玲瓏詩境崆岭峽，突兀江聲灎澦堆。擬築高樓增覽勝，用記中語。元龍百尺羨君才。

桐灣夜泊讀《國朝詩選》

漸覺秋宵永，波聲咽小舟。亂山回望合，細雨入江幽。文物三朝舊，琴書萬里遊。霜寒燈欲灺，心折此淹留。

曉　霧

積雨初收失岸莎,濤頭雙槳漾輕梭。好山獨擅巒中秀,秋色偏從霧裹過。楓木塘高霜葉小,鐵窰煙起濕雲拖。但教虛室常生白,不向仙人借斧柯。

跋

《黔軺紀行集》一卷，座師礪堂節相，乾隆壬子使黔時所著也。越五十九年，棠來司臬斯邦，適師之仲孫鷺汀爲黔西刺史，出是卷相示，欲行重刊，囑題數語於卷末。棠維師之事業文章彪炳宇宙，固不待及門之表彰，即其歷典文衡，使車所至，凡山川古蹟必考其原委，正其訛謬，使讀者如身歷其境。而詩之雅健雄深，猶其末焉。於此見師之用心爲何如？即小不可以徵大哉！留讀纍日，而仍歸於鷺汀。

道光庚戌孟春望後二日，受業武棠謹跋

黔軺紀行集跋

蔣礪堂相國由典試而兼圻，皇華四牡，轍蹟幾偏海内，所至閩、黔、秦、豫、滇、蜀、浙、粵，山川古蹟，皆證以考據。播諸謳吟，《黔軺紀行》特其一種。憶自鐵道改轍，京漢越宿而達。較昔驛路，起蘆溝，迄襄樊，幾三千里，古聖賢故都遺蹟，凡相國所經歷者，今或遲速易勢，不易踵至。有是集存其梗概，足爲稽古之助。《五江》、《五溪》、《夜郎》、《貴州》諸考引證詳覈，去取精當，更可解衆説之紛也。

民國癸亥仲冬，貴定段兆鰲謹跋

附　　序(一)

廉使蔣礪堂先生與余先後入詞館，優遊典籍，上下千古，以通達治體爲本務，其感遠存往，慨然勃然之氣，時時露於詠歌。人咸仰先生之學，溯流酌源，非出於臆度者所可及。先生荷兩朝特達之知，五掌文衡，星軺廣運，收杞梓，采松竹。朝有瑾瑜揚輝之彦，野無丘園匿秀之士。羣賢翹首，俊豪抗足，皆謂先生時雨所過，春風所被，文教蒸蒸日上焉。至傳遽，經歷都邑、山川之紀載，人物之流傳，剛柔緩急之殊風，愛惡取捨之異俗，搜羅採摭，畢著爲詩、古文辭。閩、粤、秦、豫，凡所至之區，靡不犁然。有據《黔軺紀行》之作，特其一集耳。今歲先生奉天子命，秉臬西江，余亦視學於此。先生整齊吏治，勤恤民隱，無更絃易轍之勞，而致嚮風慕義之效。退食餘暇，猶能留思文章，兼覽史乘。論説準乎前藻，賦事資於故實。先生固形諸言，而措諸行也，可不謂偉歟。余披讀斯集，於騁辭見藻繪之工，於造意見性情之正，於《油水》、《澧水》、《五江》、《五溪》、《夜郎》，《貴州》諸考見博稽古籍、廣輯近聞。斷以目見定傳信、傳疑之論，簡而能周，博而有要。異日皇華之使持是册也以往，無異聚米畫地，振衣而挈，其領江山之助，其在是矣。集中《謁岳忠武穆祠》、《卧龍崗謁武侯祠》諸詠，撫時感事，鏡古有識。余嘗著《詠史二百篇》，讀先生之詩，所謂刻碱砆之石，唐突璵璠。覩西子之容，歸憎嫫陋者也。然學海不拒夫支流，爲山不辭

(一)　據嘉慶刻本迻録。

夫塵壤。今與先生同官兹土,知朝夕漸靡,先生必有以進我也。緣書以志幸。

嘉慶十一年丙寅秋九月朔,新安曹振鏞

附蔣攸銛集外詩

奉題南山孝廉《聽松廬詩集》，即次其見題竹《深荷净圖》元韻(一)

生花之管揮雲烟，詞源汩汩成淪漣。象犀貝璣散百寶，南園風雅今誰傳。破萬卷書經夙讀，奇童舊已驚先覺。觀海回瀾浴日亭，買春賞雨香茅屋。此才間出真堂堂，餘事新詩奏八琅。珠樹炎洲巢翡翠，金臺篷室集鸞皇。主持壇坫蘇齋老，元晏序加得名早。覃谿師爲撰《粤東三子詩序》。一時争暮孝廉船，不數君家三影好。前年訪我浙水濆，短櫂重湖浮素沄。一疏薦衡少文舉，幾回説項有徐君。謂醇夫。胸羅星宿無城府，秋雨秋風返環堵。異書未得紬石渠，健筆猶能賦銅鼓。好仁游更與田蘇，字句區區漫櫛梳。萬石門風惟孝友，尊甫孝廉以母老久不上公車。一家圖史足清娱。千詩百賦分明在，丹篆金壺墨灑灑。續食君今息北轅，縣次續食，見《漢書》。建牙我又經南海。佛桑花外鳥綿蠻，展卷香凝燕寢閒。大小雅才凡百五，清聲一鶴上雲間。

（一） 輯自清張維屏《聽松廬詩鈔》卷五。

李小雲明府以詩集見示即集其集中句奉贈(一)

短髮蕭蕭六十翁，滇之西又嶺之東。一函展盥薔薇露，先有梅花入夢中。

翡翠三千共護持，紅棉花好坐移時。幾年伴鶴惟支俸，暮夜常師伯起知。

晝錦堂原不數開，相攜同上越王臺。我無袛席安饑溺，可惜屠牛刃未恢。

解狐越右薦何妨，又是催人束帶忙。我亦點蒼冰雪侶，春風吹到鷓鴣鄉。

宮漏出花遲(二)

九重清漏永，宛轉隔花探。滴驟如全瀉，催頻尚半含。仰霄欹碧枕，待曙撫銀龕。斷續隨風咽，悠揚浥露涵。月斜思籠桂，燈炧憶傳柑。密葉容與度，交枝次第參。宮籌初唱五，嵩祝正呼三。願獻無疆壽，常懷聖澤覃。

（一） 辑自清李書吉撰《寒翠軒詩鈔》題詞。
（二） 輯自清法式善編《同館試律彙鈔》卷二四。

艾虎(一)

冰臺傳爾雅，巧製幻於菟。午日期方届，寅年象不殊。緘藏三歲久，文采一朝敷。利用資懸户，神威假負嵎。縛來憑綵縷，戴處並敘符。好遣桃人跨，寧同水馬驅。擷芳和柳絮，占位應星樞。虎變何須訝，還聞艾綬紆。

投竿東海(二)

善釣任公子，臨流擲巨竿。稽山蹲處穩，滄海望中寬。香餌浮丹壑，金鈎漾碧湍。期年空續緡，千里忽驚瀾。鬣鼓黿梁撼，綸收蜃霧寒。應知鮮可飽，方信得來難。九罭堪同美，盈車豈並觀。回看垂釣處，初日上團圞。

鴻毛遇順風(三)

維彼冥冥者，于飛象進賢。毛豐知利往，風順更争先。六翮飈輪遠，三霄錦字聯。垂時同破浪，送處漫揮絃。夙有扶摇志，欣逢鼓舞緣。允升思仰止，以漸御泠然。汝翼偕雲侣，爲儀近木天。休徵堪計日，剔攬帛書傳。

(一) 輯自清法式善編《同館試律彙鈔》卷二四。
(二) 輯自清法式善編《同館試律彙鈔》卷二四。
(三) 輯自清法式善編《同館試律彙鈔》卷二四。

爐烟添柳重(一)

宮柳垂新蔭，爐烟裊畫簷。一株清影重，幾縷篆紋添。濃抹枝生暈，微翻葉似黏。氤氲飄不定，宛轉舞逾孅。乍訝遊絲駐，還疑宿雨霑。條偏陰蔽地，香繞碧侵簾。寶鼎春長靄，仙旂彩共瞻。彤墀班散後，衣袖喜均沾。

棹拂荷珠碎又圓(二)

瑟瑟新荷净，團團曉露濡。舟移初理棹，影碎不成珠。倏爾過雙槳，依然綴五銖。勺圓寧可拾，前後宛相符。照水光難定，傾盤象不殊。須知空是色，莫訝有還無。風静星垂沿，波澄月滿湖。瀛洲舒睿賞，百琲映冰壺。

點溪荷葉疊青錢(三)

曲沼波如鏡。荷錢點碧淙。葉輪浮一一，溪影疊雙雙。星落飄榆莢。泉回漾月椿。藕心經雨碎，荇帶引絲降。積翠藏鮫室，連緡布練江。水衡人擬鑄，貝闕喻非厖。飲馬迷花港，留春買釣艭。不貪堪作寶，君子意敦龐。

(一) 輯自清法式善編《同館試律彙鈔》卷二四。
(二) 輯自清法式善編《同館試律彙鈔》卷二四。
(三) 輯自清法式善編《同館試律彙鈔》卷二四。

百川灌河(一)

本是靈長德，秋來湧素湍。百川行處疾，九折望中寬。就下誰傾瀉，歸源共屈盤。雷霆聲澒洞，風雨勢瀰漫。練掛千條碧，雲連一鏡寒。細流原不擇，大水必應觀。莫辨盈科進，還同學海看。朝宗欣有象，聖世慶瀾安。

飲河滿腹(二)

偃鼠臨河飲，層流清且漣。迎瀾纔淰淰，實腹已便便。濡沫雖微矣，撐腸自果然。未能吞八九，不假擊三千。餘潤聊沾吻，洪波任滿川。恍同斟讓水，翻可啜貪泉。漫詡長踰尺，終慚量似淵。一枝巢處穩，取譬亦何戔。

(一) 輯自清法式善編《同館試律彙鈔》卷二四。
(二) 輯自清法式善編《同館試律彙鈔》卷二四。

梅中詩存

（清）蔣國祚　撰

梅中詩存序

詩自三百篇下而漢魏晉，而六季，而三唐。其源既分，其體屢變。古今才人輩出，莫不湛思極致，窮力追新，以樹幟于作者之壇。然風會所驅，工力所詣，擬古者既僅襲夫形似，而五七古與近體，實不逮中晚遠甚。則又可知今之舍唐而趨宋者，卒不得幾夫唐與宋者也。而宗唐者，又各分初盛中晚之界。要其所自謂初盛中晚者，亦不離乎形似之説也。宋自西崑一變之後，永叔、聖俞、子美、介甫、子瞻、山谷，洵極一時之盛，至南渡而放翁、石湖，富有篇章，允擅厥宗。斯皆不專爲初盛中晚，以斤斤于形似之間者也。師秀、靈舒輩，非不較量格律，以思越兩宋而幾三唐，顧且不得爲中晚，何論初盛乎？夫初盛中晚之詩，固皆不爲苟同，以斤斤于形似之間者也。而今之宗唐者斥宋，宗宋者斥唐，貌初盛者斥中晚，貌中晚者斥初盛，以至一二逞才之士，矯弊以近詭，率略以自文。而顧謂遠駕三唐，是又在師秀、靈舒下矣。然則學詩者，果何所宗乎？曰而漢，而魏晉，而六季三唐，其源分矣，其體變矣。溯源以求其分合，辨體以識其正變，于以審音，于以協律，于以比絃而歌。若記云琴瑟之不離乎側焉，是深有得于詩者也。而忽焉發之于詩，亦卒不自知其所之。此豈僅工爲形似之説，斤斤于三唐兩宋謂得所宗乎哉。

予嘗與梅中論詩，深有契焉。今讀梅中之詩，益信梅中爲吾浙方伯公喆嗣，自髫齔時，與仲氏嵩臣，禀過庭之訓，而又自燕以從官閩海、豫章兩大郡間，得縱覽江河山海之勝，以益肆力于典墳丘索之中。

蓋其海涵地負，嶽峙淵渟，滔滔汩汩，固有不自知其所之，而非可僅于形似求之者也。然梅中氏論詩，則有與予相契者，必溯其源，必辨其體，必審其音，必協其律，又非若率意爲之者。吾讀梅中詩，吾益信梅中矣。故兹序其詩，爲述吾兩人相語若此。而世之論詩者，亦可識所宗矣。

海寧查昇撰

梅中詩存序

入華林之苑，蔽日難窺；測瀛海之波，因風生眩。是知孤生尋丈，詎當巨觀；勺水涵渟，無關閎覽。況于四始六義，咸本元音；五字七言，皆沿古則。而謂擊甌扣舷，遽諧雅樂；按拍吹鞭，足怡神聽者乎。降而桑濮，厥志斯淫；逮夫楚湘，其辭善怨。秦灰既冷，漢炬方然。首倡大風，嗣歌汾水。柏梁臺上，開賡和之篇；安世房中，備肅雝之奏。放古未遥，準今莫越。當塗典午，舞曲繁興；鄴下平原，才人迭起。總其大致，各具雅裁。然而詩名冠世，惟吟清夜之章；文集盈編，止誦澄江之句。悵兩岐之奚少，惜大濩之殊稀。固緣嗜好攸分，豈盡烹魚而去乙；敢云會心自遠，偏能得兔而忘蹄。六季競著新聲，三唐最嚴律體。神龍天寶，人擅名家；大曆元和，號多才子。自李杜以集成，洎元白以尋變。瑕瑜不掩，雕琢彌工。頗貽輕俗之議，漸啓纖靡之習。潛驅風會，浸委波流。雅尚西崑，争逐閨中之響；誰傷南播，還聽洛下之吟。顧有宣城揚扢于前，山陰接武于後。傳來佳句，間出曼卿；力去陳言，猶推介甫。洵樹一朝之幟，足張兩宋之軍。而派别豫章，調衍僻壤，人以地限。詩降爲词，振起惟艱，矯持匪易。

則有我友梅中蔣子，浣水華宗，函山侯裔，生經摩頂，便號麟兒。早試騰驤，羣推驥子。韋曲去天尺五，杜陵著姓無雙。而乃性喜典墳，一斂裘馬弓刀之色，情耽吟詠，大有風雲月露之詞。自髫齔而已然，閱暑寒而弗輟。或含毫以伸紙，或據坐而搆思。以雅以南，亦經亦緯。十年三賦，一日百函。所云灌木千章，分條布地。濁河九曲，激浪排天。見者爲神，自崖而反。先梓近集，俯屬蕪言。嗟予季兮，愧似流離之子，不如叔也，真爲風雅之人。

山陰許尚質撰

梅中詩存序

讀《在鄒》、《迪志》諸詩，嘆去三百篇未遠也。漢初四言，韋孟首唱，自五言興而四言罕習。平子得其雅，叔夜含共潤，兼善則子建、仲宣，亦未云確論也。玄成紹音，誹而不亂，幾乎小雅流風。至曼倩《誡子》，公理《述志》，體裁間別矣。劉勰謂華實異用，惟才所安，大抵體緣世降，六義固未嘗亡也。六季三唐，代沿靡麗，極其才之所至，要亦不踰，夫麗以則也。彼辛夷揭車，玉英寶璐，貝闕鱗宫，玄螭雌蜺。以至于宓妃二女，馮夷風伯，恣意于杳冥，絶垠于寒門，非侈多而綺靡也。緣情寄旨，歸于怨誹不亂而已矣，列爲風雅之變。以上繼周末，下開漢始。誠如記室所云：取效風騷，其源有自矣。故詩首風次雅，頌比興爲長。《芣苢》、《采采》，何殊鬭草之詞；《江漢》、《廣深》，不異大堤之曲。《葛覃》、《卷耳》，爲閨閣言情之正，而《草蟲》、《南山》，其嗣起者歟？《小星》、《江沱》，則又開紈扇之逸響也。浸淫至千百年，《子夜讀曲》，各因土風，爰徵世變，可考而知也。律體出而古詩再變。然唐人五七言句，若竹枝、楊柳、邊塞、宫闈之什，未始不采諸大内，播爲新聲。逮夫臨岐惜别，則思渺河梁。置酒言歡，則誼敦嘉會，亦猶誦晨風以喻意，賦零露而言情也。夫自取士以經義，而切響浮聲之法。或志焉而未及，或習焉而不專。由宋而元而明，北地信陽，太倉歷下，揚波激流，齊一海内。屏兩宋而張三唐，功亦巨矣。顧其力亦幾于唐而止。

今之作者，家各有集，莫不審音協律。立體于三唐，尋變于兩宋，亦既凌前代而上之矣。間嘗與梅中弟評論諸家,妄有所見。年來馬者東西,日復荒落,未卒斯業。而梅中弟獨于趨侍之餘,肆力一編,且弱不好弄。當在家孟慶都時,已能爲五七言句耳。目所經,輒形歌咏,積有成帙,將以就正。其工拙,予不暇論,且恧然自媿焉。韋孟之詩云:我雖鄙耇,心其好而。武仲亦云:哀我經營,旅力靡及。在兹弱冠,靡所樹立。又云:爰率朋友,尋此舊則。契闊夙夜,庶不懈忒。予故三復《在鄒》、《迪志》二詩,既以自媿,且爲弟勖矣。

兄國祥蘿邨氏題于紫薇行署之西堂

雜　擬

其　一

皓月當三五，流照入纖埃。中宵起徐步，發我萬里懷。迴風墮霜露，吹雪長城隈。長城何渺渺，念之肝腸摧。一彈雙黄鵠，形影徒徘徊。輾轉不成寐，淚濕空庭槐。

其　二

湘江多蘭茝，褰裳采華英。采之不盈掬，隔水徒盈盈。携歸置懷袖，寸莖皆生馨。容光惜晼晚，曷由通予誠。再拜鸞凰使，整駕爲導行。去天不踰里，側足增屏營。下視湘江湄，惻惻傷我情。菁華既云萎，蕭艾忽復生。念彼蘭與茝，過期難自明。

其　三

石室藏素書，玉函太古色。披雲一展卷，蝌蚪卒難識。中有養生方，服之生羽翼。輕舉越嶺嶠，飄忽周萬億。採芝玄圃傍，藝术鍾山側。久久佩至道，永矢志靡慝。矯首在天外，世人詎能測。

其　四

商秋感肅殺，蕭摵摧庭柯。百草既黄萎，蔓梗被陂陀。回睠當春華，敷榮良復多。歲功有代謝，乘時詎云訛。保兹真固心，鬢髮毋蹉跎。獨遺凌冬質，千尺瞰嵯峨。孤高矗雲表，結根盤巖阿。小草施繁條，亦得稱蔦蘿。入地雙茯苓，赤白永不磨。負鋤又奚爲，太息重摩挲。人事諒永絶，元陰空譴呵。巖冬盛霜雪，奈此貞幹何。

其　五

少小尚儒術，涉獵資戎韜。一朝分符竹，萬里導旌旄。凌霜揮赤羽，背月控烏號。足踐陰山雪，目眩瀚海濤。候火上燕然，列障乘蘭皋。青兕當人立，黄猿負子逃。朔風咽枹鼓，寒冰折佩櫜。棄置等斷梗，人馬如蝟毛。努力勿復道，絶勝委蓬蒿。

其　六

候雁雲表翔，形影兩相向。南飛怯衡嶺，水宿愁江漲。徘徊何所止，咬咬激長吭。于田啄稻根，朝不謀夕餉。嗟此楚澤中，簪蘆空自障。不知深林鳥，肥腸穴土壙。以兹感秋士，佇立增惆悵。

其　七

凌晨越原野，春露滋綿芊。沿堤溯枉渚，鷗鷺驚朝眠。朦朧蕩空碧，一氣迴長天。返駕入林薄，茅茨覆炊烟。催耕叩籬落，出牧驅山巔。陂塘既淡沱，阡陌相勾連。濠梁興匪遠，適意頗忘年。

其　八

誅茆結西舍，插槿沿東籬。苦竹攢峰密，危松架壁垂。狙公朝賦芧，孕鵲暮傳枝。藥煮雲英水，膏煎檑樹脂。煅就嵇康竈，吟成陶令詩。編蒲記歲月，採掇洵忘疲。

其　九

二頃負郭田，五畝蓬蒿宅。藜羹共老妻，社酒邀鄰客。雞犬入巷幽，牛羊返徑窄。茆簷淡夕烟，草露先秋白。詎云遠市城，于焉聊夷懌。

其　十

皎皎中庭月，肅肅天雨霜。長河耿夜候，淒響餘瑲琅。徘徊照清影，素綆垂銀床。寶鏡既已掩，瑶琴空復張。思君楚水澨，蘭蕙久不芳。羇人隔遥轍，朔雁徙南翔。何當托幽契，遠道時相將。

荷鍤圖歌

半生萬事不掛齒，粲然一發山與水。懶向鑪頭貰十千，繫壺車上隨所止。紛紛裘馬長安道，衹覺爲歡苦不早。曷不乘時秉燭遊，一飲百盞猶堪老。轉瞬雞皮鶴髮翁，幾經秋雨復秋風。路傍借問何爲者，送客徒教賦惱公。磊磊岡上石，鬱鬱澗底松。今日行樂□，樽酒常不空。雕蟲篆刻壯夫耻，山兮水兮聊自喜。封侯廟食安足擬，不見華堂生荆杞。五陵豪貴今誰賢，何如酒星墮當筵。幕天席地毋遷延，生願作填陶家邊。擊殘瓦缶甃酒泉，得醉且醉長醺然。

寓天寧寺西廊

香門依帝里，梵唄應晨鐘。白業脩迦葉，蒼髯剩老松。旛飄金勒字，像繡玉爲容。身睹莊嚴界，真疑忉利逢。

燈　市　歌

長安直北當幽薊，萬户懸燈光照地。賜酺樓前聲若雷，十二金吾長不閉。向曉通門廣路開，香塵四起動天來。金鞍白馬紛馳驟，繡幰青牛雜沓迴。雜沓城東車挂轊，昌披合市人聯袂。聯袂真看氣似雲，肩摩轂擊千千輩。一時百戲聚皇州，水上魚龍入夜浮。百丈緣竿三市裏，幾行走馬六街頭。上都佳節元宵夜，擊鼓吹笙還舞柘。的的星橋通御河，煌煌火樹連臺榭。倀童窄袖舞傞傞，赤幘塗金進國儺。四隊分成催捲幕，半天笑語落重阿。箇時爭弄千般巧，沉香火底窺妖姣。一笑千金世上無，百年一醉人間少。人間爭睹太階平，天上瓊樓拱玉京。列闕嵬峨連内苑，九枝燈燦徹皇城。皇城夾巷皆椒戚，粉碓脂溝相對直。别有紅燈戴六鰲，千花萬蕊無顔色。銅盤燭膩散蘭膏，五侯七貴喜相邀。觴行已徧還行炙，酒滴真珠壓小槽。倐看斗轉知離席，内庭重讌人如璧。細女驕兒共抱持，錦挑對褓儘憐惜。年年此夕競豪華，歲歲年年暗裏誇。還看爨舞門前至，先唱栽秧後採茶。歌罷採茶聲漸杳，天街踏月猶嫌早。更飲青樓大道傍，紅粧娼婦傳纖爪。鈎簾故意骨花鈿，背面低垂自憐好。鳴鞭闕下小平津，錦簇模糊看未真。分嘗挏馬行厨液，歸帶天家陸海珍。等閑莫負元宵夕，喝雉呼盧傍簷隙。西弄東頭孰敢何，醉倒攔街相枕藉。東華門外月初昏，土坑煤鑪老瓦盆。誰解餘光分蓽户，祇留皓魄照朱門。朱門皓魄朝朝有，一度風光那得久。願貸東皇百萬錢，再閏元宵過九九。

草　　橋

帝城南去趁韶光，十里平畦草正芳。車馬聲中流水澮，桔槔影裏灌園忙。蘋風乍轉新池館，花雨還思古道場。昔日外藩今尺五，春風直似杜陵旁。

燕京竹枝詞

其　一

十八女兒如春妍，高笄珠簪號走邊。裙衩尋常嫌拽地，緑紗堆出小金蓮。

其　二

春場女兒來踏春，青紗攏鬢罩紅塵。借問少年誰得似，錦韉白馬刺麒麟。

其　三

櫻桃纔熟出園中，緑葉包來怕損紅。買得百錢誰論價，馬頭争挈小筠籠。

其　四

細弗銅絲抹麗花，荆筐手挈冪輕紗。一聲高唱牆東過，聽得樓邊喚小丫。

其　五

纔踏橋來又走棚，更無心去看羊燈。暗中摸着城釘子，女伴相逢説未曾。

慶都陵有序

陵在今慶都縣署東數十武。慶都，漢名望都。按《路史》：堯母陳豊氏，曰慶都。《帝堯碑》云：其先出自塊隗，翼火之精，有龍首，出于常羊，慶都交之，生伊堯。其説最誕。郝經《唐帝廟碑》云：伊祁山，堯母所居，葬于慶都，曰慶都陵，又曰望都山。望都，堯母名也，故以名山。是又以望都爲堯母名矣。伊祁山在今完縣永平之西，水出伊祁口，越蒲陰爲祁水，而州亦曰祁。永平之南有故城，曰"堯城"，云堯生此，其東即慶都，縣西爲今唐縣。堯初封唐縣，其故國有水出常山之西北，曰唐，東合于祁。以是徵之，則今完縣與慶都皆堯始生受封地。堯母殂，落葬此，無疑。其曰望都山者，因慶都而名也，非名望都矣。陵高如山，陵前有廟，廟有像。陵西縣門東有石，刻“堯母墓”三大字。又知今縣治皆昔陵地也。考完縣城，築自隋之仁壽，唐縣城云堯時所築，至元莊敬始建城樓。慶都縣城則唐武德四年築，周圍四里，墓在城中。縣因墓名，皆後起矣。康熙二十二年，家孟宰是邑，張燈會食時，偶及陵墓，宜加崇焉。夜分，陵西忽崩一角，露穴若羨門，深黑不可迫視，非霧非烟，鬱蒸布濩，熱可炙手。邑人偕觀，詫爲神異。家孟嘿識所由，鳩工封植，圍以繚牆，周以石檻，修祀告成，遂請睢陽湯先生爲文以記，載今縣志中。去陵里餘，走北關外，有堯廟。其東門外有丹朱陵，唐堯九子皆葬縣中，不可蹟。獨丹朱陵往年有錢令啓墓丈餘，覆一方石，石有小孔，如錢大，以物投其中則棖棖有聲，殊不測其底。既而大雷起墓下，相驚怖，置垂止，移其石立墓上。石側三篆字不可識。睢陽湯先生亦云無可考。吁，異矣！並記之。

畫疆紀星野，歷代幾沿革。舊傳信都縣，云是陳豐宅。降觀三河首，赤龍垂寶册。高辛歲丁亥，黄雲覆大莫。踰月十有四，不副亦不坼。誕生中古聖，長身侔十尺。豐下而兑上，烏庭表日額。握嘉應玄文，火德色尚白。郊天天神饗，祀地地祇格。鴞則匿于荒，麐則游于澤。再拜務成子，徧詢羣牧伯。沭然寫天尊，倦勤降體魄。曰葬濟陰西，穀林埋几舄。亦曰葬冀州，近今翟城驛。去驛不里餘，有廟實奕奕。匪惟古帝廟，于焉堪藏祏。嵬峨神母陵，百神護窀穸。有枝不敢采，有土不敢踖。亡何塌西角，羨門逗微隙。烝氣若炊烟，自朝還及夕。行者弛負擔，駕者停縛軛。老者爲咨嗟，少者咸嚄唶。或言本天運，或言由地脉。天地有傾圮，矧閲數千百。誰能測窅冥，無庸憑龜筴。天道亦何爲，自在後人責。我兄斯邑宰，禋祀凛無斁。春秋謁祠宇，椒醑布越席。季冬脩蜡享，庶物競羅索。遠溯伊耆氏，厥德固孔碩。至今念所生，詎忍忘在昔。手疏告同官，聚土共擘畫。日予忝邑長，尤宜力兹役。兹役良不易，爲功一簣積。赤壤巋加崇，蒼松鱗起脊。夾道樹豐碑，周遭甃文石。登登板築興，鼛鼓戒勿迫。弛擔復來觀,停車憩交藉。老者太息頻,少者笑言啞。予時從官舍,喜心亦倒劇。彷彿覩靈爽,縹緲來姑射。曾聞堯九子,分封纘遺績。更有丹朱陵,近事傳奇僻。陵在縣東門,荒荆叢劍戟。前年大令來,下插聲交剨。尺碑掩墓口,班剥繡深碧。石罊一小孔,投物類搏挌。始聆聲忽杳,漸聽似裂帛。忽作震雷鳴,官吏皆辟易。石鐫三古篆,徧考不可譯。今猶置墓旁,摩挲停過客。始知神聖嗣,久亦著靈蹟。益欽神母陵,幽明寧間隔。非無蚩尤祠,猙獰驅癘疫。非無聖女廟,窈窕飾巾幗。大河秦晉間,淫祀難盡闢。何如此陵墓,萬古永作辟。系詩詔來茲,采風入簡筴。

遊抱陽山,山有寶珠巖,張燕公讀書處

明發襲春服,獨出城西門。朝暾隱疊巘,决溜響潺湲。逕曲寒漸峭,山深氣逾温。葳蕤疏緩策,馥郁迷短轅。坐忘巢枝鳥,行驚負子猿。石乳懸滴瀝,遺蹟傷逝魂。我思結茆宇,憑眺此丘原。

長安除夕用蘇東坡野宿常州原韻

節序頻催老大悲,陰陰積雪漸看微。燒松火爲寅春入,爆竹聲知餞臘歸。兒乞賜錢今歲乏,詩當祭酒舊醅稀。最憐萬里趨庭遠,翹首天南思倍依。

與家兄朝發望都還陵山别業作

其一

陰陰夏木東城東,習習輕襟受曉風。天河斗轉氣微白,人到郙頭已開栅。幾見人耕塚上田,田間蔓草露華鮮。三叉古路迴馬首,飄渺

陵山入望久。小犬沿籬吠馱鈴，曉鷄棲塒驚人行。野市黄爪與紫李，解渴停鞭聊自喜。賢兄薄禄久羈羈，那如越鳥巢南枝。枝枝葉葉披亭榭，暫與歸來理藤架。慶都堯廟二松，同根復一分，三幹一垂、五鬣，蒼鱗翠蓋，彌望數里。廟有柱銘“三皇一本，五帝同根”八隸字，豈古蒂靈爽實式憑兹耶？浩蕩難名，衹深讚誦，以當衢歌。

其　二

古殿陰森臨大道，土階幾尺埋青草。矗漢磊砢千丈松，盤根皴皵十餘抱。轉憶松雲作室時，上棟下宇覆茆茨。何年靈木此中植，枝分三五長披離。我聞聖世生蓂莢，更詫厨頭産蒲萐。中天異端不可紀，猶看之而存歷劫。冥冥息壤今已堙，還疑稗史傳非真。尚戒行人毋妄鍤，況兹神物敢斧斤。凄然祠下循牆走，疑有真人相對守。夕陽低墮一沉吟，空庭忽作雙龍吼。

贈傅雪山

北山多磊砢，南山多峭崿。鍾靈産奇士，深廣人難度。五陵既蕭蕭，狹斜亦落落。無復昔時豪，感物傷漂泊。題橋鄙升仙，齧臂辭衛郭。一日出關東，結交終索寞。謬同瘴海濱，十年藉攻錯。聯床祖與劉，聽鷄垂帷幕。劇談資論衡，意氣憑劍鍔。珪璋秉特操，黄金踐夙諾。頭顱晚自成，要津當斟酌。相逢傾尊酒，酒行聊行樂。

讀　書

桂樹滋夕露，蕭瑟高齋明。片雲静天際，萬籟引竽笙。虚漠神與會，寥廓念自清。泛覽遺糟魄，味道得其精。我勵斯征邁，日慎如金城。

陳平墓

嬴身仗劍刺船來，庭對還金語壯哉。雲夢纔傳黄屋返，秘圖又授白登回。荒原輦路迷新草，落日碑陰卧古苔。欲問當年三萬户，人家依舊枕山隈。

井陘道中

路入關逾險，河流勢欲奔。亂雲疑樹幟，野戍共傳餐。虎嘯深林黑，鷄棲旅店昏。鄉心生落日，不盡野燒痕。

上黨太守席上作

邀客新傳畫轂還，特開高宴醉朱顔。銅盤燭爛調鵝管，花漏聲殘下獸鐶。笑脱錦韡來洛水，心迷玉草出仙山。未妨飲德踈狂甚，那惜纏頭贈小蠻。

望太行山

巀嵲横空霄漢低，誰從參井歷天梯。地連上黨形如脊，路接壺關望轉迷。斜抱濁河迴紫塞，暗疏泉竇洗青泥。攎鞍漫欲凌高頂，指點前山西又西。

臨淄

尚是吹竽俗，依然鼓瑟風。直憐騎馬客，誰識飯牛翁。井裏沈烟碧，牆東覆棗紅。行行昌樂近，清節幾人同。

蒙　陰　縣

自昔東蒙地，應分胙土青。近郊希出牧，虚室尚懸星。杜密新行部，康成老注經。頻餘懷古意，駐馬問郵亭。

宿遷放舟下清江浦

金堤流水急，草屋傍河危。戍鼓錘吾驛，荒烟項藉祠。傍舟蟬噪切，候客雁歸遲。野泊聽班馬，心知憶别離。

淮陰道上作

淮河東下勢如奔，睥睨孤城夕照昏。野戍全迷鳧雁外，人家半浸荻蘆村。投金誰解酬知己，入市争傳思報恩。回首蒼凉祠宇在，更無蘋藻薦王孫。

露　筋　祠

獵獵風吹荻岸秋，微茫葭菼迴生愁。蝸涎緑字碑三尺，露滴紅蘭土一抔。半閃靈旗明珮玉，長懸缺月怨沉鈎。年年蕭鼓争垂淚，灑向南來過客舟。

京　　口

舊傳横海下艨艟，北府南徐接堠烽。到岸盡乘果下馬，渡江争唱水中龍。黄頭艤舶尋遺鏃,白鶴投林倚暮鐘。更向橋東求别業,銷殘兵火已無踪。

毘陵道中

畫船歌管隔輕紗,又向蘭陵賣酒家。太伯祠前風正急,春申浦上日初斜。披襟自點天隨注,入市争售陽羡茶。感慨離宫何處是,一叢枯木噪歸鴉。

姑蘇懷古

闔閭城東春草齊,館娃宫裏人姓西。塚邊劍氣夜蹲虎,陂上老翁時夠鷄。賈客櫂舟錦帆涇,女郎湔裙香水溪。可憐歲歲春歸候,蜀魄西來作意啼。

西　湖

其　一

長堤細雨正濛濛,柳外青帘漾曉風。纔到酒壚調笑罷,一鞭又指斷橋東。

其　二

畫舫乘流隔幔遮,百壺送酒蕩波斜。深紅淺白曾偷見,妬殺湖西菡萏花。

燈下與莆田林道之話舊

重來握手幾回看，燈下相逢欲認難。總角見君鬚似戟，多年判袂鬢都殘。風塵白首還羈旅，湖海清樽且共歡。知爾向平應有願，好携長鋏莫輕彈。

寄懷家孟永安州

同生情最篤，遠道隔經年。總角歡聯袂，張燈惜別筵。風旌迴極浦，雲幔下桐川。候雁知難逐，原鴒黯自憐。客程愁日薄，驛路感星躔。草碧迷湘岸，花穠度嶺天。侏儷逢獠語，欸乃破蠻烟。短蜮迎眸射，脩蛇蹋足旋。邨邨驚吠蛤，站站隋飛鳶。露泊巖如掌，沙迴石似拳。一州真斗大，萬里索居偏。荒徼開三徑，茆茨共數椽。軍曾稱下瀨，樓尚號籌邊。鐵木供樵爨，沉檀伴甲煎。桄榔堪倚杖，笏竹正行鞭。入市山魈幻，歸虛粵女嫣。文身披罽窄，編髮綴珠圓。緑葉包鹽綻，紅蕉織布妍。潤防鴆灑毒，水怖鰐流涎。每覺人形瘠，頻聞猩血羶。禽名同乞士，鳥語類真詮。翠箐緣簷溜，朱鉛出井泉。篚筐惟有蠟，雨雪總無綿。秋獵搜丹穴，春燒徧野田。飲冰蠲廩粟，買藥檢囊錢。草長耽幽睡，棠陰好醉眠。老胥多赤脚，小史半華顛。境僻郵傳少，官閒印篆全。訟庭雖闃寂，隱几漫遷延。學古須資暇，乘時盍勉旃。休嫌塵滿甑，且耐坐餘氊。況羨庭生玉，争誇珠出淵。倚門真望切，繞膝最情牽。繡刺嬰兒服，書封計吏船。側身南戒外，矯首北堂前。謝氏諸郎貴，吾家丘嫂賢。絃調調笑令，簾卷卷波聯。密和蘭荃句，兼裁棣萼篇。離懷投芍藥，春事億鞦韆。魚腹含雙柬，鳥絲寄寸箋。臨風還胍胍，墮月又娟娟。桃李春同席，茱萸秋並肩。登高聊復爾，擁被倍潸然。躑躅胥江渡，遲迴伍廟壖。晨昏慚定省，肴核愧羅騈。荆樹中宵合,參辰向夕懸。五禽經屢誦,二竪病應痊。愧我驅車後,多君趣駕先。希隨花叱撥,欲傍錦鞍韉。珍重浯溪碣,他時取次鎸。

鄉曲行

與君家住本同鄉,疏柳垂垂覆短牆。牆下水田數十頃,轆轤咿啞牽深井。三秋高廩牆東署,蜡飲爲歡百不慮。一朝破産去鄉曲,每每原田不知處。嗟君落魄復何求,空囊縱博邯鄲游。邯鄲作客那曾久,北風代馬生羈愁。飄流代舍誰握手,彈鋏歸來難發口。鄉井今惟四壁存,哀哀遺穗悲寡母。眼底豪華疏亦親,黄金交貴不交貧。相逢詎必皆相識,相見何由翻見嗔。捉襟露肘肌如漆,窮愁聊自抒胸臆。壯士長安有幾人,匣裏蓮花黯無色。君不見,葛衣躑躅任西華,登場傀儡徒咨嗟。爲君一歌同鄉曲,他鄉可淚紛如麻。

洛陽道

嵩高開赤縣,伊闕瞰黄河。市擲車中果,箏調陌上歌。珠鞭驅玉勒,繡幰逐銅駝。斜日津橋暮,猶傳葆吹過。

長安道

城臨天闕近,門傍九霄開。較獵長楊去,更衣别館來。香迷承輦草,樹暗守宫槐。聞道祈年切,還將延壽杯。

關　山　月

笳吹千山月,交河一水渾。暗隨征雁度,影逐角弓翻。帳底駝酥冷,城邊獵火喧。刀鐶空有夢,回首玉關門。

梅　花　落

榆關歸路杳,搖蕩早春天。愁向風前度,慵窺鏡裹憐。高樓吹玉笛,璧月墮珠鈿。妾淚如鉛水,思君復幾年。

隴　頭　水

原野凌長阪,遲回度隴頭。風寒崖折木,山暗雪凝眸。朔雁驚飛濺,明駝辨伏流。遥傳乘障入,恩重欲身酬。

折　楊　柳

遼海音書絶,隋堤柳半黄。新條復舊縷,細葉映明璫。落絮看垂手,浮萍空斷腸。年年寒食後,莫恨太顛狂。

送客還范陽

渭北江東每憶君,喜逢湖上共春雲。不嫌金錯投疏拙,勝獲珠囊廣異聞。十日平原纔結侣,一樽祖道又離羣。知君歸去應多咏,頻向華陽醉舞裙。

再和雨窗原韻

入春曾幾見花陰，苔長空堦雨作霪。燒盡芸香催展帙，滴殘蕉葉助鳴琴。橋邊水憶平堤過，樹杪泉知落澗深。欲問空濛湖上景，卻輸山簡酒頻斟。

孤　雁

江南江北稻粱肥，鎩羽還來傍釣磯。湘水夜寒憐獨宿，衡山路隔惜分飛。真同黄鵠傳歌楚，羞與青鸞鬭影非。最是明星猶未墮，銜寒又逐度朝暉。

越州竹枝詞

甲戌秋，訪舊越中，泛舟湖上，至柯山而止。聊記見聞，爲莊舄之吟云。

其　一

水偏門外春草青，跨湖橋下春水生。一船人度湖南岸，岸旁人看鏡中行。

其　二

柯橋西祀阮家賢，社日沿村歛社錢。老翁欲别喃喃語，大麥收完來拜年。

其　三

村中小兒打稻忙，三冬纔上讀書堂。先生未晚完工課，背誦南無上稻牀。

其　四

烏篷紅板小梭舟，來看柯山石佛頭。拜罷佛前携手去，更約明朝廟下遊。

其　五

南門城裏水粼粼，惟有羅墳莎角真。謝家阿姊王家妹，小盒紛盛來送新。

禹　廟

崇伯明禋遠，興王間氣鍾。八年熙帝載，九有闢堯封。鼎自中州鑄，金從大冶鎔。錫疇來赤甲，類祀列黄琮。候氣晨登鬴，覲鮮夕繼饔。塗山啓母碣，蒼水授靈蹤。遂建平成績，還思慘淡容。經成圖貳負，舟濟夾雙龍。黼黻冠裳會，篚筐玉帛供。懸車通緩耳，束馬極穿胸。奕禩猶循儉，當年敢勿恭。遺勛銘窆石，大夏奏華鐘。水荇浮梁古，桐棺禁纛重。岡陵攢竹箭，隧道暗衫松。井有神蛟舞，山無木魅逢。鳥耕傳庶子，鷄十走村農。巫史占三筴，將軍號百蟲。虞臣堪作配，文命喜相從。莫溯尋源履，空聞隔岸舂。誰深微禹嘆，江漢永朝宗。

晚　渡

孤城日暮倚斜暉，幾處人家欲掩扉。十里江楓連海嶠，一行塞雁落漁磯。布帆無恙乘流急，故壘生秋入望微。鼓柁應知天漢近，乘槎疑逐使臣歸。

吴山夕眺分賦得秋字

第一峰頭倚素秋，東南形勝望中收。天開石鏡千山出，地劃胥江萬頃流。入座寒風砧杵急，滿城落日雁鴻浮。今朝行省趨庭暇，芒屩同携結勝遊。

查荆州招飲湖上

宣公祠下十錦塘，相招昵飲酒壚旁。酒星昨夜墮湖水，醉看仙姥來餘杭。盤供異味兼腒𦞦，一飲百盞紛酬酢。君爲韓侯我步兵，更申拇戰三章約。中流簫鼓逐船來，吹入桃花無數開。驚紅駭緑真迷眼，唱闋當年阿䩞迴。郎官湖上人誰在，轉憶風流猶未沫。牽舟欲別重稠繆，三秋一舸還同載。

讀《綿津山人集》

節鉞東吴領上遊，章華楚國舊風流。凝香燕寢誰堪繼，畫戟吟成若爲酬。門下蘭闍臨海客，尊前鑿落傾雲液。刻燭分題不曉天，含毫擘紙寧論夕。共羨當年唱和篇，風流兩地邁前賢。迢迢江漢清如洗，還擬長賡虎拜年。

武林初秋懷李師衛公

習習春風遠，摵摵秋氣凉。春秋倏代謝，永夜愁霑裳。蟋蟀響庭戺，霜露墮檐廊。愧匪騂騮足，鹽車上太行。夙昔荷剪拂，一别逾幾霜。空懸馬帳月，地迥遥相望。何由生六翮，八宇同翱翔。

無　題

其　一

問年十五繡娘家，深鎖雙扉柳半遮。自愛新粧梳墮馬，還矜纖手學盤鴉。調脂水汲銀缾冷，膩粉香銷玉枕斜。愁是春風無賴甚，中庭吹散碧桃花。

其　二

一灣新緑泛横塘，半掩朱樓亞字牆。偷訪玉簫才覆額，輕撚金雁已迴腸。松枝莫怨迎偏晚，桂葉應憐畫太長。珍重春宵羅綺薄，鞶囊先贈辟寒香。

其　三

珠簾璧月鬭團圞，夜半明星爛不寒。歌罷三春紅豆曲，立殘十字赤闌干。生憎蝶化耽同夢，死願花開號合歡。驗取殷勤留别意，臂痕枕畔倩同看。

其　四

曾侍珠宮日往還，偏憐承譴墮人間。六朝衣窄裁輕縠，十樣眉成鬭遠山。夜擣守宮勞玉杵，朝看約指上銀環。茫茫歸路天如水，灑徧臨風竹淚斑。

其　五

木蘭艇子莫愁湖，紅板橋西舊酒罏。遶樹争看迷蛺蝶，下山誰記采蘼蕪。臙脂北地新調笑，金粉南朝近有無。製得盤中腸斷句，催歸那敢怨狂夫。

其六

鳳頸爐燒四和香，龍頭鐺瀉五雲漿。醉凝纈眼抛銀甲，新畫愁眉點鈿筐。咏絮玉階輸謝女，消魂蛤帳怨劉郎。珊鈎敲斷�簾下，更唱樽前薄媚娘。

原鴒篇

侵晨出郊坰，踽踽行露早。念彼杕生姿，不如岸傍草。爰相澤中禽，飛逐驚下潦。白頷似連錢，長脛類鷄爪。嘗咏角弓詩，興懷獨兹鳥。生性共扶搖，決起之遠道。詎駭魯門祀，寧憚宋丘杳。嗟彼雙翡翠，那得長自保。亦有單飛雁，啣蘆避繒繳。莫幸綱罟疏，偏逢弋者巧。吉了自西來，何嘗自言好。一朝各受緤，學語從馴擾。徒供世人憐，祇令達者笑。不謂此細族，大義最分曉。急難千里隨，無枝三匝繞。恍同在桑母，先後分襁褓。行止永有常，何庸恣貪狡。覽物賦在原，聊以抒懷抱。

秋日集湖上次吴大浩元韻

金牛湖畔值清秋，醲得梨花泛小舟。雲外笙歌當勝地，座中冠蓋盡名流。青山幾處堪澂眺，白雪何年好倡酬。獨憶苕南吴季重，斜陽分手欲生愁。

題東皋小像

散髮江湖俗慮删，白蘋吹老白鷗閒。筆床茶竈都相似，擬與天隨日往還。

讀　史

武帝求仙來海上，旌旗日駐太山隈。巨人蹟似秦陳寶，竺國經占漢刼灰。邸第雲封橫地起，明堂水繞向天開。吾丘芝草真難老，博得秋風起夕埃。

題法螺精舍

路入田塍僻，花經邨落穠。白懸千尺雪，青障一高峰。僧臘占霜柏，禪餐供晚菘。到來忘歲月，徒倚聽晨鐘。

與枝陽傅雪山、永嘉吴伯遠飲家葭友主政虎丘别業

勝地還看席屢移，況逢求仲共卿巵。一天絲柳啼鶯候，三月油花卜鳳時。樺燭祗憐春晝短，匏笙猶向晚風吹。今宵漫道空紆袖，已作平原十日期。

竹

庭院森寒是此君，披風抹雨迥超羣。月明渭水含孤籟，淚入湘江暈細紋。密篠不教棲白鶴，叢枝直欲拂青雲。百年誰解層陰滿，瀟灑無塵與共分。

久雨祈晴

水拍溝塍盡没苔,春來租税吏停催。千家蓐食懸晨釜,萬壑奔流起夕雷。巫史傳芭喧里社,中丞税駕出城隈。販脂胃脯空垂手,共問天心日幾回。

江漲寄懷永嘉吴伯遠

甌江水漲高千尺,識得仙人懶下樓。沸鬱真看迷雁宕,奔騰不辨是龍湫。甑餘藜藿憐黄口,屋載圖書泛白鷗。莫嘆生涯同一葉,且賒濁酒供扶頭。

新夏感事

湖光草色早春成,入夏涼多雨未晴。晝静牕前猶乳雀,烟寒樹底尚流鶯。西溪水合愁無極,東雒鐘鳴想未平。寄語堯都諸父老,聖朝不必涕縱横。

同家仲龍井訪諦公不遇

盧橘將殘紫李香,偶來消夏贊公房。交枝竹亂透迤徑,滿院花深曲录牀。揮麈待看斜日薄,垂鞭擬趁晚風涼。莫驚亭午還飛鴿,香積何曾有聚糧。

閒　　意

黄庭晝讀牕慵開，博山香爐殊幽哉。獲花鈴動鶴警露，洗硯墨沉魚上苔。校書閒放青李帖，彈劍數舉紅螺杯。醉覓梨棗牽兒戲，絶勝躑躅城南隈。

龍井避暑

溽暑炎蒸六月天，招涼願傍石臺邊。腰懸不惜凌朝露，水汲軍持破曉烟。漱石漫從松下卧，枕流且覓醉中禪。風篁亦在人間世，花木僧房只獨妍。

諦公屢簡相要以事阻約賦此却寄

片雲石下虎溪亭，幽徑斜通户不扃。祇樹風前繙貝葉，黄梅雨後曬殘經。漫邀開士隨棋局，孤負先生號酒星。百榼欲投蓮社飲，攢眉恐爾未忘形。

入雲林寺

入夏雲林好探奇，沿流穿竹路透迤。花殘猶聽提壺唤，草膩休嫌款段遲。靈鷲峰高分竺國，化人宫近見罘罳。經行初地堪忘世，懶向山鄉問酒旗。

冷泉亭聯句

勝遊招許掾,名理接支談。梅中。每自悲窮鳥,又文。寧終作老蟫。一泓分澗北,諸佛在天南。梅中。山問何年至,人同此日參。衣珠留法苑,又文。香象衛花龕。初地今猶昨,梅中。循堦吾舊諳。又文。洞中泉的得,梅中。巖際髮毵毵。誰會亭邊意,争停湖上驂。又文。塵寰看土偶,世外羡瞿曇。梅中。密諦原無字,又文。真空卻類憨。茶毘挑落蕊,瓜果繼傳柑。梅中。偏袒忘纖芥,又文。虚懷愧小甒。何時重過此,約搆一茆菴。梅中。

夜坐試茶用石鼎聯句韻

涼颸轉遥夜,滴乳斗盆烹。梅中。分火聆驟響,又文。候氣停餘聲。梅中。雙甆質彌淡,黄中理自亨。碧沈鷹爪細,又文。白泛蟹眼驚。沾吻差嚴苦,梅中。咀味殊甘貞。又文。諒資服食秘,恥與醍醐争。梅中。揚眉幾岸幘,發粲欲絶纓。又文。暫能消煩渴,終當散不平。癯姿托荒瘠,怒生遂勾萌。每勤纖指摘,還殷玉手傾。梅中。木類同而異,草中聖之清。又文。注椀愁未足,欹器忌豐盈。永絶酕醄態,梅中。新看羽翼成。午後醒宿睡,雨前喜微晴。又文。玉蕤似槍矗,銀芽如旗撑。氣收方口甕,又文。粥煮折足鐺。封題傳建苑,土物著丁坑。又文。催莢鳴金鼓,遺人贈瓦罌。應需嘉客至,特飭小蠻擎。解渴常分惠,梅中。推恩徧賜羹。寧遭文士品,詎受俗人輕。羞與苞苴入,又文。馨逾黍稷盛。醮壇曾供奉,梅中。榆塞苦縱横。斧斤雖獲免,又文。鼎鑊向誰鳴。徒有三春答,空將一片誠。梅中。分支延閩蜀,善價販幽并。朝華須急採,又文。秋露應先呈。沁脾思浩浩,擊鉢句鏗鏗。梅中。堪與蒙山老,長垂顧渚名。又文。蝕愁榆眼落,妬飽蕨拳撜。結實除炎瘴，增妍賴水精。梅中。所欣真滿腹，啜罷遶廊行。又文。

輞川看桂分賦

獨占巖阿此地芳，小山有路隔微茫。枝垂金粟紛瑶席，影亂青娥雜佩纕。天上共傳百藥長，人間分得九秋香。當年摩詰應多恨，不向莊前種幾行。

入雲棲寺

肩輿路入水雲鄉，遶徑低垂草露光。十里新篁迷翠靄，半巖楓葉逗微黄。沿流軋軋村舂急，隔圃家家納稼忙。思買烏犍隨意住，還調白象制心狂。懸竿隱見浮丹闕，花木幽深間藥房。層霄寶鐸聞天語，竺國金經泛海航。小沼蓮開留半偈，空潭龍卧護禪堂。伊蒲饌設三生供，薄夜蒸成十字香。鉢裏投針思乞腦，井邊洗薤想迴腸。由來初地忘塵世，粥鼓聲催歸思涼。

韜光

勝地入林僻，深巖得徑偏。佛龕攢怪石，僧語澹寒烟。澗道留殘雪，江門豁遠天。到來搴薜荔，欲伴小乘禪。

岳武穆王祠

南渡存祠宇，明湖幾夕陽。前朝崇俎豆，奕禩尚烝嘗。槀葬留雙橘，孤魂叫九閶。真同化碧血，曾不賜黄腸。鏁甲朝生焰，金刀夜掩鋩。丹書三字獄,白骨一丘藏。水涸胥江口,雲深石子岡。銀瓶悲斷綆,玉貌儼垂璫。蔓草思禾黍,苔錢想驌驦。寒鴟蹲隙壁,山鬼嘯陰房。天意將危宋,人謀匪不臧。將星臨犴狴,戎服繫鋃鐺。散髮乘箕尾,蒙塵走大荒。主憂誰與共,臣死又何妨。廢隧留偏壤,殘山隔大梁。尋碑徒泫露,望闕黯無光。鑄鐵今猶在,刳心終未忘。颯然英爽氣,宰木迴蒼蒼。

吴越王祠

天目山迴衣錦鄉,江東遺澤拜真王。每傳握髮驅犀甲,親射陽侯鏁石塘。大海當年消晚汐,高梧今日老秋霜。虎符龍節英靈在,猶見神鴉噪苑牆。

輓黄副使

牙旗旖旎下危灘,黯淡霜威灑碧湍。素旐忽傳荒驛繞,朱輪難返落星寒。津頭劍合凌霄去,峴首碑應墮淚看。可惜空懸庾亮月,據床不見影闌干。

獨不見

其一

晝長魚鑰鎖東風,不見歡歌晝檻中。柳葉暗垂春黛緑,桃花羞上晚粧紅。何當朱鳥雲間度,好使青鸞鏡裏逢。佇立生憎寒峭甚,一鈎缺月隱房櫳。

其　二

庭蘭砌草已無芳,桂樹新流玉露凉。屈戌屏開虛夜月,流蘇帳冷下秋霜。階前墮葉離人淚,機上迴文思婦腸。消息卻憑雙燕去,衹留清影照銀床。

七　　夕

年年靈匹盼秋風,雲殿星房玉露中。粧鏡光移弦月上,香車聲度鵲橋通。同歡一夕經年別,七襄機杼無時絶。黼帳方憐惬素情,隔河絡角繁星列。離懷戒曉慘朱顏,更與殷勤贈玉環。應識天邊猶有恨,莫拋今夕負人間。

寄查聲山翰林

其　一

三殿觚稜霄漢邊,霏微晴日散爐烟。藥欄賦就元暉句,翰苑書殘内史箋。東閣猶傳新賜錦,北門還署舊經筵。退朝應踏天街月,可憶西湖並轡還。

其　二

山色湖光似舊時,故人天畔獨逶迤。隱囊坐對齊眉婦,拄笏閒携繞膝兒。供客香應烹鵲尾,買書錢自寫鵝碑。還看齋室虛前席,青鳥西飛下鳳池。

寄家虞部凝齋

彤庭簪筆自華年，鷄舌新含粉署妍。仙仗朝元趨大内，春田蒐乘下甘泉。天低韋杜花如霧，徑闢羊求草似烟。忠雅吾家還繼蹟，近歸時論遜君賢。

送曾元穆自浙覲省還温陵

曾于絳帳識才華，别後知多長者車。滌釜猶存童子節，擁書寧羨小侯家。不遑將母分湖目，恰載支機共海槎。郎罷莫愁蓮幕遠，閩天衹隔一仙霞。

寄家京少

吾家才調漢安陽，負氣年來滯帝鄉。按曲競傳八六子，看花索醉百千場。朱絃無限情偏切，錦瑟何由恨最長。爲憶招賢臺下客，幾時同鞚紫游繮。

寄酬姜蒼崖惠示易原諸注

其一

聞説君師無是公，更傳讀易注參同。千年馬背今誰見，夜半河翻墨瀋中。

其二

早羡華陽陶隱居，蕺山山下搆精廬。願爲脉望隨緗帙，飽食人間未有書。

其　三

凉州奇士又逢君，示我新詩思不羣。應識年來抛雜學，懶將白雪溷青雲。

雙鶴篇署中雙鶴，客有感者遂賦。

何來雙白鶴，皎皎表奇姿。朝隨浮丘子，夕宿丹山嵋。一朝厭寥廓，雲羅倏見羈。戢翼踽高下，聞聲辯雄雌。顧影似有得，昂首恒苦饑。凄凄歲淹滯，悠悠無還期。階戺雖同侶，詎能縱雙飛。聊感主人意，蹁躚相追隨。鶴田既無穢，鶩糧且分遺。食冀不違性，處貴得所宜。感兹孤棲者，思爲瘞鶴詞。人生洵奄忽，鶴壽不可知。

寄懷陳澹村州牧以内艱歸夔州

其　一

伯氏同官好，相將灉水陰。忽彈白竹淚，遂有素冠吟。魚復音書迥，犀江波浪深。何當乘羽翰，天末慰遐心。

其　二

瀼水隔東西，藤梢路不迷。到家憐宦薄，望墓作兒啼。叱馭悲殘薦，堆盤泣斷虀。少連情自切，恐未遂幽棲。

其　三

夔府多高趣，君家近草堂。嘉魚來丙穴，襆馬下瞿唐。座每驚陳子，詩能瘦沈郎。射洪春酒緑，萬里不同觴。

其　四

浪逢湖海闊,倏别歲華頻。孰念綈袍客,長思縞帶人。黄金聯管鮑,白首愧雷陳。知爾論交古,開椷淚滿巾。

重過維揚

舊是繁華地,重過廿四橋。看花還載鶴,選伎教吹簫。市上香車滿,城邊細犢驕。應憐詞賦客,歌吹竹西遥。

金　山　寺

曾説盤渦底,山根似石芝。誰能窺罔象,直見鑠支祁。蒜嶺呼鷹候,瓜州落雁時。還矜孤眺迥,天末片帆遲。

同泛鴛湖登烟雨樓作

良辰追幽賞,清興引林樾。既踏胥山巔,再掬滮湖月。因之命篙師,擊汰水雲窟。空翠濕層樓,蒼烟埋斷碣。睠彼五湖人,芳顔倏消歇。悠悠浣溪紗,渺渺凌波襪。曾請妾與臣,竟沼吴爲越。凭闌起遐思,霸圖隨汩没。誰憶轉戰區,猶見此突兀。迴風響洞庭,森寒竪毛髮。一彎放生橋,乍浮如偃笏。校釘曝蘆叢,笭箵繫編筏。于焉供朝舂,庶云代耕垡。吴鄉貴蝦菜,旨且勝肥腯。堆盤膾雙鯉,列坐無間缺。儼同乘虚遊,躡景恣超忽。泊舟聊小憩,沙洲鳴窸窣。知是郭索行,聆聲還恍惚。兹湖晴亦佳,況當風雨發。相對益夷猶,深杯從百罰。斜睇倚篷牕,迅帆下繡堨。

晚次唐栖

野店烟生歸市忙，一航估客櫂相將。横塘水泛蒲猶緑，曲岸秋懸橘未黄。尚聽繅絲喧薄暮，還看挫蔗倚斜陽。唐栖橘蔗最佳，張協賦云："挫斯蔗而療渴。"推蓬低迓橋西月，白袷當風怯夜凉。

湖上秋日

其一

水閣延朝爽，晴湖净碧空。樹垂秋露白，葉颭雁來紅。濟勝慚無具，浮家或許從。那能常駐景，日對此湖中。

其二

興自高秋發，舟沿曲岸斜。魚猶吹細浪，蝶尚戀寒花。市上尋茶社，堤邊問酒家。吾生聊復爾，不負此年華。

其三

吾愛明湖好，經秋每一過。水衣寒石砌，雲色静山阿。油壁西陵去，錢塘蘇小歌。幽蘭垂露眼，偏向墓旁多。

其四

洞口仙難遇，西陵蹟已湮。畫裙消蛺蝶，丹竈没荆榛。物悟有形盡，花看無數新。且拚壚畔宿，貰酒一沾脣。

其五

湖水逢秋漲，葑田捲宿雲。擬隨鷗共席，還與鶴爲羣。倒影浮青黛,迴波濕茜裙。兩峰歸路近,雙槳蕩斜曛。

其六

西風吹槲葉,秋思滿湖東。曲偶填鹽角,絲能辨鞠通。鵝兒春釀碧,鵶舅夕陽紅。洵覺投閒好,休論作賦工。

其七

秋色老楓林,湖光澹夕陰。騎驢還避客,入寺每携琴。露薄衣猶濕,花殘蕊不禁。誰憐蕭瑟候,時起越人吟。

其八

城西秋氣集,夕雁下陂塘。月向今宵滿,湖生昨夜涼。蒓絲情漫切,鱸膾意何長。對此傷摇落,因風酹一觴。

孤山林逋墓下

空亭雙槳泊,荒蘚一墳孤。水夾幽人徑,堤分西子湖。登高誰薦菊,落日有啼烏。徙倚還增慨,清吟興未徂。

净慈寺

峰迴雷就塔,路入給孤園。猶憶狂書記,曾呼老白猿。放生羅蚌蛤,施飯散鷄豚。又見燃燈夕,流光照遠村。

送文喜沙門喜自秦中來武林,乞繪諸梵相六十軸以歸。

庭前松樹子,東指識師歸。旅食攜瓢乞,閑雲傍錫飛。傳心無我相,染翰繪天衣。珍重丹青供,瞻依願不違。

有客來誦予辛未都下《中秋》詩“入幕風偏催客夢,中天月好爲誰愁”之句,因慨焉記及,遂續成之

霜薄還知未獻裘,薊門與爾共淹留。由來燕趙悲歌地,絶勝江湖汗漫遊。入幕風偏催客夢,中天月好爲誰愁。何年重向金臺醉,唱徹蕭蕭易水秋。

題查二瞻畫册

查荆州太史招飲湖上,因貽二瞻畫幀,其自識云:臯亭大弟以此册十繙屬畫,既而以解維匆遽,僅成六版。臯亭意似未愜,余曰昔蘇、米諸公嘗爲人作字,每多剩幅,云留此以俟五百年後人題跋。余雖遠愧諸公,請藉以解嘲,可乎。字繪雙絶,藏弆久矣。秋杪,偶檢書笥,重睹此册,因漫題七截六首,詩中無畫,深慚摩詰矣,當仍俟五百年後人耳。太史别字臯亭云。

其　一

九秋霜露老蒹葭,江上蒲帆天末霞。指點隔村人似豆,槿籬笆外酒旗斜。

其　二

籬畔輕舒蓓蕾紅,江干忽散楝花風。遥山無數青于黛,依約人家薄暮中。

其　三

小艇風吹任往還，白蘋如雪映皤顔。歸來不覺千峰暮，卧向清溪月一彎。

其　四

糢糊誰畫米南宫，不辨人家兩岸中。展帙忽思風景似，大姚村在太湖東。

其　五

山家誰道徑無媒，日許幽人支杖回。隔岸一椽堪避世，看乘略彴度山隈。

其　六

西湖花港緑交加，點點青錢貼水斜。貪卧香風移畫舫，紫鱗發刺濕輕紗。

遊祖塔院用東坡病中韻即金虎跑寺。

竹榻松寮茗椀香，蒼藤覆石水痕凉。饗飱啄木林逾静，聽罷鴝鵒日漸長。伏虎僧來傳異蹟，咒龍人去更何方。經年病肺思消渴，一勺清泉仔細嘗。

荔枝一産于粤，一産于蜀。而産閩者尤佳，其種亦最繁。君謨曾爲作譜。龜齡詩有云“丹荔株株經品藻”也。憶侍家大人出守泉郡，再移東寧，得日啖荔枝不啻數十餘種。惜未暇筆記，以補譜中所未及。乙亥秋初定海藍總戎自海舶携來，見餉百顆，雖殷紅不減，而香味頓殊矣

其　一

曾判名園海嶠香，甜于蔗汁冷于霜。無端颶母風偏惡，吹送當年十八娘。

其　二

生香本自出藍家，愛惜常教錦幔遮。最恨扁舟同遠嫁，一般紅淚没黄沙。

題釀川生小照附自記

生，越人也，未嘗一日居釀川。以釀川自名者，志釀川也。釀川出郭門不二十里。生嘗泛舟其上，思結宇焉，而未逮也。生九歲作文，三十一籍諸生，今年且四十。中間遊閩六七年。嘗一登鼓山，一眺華頂，信宿彭蠡，兩渡黄河。倦游里居，屈首經師又七八年。而竟無一遇。昔人云：四十不仕宦不當仕。宦生年至此，寧復可裹飯携餅待曉院門，逐隊就舍，作俯首咿吾態乎。生嘗有志性命之學，徒以八口之累，遂乖此願。倘天假生年，向平事畢，丹崖翠壁，不渝此盟。此生自記也。圖左列書册，右置唾壺，中貌生踞石而坐，若有思者。漫題四絶云。

其一

君家玉斧舊知名，新看三花頂上生。衹恐忘情非我輩，還疑時聽唾壺聲。

其二

瀟灑林泉日擁書，拂塵終日執椶櫚。恐君生具封侯骨，未許深山便結廬。

其三

阿訥才華偏賦窮，慨慷誰爲望鷄籠。金箋打叠排珠玉，河辯還稱西寺雄。玄度小字阿訥，生亦自稱小訥云。

其四

山林跋扈笑周顒，鶴怨猿驚嘆客踪。捉鼻知君應不免，釀川川上漫從容。

贈徐紫凝即送之家孟永安官舍

騏驥困鹽車，行行歷巉巇。戒旦連羈馬，入暮編皁棧。既凛任載憂，復迫官程限。不如駑與駘，日分太僕饌。以兹每長鳴，齧轡懷忿擱。一朝遇王良，太息渥洼産。齊之以月題，駕之以輕輚。飲從屈注傾，草向吉雲剗。拂拭生光輝，轉盼殊睍睆。許身爲馳驅，蹴蹋凌瀰漫。汧渭三萬匹，見者皆驚赧。颯爽風煙生，徤兒墮鞭撻。功成辭上賞，圖形列青簡。南州有逸足，聞聲爲折柬。貽我西江詩，矯然見結撰。瑰麗難具陳，榛蕪還力鏟。誠如絶塵姿，瞬息悚目睅。渺彼騠駃材，愛此龍虎彎。寸莚叩洪鐘，深紅瀉小琖。乍欣聯騎遊，倏下離筵潸。高秋楊柳殘，垂條不堪綰。君行語予兄，有弟匪肉眼。寄此相馬經，聊資笑爾莞。

梅中詩存序(一)

世無甘蠅，非謂辭金僕而却銚珧也。又非謂河中無弓人，而封你無繁弱也。方其家居，懸蟣虱於牀梔之間，閟其耳而忘其筋骸。初亦何敢謂天下之射必無過是。及一出，而朔蓬之抵，所向無敵，然後知射者之絶人遠矣。惟詩亦然，挾《平水》一本，購《劍南》、《石湖》一二卷。意氣溢溢，摇筆滿天下。出以之爲摯，而處以之爲徼名傲物之具。人之望之者，亦且辟易却顧，莫之敢抗。然而十餘年間，自都市以至陬僻，指詘心計，求其得當於是者，率刺促恝悄而睎若無有。是豈操觚果無人而倡酬絶於世哉？其所爲詩者非詩，而所爲射者非射也。

予久知蔣子梅中，與其兄嵩臣，各能以詩文名人間。每見其投贈而思之，既而得其所纂爲《律韻》一書，嘆其深於詩而並及夫詩之所爲押。四始雖絶，當必有起而續之者。今讀梅中詩，作而曰：某蠅哉！世無射者，而今忽有之。世已無詩人，而今乃得而一見之。斯時也，而有斯人，詩之幸也。斯詩也，而見於斯時，則又斯時之幸也。江河而日下矣。袒膊以爲容，詬誶以爲言，溲滕糞壤以爲所居與所處。而梅中以爾雅之才，展揮戈之技，去哆而進史，去駁而進醇，去蕕臭而進薌馨，去其近今而進於前古。言格格精，言律律妙。是非有鉏之彊力所幾也，是非吴太史之神臂所能至也。世雖多詩人，吾必以爲叔田之後無飲酒矣。詩名存，言可存也。然吾以爲所存者不止是也。

(一) 按此序未見於《梅中詩存》，今自毛奇齡《西河集》卷四七輯出，姑附於此。

附蔣國祥詩一首

木　瓜　洞[一]

匡山最絶處，廠屋託幽遐。面面峰争起，時時日照斜。石銜泉嘯虎，樹逼路驚蛇。道士今何在，烟蘿老木瓜。

（一）　輯自民國吴宗慈編《廬山志》目二十八。

吏隱集詩鈔

（清）蔣韶年　撰

吏隱集詩鈔序

丈夫生而讀書，負志略，屈首牖下，鬱不得騁，如莫邪之劍硎刃未試，鳴嘯匣中。及其綰符紆綬，而又困抑下僚，志大塗艱，弗展經濟。於是長言見志，發而爲詩，多感慨不平之音。此詞人之常，而臨臯蔣先生則不然。先生家世閥閱，學博才富，修書議敘，爲江蘇布政司理問。理問一官，事繁俸薄，先生處之泰然，克勤其職。公餘眺覽吴中山水，與二三同僚酌酒賦詩，而政事不廢。今將合少壯所作，刊以問世，屬序於予。讀之，其氣和，其辭雅，懷明廢、感君恩、戚兄弟、念朋友，仁孝之人，其言藹如也。蓋先生幼隨尊大夫宦於荆襄，所過玉臺、蘄水，刻畫雕鎸，有柳州風格。及省親塞外，往來沙磧，依戀庭闈。尊大夫遇赦北歸，思九重之恩厚，欲報稱以無從。比於杜陵之“每飯不忘君”、“終身荷聖情”，若同一軌。迨作吏江南，賑飢視河，民生休戚，寤寐不忘，有元道州《春陵行》之遺意。至於痛鴒原之零落，悼親弗之凋殘，綢繆惋摯，不讓唐賢。《記》云：“樂心感者，其聲嘽以緩；敬心感者，其聲直以廉。”先生懷易直子諒之心，則多嘽緩和平之什，誠積於中，不自知其然也。昔吾鄉葛震甫一龍，爲雲南理問，吟詠盈笥。陳仲醇謂其直接陶、韋、王、孟。今先生與震甫位同詩合，可以後先輝映矣。特是先生之才之守，大吏知之，邦人戴之，不久當膺遷擢，於例應得爲司馬、刺史，將必有《琵琶行》繼白傅之後，《郡齋雨中讌集》踵左司之蹤者，予又將援筆竢之。

乾隆丁亥歲重陽日，治下同學晚生顧詒禄拜撰

吏隱集詩鈔序

昔先君子爲蘇郡倅，與藩參軍蔣臨皋先生交最善，意真摯相投契，以古人風節共期許，而念民生疾苦，不以官間曹如秦越視。蓋發之於詩歌，弗僅在觥籌唱和間，即掃地焚香，亦非高言習静者比，皆得之天性然也。先生後遷平度牧，能以古治治其民，旋解組歸里。雖施爲未克竟其志，然自先生祖集公，公爲江西廉使，祠名宦，與湯孔伯、施愚山相伯仲。考蘿村公爲黄州郡守，至今百餘年，黄人思之未艾。則先生之所以承家報國者，具有原本。故其爲詩，篤於君親之誼，藹然仁孝之言。竊嘗謂有真性情而後有真詩者，非先生誰與歸？令嗣礪堂前輩，弱歲登翰林，轉臺諫，觀察南贛，兼權臬篆，廉幹有器局，風采可畏愛，隱然負經濟望，紹家學者，固知其來有自矣。甲子歲，以讀禮家居，裒先生詩，凡四帙，附先君子詩一章，以志一時交誼，並屬鈞簡爲之序。簡受而卒讀，因思吾黄古爲齋安郡，韓魏公曾讀書其地，厥後功施社稷，德被生民，而思黄之意，惓惓不置。先生本生於郡齋，以臨皋表其字，其志蓋猶是也。乃一官落拓，未能盡展其懷抱者，一一見之於詩。礪堂前輩善負荷行，將挺家楨，而爲時棟，斯編即趨庭之教也歟？獨念先君子與先生握别吴會，守馮翊者八年。至今桐鄉之愛，差比於先生作刺時。而鈞簡碌碌，少所樹立，所以對礪堂而滋愧也，然亦不敢不讀是詩而自勉也，爰記其顛末而敘之。

嘉慶十年甲子清和月，愚姪李鈞簡序

吏隱集詩鈔卷一

出塞省覲

拜罷同羣出玉門，故鄉南望在中原。眼前頓覺河山異，行處何堪風日昏。難報君恩思鞅掌，欣依親舍問寒暄。時家大人謫戍軍臺。惟餘底事堪惆悵，説到緹縈欲斷魂。

留别家兄雲載

十年淹滯共神京，誰似吾家弟與兄。自歎驪黄羈皁櫪，豈因文字擅清名。雁從青海雲中度，人在黄沙霧裏行。此日臨河無限思，鶺鴒徧向北原鳴。

月夜途中

征鞍窮塞路，四顧絶人烟。雪擁山疑失，風狂馬不前。趨庭應有日，仗節在何年。極目傷千里，長歌對月圓。

追　憶

蟬鳴遠樹亂更籌，黯淡離情幾淚流。客旅未占炊臼夢，歸家無那鼓盆愁。短梁何事巢新燕，明月依然照舊幬。懊惱曲中空寄恨，白頭吟斷幾春愁。

和友人茉莉花二首

其　一

纖悠弱態不勝秋，季女休誇第一流。若使瑶池先覓得，看誰持作玉搔頭。

其　二

茅齋相對日銷炎，綵線誰穿玉手纖。好是晚涼新雨後，微風淡月映疏簾。

重出塞省覲

有懷終不寐，拮据作長征。謫戍君恩重，趨庭子職輕。沙平迷瀚海，月冷照孤營。威德孚遐邇，征人喜罷兵。

寄兄蓋平令

長枕還思少日親，那堪絶塞獨沾巾。七千里外空形影，九十秋中斷羽鱗。寄遠應憐愁俸薄，承歡却愛説兒貧。臨民政譜傳家久，報最還看薦剡頻。

寄袁駿揚姊丈

契闊袁閎四載餘,關情夢幾到穹廬。衰親可尚餘甘脆,幼子應能識盥梳。愁裏思家惟進酒,病中聞雁憶來書。朱顏已遂風塵改,不似當年話別初。

酬劉于天見寄之作時館敝廬。

詩來萬里慰離居,獎借深情愧有餘。差幸杖朝逢解網,那關叩闕敢啣書。萍飄子舍消魂日,狼藉家園入夢初。旨養難豐賓饌薄,可堪每食定無魚。

病

平生那敢涉危波,一病兼旬尚未瘥。試照雙眸差自信,笑看二竪欲如何。酒堪解渴何妨飲,詩可消憂不廢歌。任聽冰霜侵鐵骨,雄心寧肯暫銷磨。

過從兄雲載墓

亂山重叠杳難分,匹馬來巡宿艸墳。玉樹早埋悲李賀,金堦對策失劉蕡。墓門寂寞舍秋雨,短碣荒涼對暮雲。磨鏡正逢摇落後,眼前何事不傷君。

送從兄安亭再任江右二首

其　一

早是功名著轉輪，雙旌復建八洪都。次公再綰潁川綬，汲黯重分東海符。山接香爐曉烟翠，閣臨江渚暮雲孤。風光人物應如舊，只恐鬚眉較昔殊。

其　二

藩侯遺愛在甘棠，繩武如君未易量。從此佳明予第五，終令天壤有王郎。里中漫舍多塵甑，官況空餘一布囊，别後相思在何處，紫荆花發雨蒼蒼。

題虚舟七兄小照

柳色參差遠岸侵，翛然片石坐披襟。胸無磊塊何須酒，只有清泉浥素心。

移居感舊

危巢泥落可深愁，堂燕分飛那自由。四載兩遭風木痛，一年三徙室家浮。黍離已改門前徑，偪仄猶勝岸上舟。織屨織簾聊自給，蕭蕭五柳映溪流。

寒食有感

數椽偶寄水雲邊，冷節驚心又一年。上暮人争携麥飯，移書我欲禁寒烟。紙灰着雨飛無力,雁陣迎風斷復連。歸向隣家覓新火,暫因人熱愧前賢。

閨怨戲贈范六素書二首

其　一

强將針綉日差排,花徑從他澀緑苔。懊惱秋風偏着意,一枝紅豆獨先開。

其　二

杜鵑花落子規啼,夢醒愁看月又西。可歎年年斷消息,清齋翻羨太常妻。

予越人也,一日友人話及湖山之盛,相約爲隣,恐人事難齊,未能終願。詩以誌之

把臂何年共入林,風流遥憶重沉吟。魚鹽那便從人老,時友代人業鹽。泉石終當愜我心。潮過鏡湖雲氣濕,風來禹穴晚寒侵。荷鋤戴月歸來後,回首蒙籠草木深。

送陶斐然及第後南歸

愛爾干將新發硎,豐城終不久潛形。金門喜赴探花宴,玉笛愁聞折柳青。歸去湖山添笑傲,别來風雨黯辰星。到門正及黄花候,好向東籬醉醁醽。

初秋答范素書問近況二首

其　一

日注蟲魚老歲年，静参禪裏夢遊仙。若非落葉庭中滿，不識秋光到眼前。

其　二

屏蹟青門非隱名，驪黄世眼太分明。誰知淮海飄零遍，今日塵中有巨卿。

秋居呈林亭諸君

巷僻囂塵絶，心閒看落瓠。移花栩蛺蝶，臨水畫鶟鶥。愁聽砧聲急，何當雁影孤。長吟時抱膝，故態許狂奴。

僦屋庭前有秋色數種各賦一絶

雞　　冠

愛爾昂藏七尺軀，峨冠高戴氣魁梧。如何不報金門曉，却向山村伴酒徒。

玉　　簪

金屋曽教撩鬢雲，荚隣李夫人墓。煙雨望氤氳。一枝冷落西風裏，猶爲含情憶少君。

秋　海　棠

朱絲緑葉映窗紗，誰道無香便是瑕。點點猩紅還是涙，斷腸人對斷腸花。

雁　來　紅

去年霜落小園中，一雁凌空送晚紅。今日雁來人異地，愁懷無限對秋風。

喜謝佩庭來隣

莫謂離鄉動遠情，天教千里續新盟。望衡此日聯膠漆，同宦當年憶父兄。金盞曉開花爛漫，銀釭夜醉月分明。從今識得謝仁祖，應免脩齡呼癸庚。

除夕戲簡范素書時聞思鄉因患小恙

頗奈離鄉久，相思可若何。每逢佳節候，更覺别情多。龜策應難卜，牛衣獨寐歌。齊眉當有日，無那少年過。

贈張翊辰時三十初度

月建亥兮歲戊辰，值君初度三十春。杖頭攜錢沽美酒，登堂舉賀殽核陳。雅集勿煩絲與竹，藏鈎射覆忘主賓。吾聞五十始雲壽，君年未是稱觴候。今日之會别有因，慷慨一歌爲君奏。濟時才略非虚談，寧耽丘壑辭朝參。自昔名卿備文武，治足潤色亂足戡。方今干戈擾西川，太保承詔南征蠻。霜刀鐵騎白日動，雲旗翠蓋黄金懸。有嘉折首王言大，坐看露布來天邊。入則周公出召虎，若論甲子君後先。丈夫努力要及期，四十五十老將至，窗下窮經時輩嗤。

題廣陵謝佩庭小照二首

其　一

幾度臨風憶謝公，不期相見畫圖中。怪來野外頻浮白，無限花枝映肉紅。

其　二

青青楊柳細腰柔，灼灼桃花錦浪浮。三月直沽冰未解，問君何似廣陵遊。

立春前夜寄友人

涼風侵户牖，孤月在庭除。人有三秋闊，程非百里餘。一宵將盡臘，半紙隔年書。何日輪蹄至，相看慰索居。

仲春送人歸越二首

其　一

柳緑桃紅照眼明，山青未了水潛潛。懸知此别繞佳趣，日向山陰道上行。

其　二

龍晴剜破價千金，酒渴無方憶滿林。有約偏教當夏五，故應添我望梅心。稽山楊梅甲天下，五日始熟。"剜破龍晴血未乾"徐存齋詩。"五月楊梅已滿林”,平可正詩。

和張翊辰秋齋即事韻

僻陋終教遠市塵,一椽幸接孟家隣。良秋未遂題襟願,好句先傳叉手頻。自向堦庭栽玉樹,擬將心蹟比霜筠。可憐十載塵封硯,爲爾重吟懶慢身。

哭張十礪亭

誰令燕市久淹留,抱恨生教負首丘。曾説題橋歸駟馬,誰知懷刺痛千秋。脱驂無計空流涕,解帶忘形感舊游。秋草茫茫楓露冷,旅魂何日到徐州。

瓶中菊花歌

偶來林亭思托足,僦居欣逢姊舊屋。吾甥愛花有奇癖,遺我滿園紅與緑。桃夭柳媚非性近,惟有黄華差不俗。殷勤澆灌恐後時,待到重陽發故枝。欲採不採望南山,此花由來非等閒。延壽忘憂爾兼擅,應有陶令來籬邊。那堪一夜朔風起,呼童急插軍持裏。裝成几案色更鮮,小盧頓覺改前觀。絶少白衣人送酒,行吟坐嗅空留連。須臾海上冰輪駕,有客携榼請卜夜。入坐睥睨看分明,爲道瓶中勝階下。可知凡物無定評,才加位置便生榮。塵埃君相自不識,衣冠優孟純虚聲。君不見,買臣負薪謳道傍,糟糠之妻先下堂。一朝顯赫懷印綬,羣兒駭汗奔忙忙,客聞慷慨呼巨觴。興酣擊舞庭中央,仰見明月凉於霜。

送袁西林歸越

西風颯颯滿平蕪,有客驚秋返鏡湖。壯志生教頻擊劍,侯門未許濫吹竽。伍胥廟外江潮吼,慶緒墳邊野草枯。欲訪桐君尋藥徑,萬重山翠閟虛無。且住爲佳歸奈何,對牀風雨重吟哦。令弟在北。筵前鬢鬢當珍重,客裏雲山減嘯歌。繫馬楓亭霜正冷,維舟蘆岸雁横過。臨河莫怪增惆悵,人到中年哀樂多。

生日同人治酒相邀謝之

每逢初度笑浮生,底事何堪重友情。且向樽前開醉眼,不從身後噉虛名。桃花面對梨花面,入破聲兼出破聲。一任嚴城催漏箭,直須酬唱到天明。

寄袁玉文

蕉窗酌酒不成酣,堆案楞伽懶未參。一自歸鞭吟折柳,定多朋從過清談。

同人載酒近村看牡丹

曲徑疏籬傍水隈,微風小雨數枝開。名花若箇能消受,酒客詩人次第來。

顯章新婚即遠遊,今已三年,望夜見月戲贈

誰令遠客一年年,百歲無過數滿千。若使閨中計離别,曾經三十六團圓。

送　友　人

鹽筴成何事,安能欝大才。拂衣君竟去,乞食我方來。把臂論千古,開懷共一杯。殷勤訂後會,搔首各徘徊。

寄盧雅雨先生 先生塞上五十二生朝詩云:"十年但見乘時業,還見明庭矍鑠翁。"今正十年矣。

龍沙萬里鑒冰心,此日追隨重繹尋。十載明廷真矍鑠,三遷帝眷果高深。門墻喜看多新進,桃李還承念舊陰。欲比戴崇慚朽櫟,無由時聽後堂音。

答汪灝亭贈别之作并送

代戍度沙漠,客途逢紫芝。雪花大如掌,風沙利如錐。手僵難一握,面黟如凍梨。急投氈幃宿,羶酪聊傾卮。把盞充飢渴,口角箝方移。苦寒人所畏,問子來何爲。乃云友誼重,樂此不爲疲。詞意殊慷慨,令我肝膽披。古道不可復,投膠在於斯。憶自還鄉國,歲月忽飈馳。舊遊重回首,茫茫各天涯。那知後會地,非爲素所期。我從憂患後,無奈常苦飢。駑馬終戀棧,服車兩耳垂。俯仰偶長鳴,御者施鞭箠。誰云丈夫志,不肯便低眉。失讀貨殖傳,懷清婦應嗤。君本汗血

骨,騰驤任所之。胡爲受羈馬,逐隊驢騾隨。行行勿再顧,莫作離別悲。

吴閻孺人吴偉翁側室翁父病篤,孺人割股療治,賴以延年。其子命康爲寶坻令,同人有徵詩序

操藥愀然淚滿巾,裹創忘痛且忘身。萬方久已窮心力,一念偏能動鬼神。堪笑燎鬚徒侍姊,豈同剪髮止留賓。吾曹識字論忠孝,巾幗何期有此人。

寄顧雲叔范素書包秀才

離駒欲動尚遲留,底事催人去不休。才到長康癡亦好,舌如范叔辯難酬。漫從至日憐嘉會,擬向春風作勝游。爲問北平多好句,可能重唱片帆秋。"蘆荻片帆秋",包句。

復次韻奉答顧雲叔見和之作

此生何處可勾留,海上浮鷗獲少休。金線强拈悲作嫁,玉音投贈懼難酬。三春挂帽遼東客,十載吞氈塞北遊。懷古予今情更切,待君澄海樓名。賦悲秋。

閲兒攸欽制藝題後

負郭原無二頃田,饑寒到汝自生憐。譽兒雖笑東坡癖,身教還慚謝傅賢。三世家聲誰繼序,一門羣從獨迍邅。遺經手澤依然在,奮志

須當及少年。

折簡邀徐賡謨其至蒲

渠陽樽俎事猶新，結侶那知到海濱。彥道時盧原自達，灌夫罵座本無因。南州誰並稱高士，北道多慚作主人。賴有小舟堪共棹，濤頭深處釣銀鱗。

次岱瞻索魚韻

憶昔從宦齋安居，沙頭頓頓烹黃魚。襟江帶湖所産富，盈尺輒棄誰嗟吁。更從赤壁選勝地，把酒登眺十年餘。坡公遺事吾最解，對客舉網誇江鱸。臨泰不常遭否剥，一朝遠戍供軍儲。沙漠趨庭正五載，齧雪忍凍棲穹廬。瀚海荒涼一何有，斗粟貴比隋侯珠。茹毛飲血羲媧世，氈裘椎髻呼韓徒。回憶乾磋涎空𪾢，鮮鱗安得烹庖厨。憂患之後忘口腹，歸飲鄉水勝屠蘇。詩來使我感舊事，細推物理多盈虛。自古名流耽奇癖，愧無丙穴應君需。游鯈瑣細堪一笑，梁武戒殺何其愚。

待岱瞻不至

臘雪初消風正寒，幽人何事跨征鞍。生涯豈必須濱海，矍鑠還當服舊官。筆下風雲倚馬待，眼前寥落解人難。忘年賴有禰衡在，一日能無三月看。

送孟岱瞻主政歸京師

歲十月兮日辛卯,送君歸去長安道。長安本是君舊家,胡爲暮年走海島。我昔早充觀國賓,十年待詔供楓宸。日食太倉一囊粟,一飽差勝東方貧。豈有詞賦高楊馬,門多長者車轔轔。爾時君家去咫尺,胡爲相隔如參辰。可知人生會有數,翻從遼海蒙青顧。唱酬豈敢效松陵,有時亦學邯鄲步。但知鷗鷺相忘機,一任燕蝠較旦暮。出東坡《烏臺詩話》。君今歸去當歸來,好憑樽酒共徘徊。黜陟於我有何哉,相思一夜梅花開。

訪高焦村居

曾於沽上細論文,酒社詩壇漸失羣。故國飄零感離黍,新居雅素絶塵棼。荷鋤歸帶松間月,採藥行沾嶺上雲。操臼更憐同德曜,當壚堪笑卓文君。

牡丹將放,聞諸君訂期開筵,戲簡孟岱瞻主政

海邊風景異寒暄,三月春過氣未温。抱酒空餘吟皓月,看花何處踏名園。物從罕覯尤情戀,交到忘形無隱言。國色天香休獨擅,固應許我共開樽。

贈孟岱瞻主政二首

其一

誰識清華待從臣,懶從軒冕早抽身。一官歸後無長物,淪落邊隅

作賈人。

其　二

五斗依然清俸看，館穀與舊日禄米恰合。雖無位號足朝餐。箇中亦有閑滋味，何必逢迎謁上官。

桃花積雪

輕盈體態却開遲，只恐深紅未入時。那得化工偏解意，故教着粉隱鮮姿。漁人洞口沾輕絮，崔護門中露玉肌。若使無心逐流水，耐寒豈獨數斜枝。

重遊感舊丁巳戊午間，待詔館閣，買屋於半截街。今忽忽廿年矣，再爲寄居屋廬，半是交遊無存，不勝今昔之感，率成二首。

其　一

一從遷客赴龍沙，廿載風光夢景賒。試問比隣無故主，偶尋梵宇盡人家。常將壯志誇年少，不禁衰顔感物華。剩有庭前古椿樹，春來猶發舊時芽。

其　二

揚塵三度太匆匆，室邇人遐思未窮。白社逃名餘慧遠，彩毫賦恨獨文通。暮雲幾處落殘月，隣笛一聲悲夜風。更有無窮棖觸事，桃花原在此門中。

贈徐七桐分余與其大阮灌園先生周旋久。今秋，君充貢使入都，同舟南下，途中賦贈。

大阮才華筆有神，阿咸風調少同倫。何期得共陳蕃榻，指日還瞻元伯親。宅近滄浪更四代，槎隨漢使接三辰。黄華莫畏風塵老，遊覽河山越與泰。

承恩赴蘇留别徐星湖、顧香霞諸故人二首

其一

衡門相望五年餘，酒社詩壇未暫疏。丘壑同懷幼輿志，風塵空逐鄭元車。抱關只爲沾微禄，抱臂還求慰索居。聞道滄浪遺宅在，文無花放待君書。二君蘇人，皆訂期歸里。

其二

冰雪森森照眼明，疲驢破帽事長征。慚郭無負離鄉里，羞説爲官學送迎。門柳幾圍珍重别，沙鷗相向若爲情。三吴不比三湘遠，楓落霜月有雁聲。

道經鐘，吾過雲瞻九兄宿虹署，立春日觀劇留題誌别兼呈諸同人二首

其一

河干擘畫見賢才，天語親承日下來。引見蒙恩，垂門兄名。累世恩榮應報稱，他方跋涉敢徘徊。尚餘寒色難舒柳，已透春光早到梅。鄧尉山頭花似雪，前驅相過好論杯。兄奉委催縴至蘇。

其　二

一日春光暖氣盈,關河凍解水瀠瀠。客歡坐上樽餘酒,鶯囀林間曲有聲。金谷繁華思往事,彭城風雨計歸程。明朝匹馬平江去,回首雲山望裏清。

清江留别敬亭四兄時方予告候牒。

十載分襟易,相逢又異鄉。君方明進退,我未卜行藏。滚滚流淮水,蒼蒼隨月光。暫留還遠别,天外雁成行。

吏隱集詩鈔卷二

春遊詞

半塘橋下水灣灣，畫舫輕移岸柳間。酒未來時歌板歇，數聲嬌鳥弄春山。

登雲龍山

耳熱彭城道，新因扈從過。四屏環翠嶂，一帶俯黄河。孤鶴聞清夜，殘碑隱碧蘿。巍墳傳亞父，憑吊意如何。

過王陵母墓

劉項雄雌尚未分，英彭智略遠人羣。母非定識興亡數，有子寧教事二君。

過項王墓二首

其一

衣繡東歸笑沐猴，彭城應是老菟裘。如何亞父遭讒後，猶占南山土一坵。

其　二

古樹荒烟潦水寒，野花啣鳥上林殘。當年守塚人何在，三度臨風駐馬看。

夜泊楊子江

木落霜高雲氣秋，大江東去日悠悠。不須擊節中流歎，好是乘風萬里遊。野火滅明村黯淡，江豚出没雨颼飀。涼生水面衣尚薄，夜半潮聲動旅愁。

渡江望浮玉

江心突兀見金山，波撼靈根任往還。幾處漁歌歸棹晚，一聲鐘梵出雲間。高盤鶥鴞秋將老，穩卧蛟龍浪自閒。南渡武功誰第一，太平無蹟可追攀。

渡黄河半載間往返江河九度。

危波屢涉似平原，總爲雲山不憚煩。被繡何如塗曳尾，壯頍終見角羸藩。路逢九折知臣節，事少三思畏聖言。籬有黄花樽有酒，忍教稚子候柴門。

月夜策蹇行七十里至桃源三首

其　一

平沙極目儼冰花，驢背行吟興轉加。犬吠聲中微見樹，到來恰是酒人家。

其　二

烟樹蒼蒼遠影孤，冰輪皎皎近平鋪。小橋寒溜咽危石，畫出秋宵行旅圖。

其　三

郵程七十夜迢迢，説向桃源未惜遥。門掩疏籬雞叫月，竟同仙境隔塵囂。

和周晉嘉徵士韻

帶星便起逐輪蹄，身傍哀鴻東復西。慚愧故人高卧處，夢中叫徹五更雞。

邨行詠菊

惟事長征曉夜行，那知時序幾經更。驚心鴻雁愁中聽，到眼黄花分外明。一任群芳争嫵媚，獨留勁節晚峥嶸。小園正及霜風候，誰復東籬采落英。

贈别王見三

吏隱誰憐梅福貧，官同臭味自相親。糟餹暫餔何嘗醉，關柝雖微未染塵。政化君知及童子，賑饑我愧有遺民。漫言邂逅輕離别，明月相思是故人。

沛邑查賑即事

烟波迷萬頃，浩蕩多長風。哀鴻遍原野，小艇隨西東。目極鵠鳩狀，忘身夷險中。灾祲連三載，焦勞深九重。金錢寧計萬，民室猶全空。撫綏百職奮，舞弊猾吏工。緬懷隨刊績，誰任疏鑿功。洪濤復黄壤，蔀屋何時豐。

初宿野寺二首

其　一

八千輪半載，總不出江南。舟疾野鷗怪，刺頻關吏慚。村過名旋失，亭到里方諳。幸假息肩地，寧論荒草菴。

其　二

野寺疏鐘動，霜天一雁飛。倚牀稀容語，叩户識僧歸。燭代更長短，書參揭瘦肥。嚴風漫刺骨，呼酒敵寒威。

看　　雲

我看雲出岫，雲送我歸山。相看不相捨，明月作居間。

雪霽夜坐

霽色空明映落輝，西風入夜透征衣。山門遥見燈光處，沽酒人從雪裏歸。

旅　　憶

王粲南來爲倚劉，徐州端的勝荆州。歌風千古臺名漢，辟穀當年國在留。無復幽人招白鶴，空餘名士賦黄樓。山河多少明賢蹟，坐嘯誰能事遠遊。

送周晉嘉歸吴門

秋染霜林嘆失羣，還期春雪踏春雲。那堪留滯經年别，已負梅花又負君。

雪夜寄懷周九芳若上海

琉璃一盞半明滅，禪榻横陳秋氣結。彤雲四合積重陰，窗間颯颯風吹雪。有客中宵起攬衣，欲棹剡谿行且輟。忘却身同執戟郎，失伍還愁上官詰。憶昔珥筆過蘭臺，白虎石渠較字缺。書成不願列名銜，歸卧江湖自飲啜。行人訝失棟樑材，惟我自藏蕭艾質。不圖應召到吴門，要離冢畔懷英烈。昔年不入鳳凰沼，一旦甘同駑駘紲。逐隊鹽車隴阪來，任人鞭策敢踶趹。幾度伏櫪思長鳴，回頭却顧愧汗血。觀君標格遠王珣，九尺昂藏曼倩埒。丈夫要自有肝腸，令人喜怒何屑屑。月暗蘆花漁浦澀，孤雁鬬風聲倒咽。盈盈一水渺山河，曉望長堤似帛洩。

晚渡歸寺二首

其　一

酒帘遥露雪山隈，下馬橋邊待渡迴。雨岸層冰消不盡，夕陽影裏雁聲哀。

其　二

蛾眉初上欲黄昏，雲水滄茫暗遠村。繞樹寒雅棲未定，夜鐘聲裏到山門。

雪後步月

寒烟籠四野，雪月静晴川。身恍浮明鏡，星看落遠天。形聲驚吠犬，村舍冷荒烟。倚仗清宵立，遥聞渡口船。

丁丑除夕戊寅元旦二首

其　一

萬籟驚聽散久陰，攤書静坐屋廬深。天涯遲暮青燈夜，眼底流光白首心。宿草留根春自碧，北書無雁字如金。盤桓不是少歸計，歷歷帆檣堤外林。

其　二

朝來無事整冠簪，絳帕籠頭誦梵音。久客漸知爲客樂，出山不必憶山深。泉烹活火試新茗，日暖幽聲唤野禽。醉後便歌歌復飲，那知年鬢暗中侵。

元旦喜周九見過即別二首

其　一

歷盡寒冬春又來，荒村古寺獨徘徊。忽看小艇乘風至，忙向山門掃徑開。圯下晴消過臘雪，竹林暖放帶霜梅。客情鄉思權高擱，且展鬚眉共一杯。竹林下邳社名，周所居地。

其　二

秋風江上幾蹉跎，剪燭通宵意若何。一再逢春還獨卧，四十平聲。花甲已同過。周亦丙申生。堤邊柳色歸前緑，醉裹容顔復舊酡。荏苒風塵驅薄宦，不禁青眼望高歌。

讀陳尹東進士詩寄贈名作新。

宿羊山下路，有客把絲綸。未識蘇門嘯，先歌郢上春。吟安穿兩袖，對切過前人。命駕還千里，何當在比隣。

喜姑蘇徐翁星湖久客初歸

少文歸卧日，五岳一圖收。人在吴都賦，家常苕雪浮。結隣皆後輩，垂釣識重遊。太守空懸榻，何因得屑留。

下邳送周卜武歸越、冷公符孝廉還蘇四首

其　一

夜雨潮添晝槳輕，一聲欸乃向南征。無緣同問金閶道，有夢先驅

鐵甕城。

其　二

千里郵程客路遥，浪花雪擁浙江潮。扁舟待度斜陽裏，無數青山隔岸招。

其　三

秋仲停驂麥又黄，客中送客轉淒涼。亦知苕霅非灤易，却比彭城是故鄉。

其　四

紅榴似火照離筵，李郭同舟望若仙。六月荷花開廿四，從中覓取孝廉船。

重遊下邳答沈東木前贈之作

班荆初展得探奇，八詠休文幼婦辭。柳市乍攀思夜雨，桃源再誤及春期。臺邊草化青萍劍，圯上書傳赤帝師。勝地重遊莫辜負，好憑樽酒細論詩。

春夏遊雲龍山步制府尹公韻

初霽登臨後，羣峰面面真。殷勤覓遺蹟，彷彿見幽人。千里堪窮目，纖塵不染身。鼓城風雨日，山色鎮常新。煩襟許暫滌，暑氣到全收。坐覺禪窗静，聽餘清磬秋。亭招新白鶴，河繞古黄樓。爲繼宣房績，重勞翠撵遊。

戲贈譚綸齋卜吉已定,因公赴揚。

那知歸妹復愆期,事業驅人輕別離。自向深閨調賸粉,且藏青黛試新眉。春風芳草催前路,秋雨黄花繫後思。明月二分同在望,莫貪歌吹聽歸遲。

用韻送敬亭四兄旋里

離筵轉欲笑樽前,此別須知僅隔年。林下已開三益徑,興來又上五湖船。貧餘負郭方容隱,宦可言歸便是仙。好向桑榆尋舊樂,石麟早願降星躔。

書贈王青山三首

其一

家學青緗世共推,江南獨賦子山哀。漢庭卿相皆相識,誰向王生結襪來。

其二

晉字唐詩多絶品,秦碑漢篆乃餘思。欲書盛德慚無筆,須向湘東借一枝。

其三

托蹟江湖可奈何,百年歲月已無多。燕山自有青青色,何必浮家效志和。

步林司馬睡廬雪霽夜泛舟胥江韻

風微浪静漾輕舟,一棹吴歌起柁樓。最喜攀嵇傾美酒,恰同訪戴趁清流。城中樹樹寒雅落,望裏山山墓雪浮。星斗滿江來往數,岸邊驚起未眠鷗。

和湯一椽述懷作

桐江持釣服羊裘,何敢矜言樂與憂。遠志未嘗肝累令,抱關翻欲岸牽舟。歌因索債喉常澁,弦爲知音指不留。韋柳風懷推五字,願君擅美並蘇州。

送李豫齋告歸二首

其　一

人老懷鄉切,家貧勇退難。引年臣子誼,予告聖恩寬。遊釣追兒戲,松杉感歲寒。吴門今祖錢,幾許道傍看。

其　二

漢家笛廣受,仕宦此歸希。昏嫁完宜蚤,烟霞願豈違。風飄花未定,泥惹絮難飛。好整剡溪棹,因君訪翠微。

哭袁駿揚姊丈并序

袁君駿揚,籍隸蕭山,孝友純篤,宗族咸稱。尊甫曉翁先生爲民部郎中,卒於官。宦無餘資,有薄産。君推讓於兄弟,挈家北上,囊槖蕭然。時先大夫轉鹺長蘆，君假館於署，隨應姻婭之聘，佐理鹺務。三十年來，辟晝周匝，同輩欽其練達，方古劉晏，莫能過之。以君之才使得見用，內而度支，外而承宣，尤有可觀。惜其未經大用，僅小試於一家一邑，然其規模部署，識者已窺一斑。且誼篤宗親，情周姑姊，月有餽，歲有養，以視高官厚稍、膜視族黨者，不可同年而語矣。甲子歲，余代戍軍臺，家仲遠宦遼左，遭家不造。先君謝世，先太夫人舉目無親。君獨身肩其任，附身附棺，周備無遺，一切喪事盡哀盡禮。在先大夫視君如子，而君誠事之如父。惟余小子靦然人世，能無痛心飲血愴地、號呼圖報無由耶。後余移居寶邑，窮約自甘，向之投分契結者，趨避不暇，解衣推食，獨君一人。余性疏懶，無希仕進，君乃再三策勵勉，繼家聲，故今得筮仕江南，皆君聞雞起舞之感也。嗚呼！燕山吴水，天各一方。日夜淬厲，冀酬雅望。正思今冬因公北上，得圖歡聚，聆叔度之佳言，消子居之鄙吝。奈何矢願未酬，訃音忽至。嗚呼！姊丈其忍舍我而竟逝耶？一官匏繫，磨鏡無由，肝腸慘裂，恨莫與從。幸君克家有子，自能光大其事業。獨余知己難酬，徒託空言於楮墨，招魂而哭，莫獲引紼於輀前。吾質云亡，更欲運斤於何地。嗟呼！君今先我而逝，猶有哭君之人。余更哭後日之哭余者誰耶。

其　一

何處逢人話友生，一朝訣去痛山傾。更誰裹飯憐桑户，偏我柅車愧巨卿。易水秋深孤雁冷，吴江楓落曉霜清。陽關别淚還餘幾，已覺生離恨未平。

其　二

廿載茅茨共酬唱，窮如王粲漫依劉。同時執手多名士，幾輩論心第一籌。流水高山空有恨，素車白馬嘆無由。平生風義真兄弟，宿草墳前淚不收。

因公赴都便道旋里留別吴中諸同學二首

其　一

非關上計到長安，貢使還慚獬豸冠。原識姓名忘貴賤，得瞻丘隴且盤桓。千山水驛迎舟遠，六月重陰衣葛寒。送別榴開方罷候，歸來應共醉楓丹。

其　二

款段平生馬少游，那堪夙志未能酬。危炊有米何辭劍，安拙無巢似類鳩。紫閣十年窺鳳尾，皇華一介踏螭頭。今日恭繳之御書，即昔年在館恭録之書，書送内廷。同人漫笑風塵使，天禄誰當許再遊。

陸孝廉入都供奉伴送至維揚賦贈兼索手筆

書手曾推摩詰高，進身奚假就輪袍。早欽聖代無遺藝，更喜書生得異遭。上殿難諧温室樹，同舟莫負廣陵濤。歸鞭待整容他日，應許從君染兔毫。

雨中過張氏園亭賞牡丹遲林司馬不至

冒雨過園林，名花着意尋。最憐紅映肉，猶帶露華深。富貴從人願，幽姿恰素心。停杯還有待，獨坐短長吟。

送朱奇峰主簿之任廣信參君原滇南驛宰。

堤扞邊城仗一身，海疆三載歷艱辛。位因卑處才難見，詩到窮時句更新。六詔蠻烟光篋衍，九江春月待諮詢。此行正遇鴻都客，學得長生寄故人。去邦民念漢仇香，枳棘何能宿鳳凰。五十行年當富貴，再三卓異見循良。飄蓬南北君應慣，嚼蠟酸鹹我備嘗。料得參軍放衙後，定將詩酒訪紫桑。

送王十一敬亭之令毘陵丙子冬，同班命往蘇州者三十五人，七年之間十去其三，登薦剡者無聞焉，敬亭爲同人生色乎，喜而賦送。

去年送君攝毘陵，今年送君便即真。年年送人作民牧，牧民乃吾夙所親。憶昔金門共待詔，翩翩裘馬卅五人。彈指風塵經七載，可憐寥落如參辰。或因微官易得罪，或賦玉樓延佳賓。依然故我餘幾輩，敢望龍化騰天津。毋謂烹鮮爲小試，破荒已覺起羣倫。君家聯翩盛將相，四朝奕代多名臣。鳳雛驥子生有種，毛骨應爾席上珍。從此升沉有定數，民社之寄殊艱辛。我性本自耽疏懶，簿書略較疲精神。昌陽豨令用各，有其當縱多揶揄，吾自安吾之邅迍。

再至洞庭題寺壁二首

其　一

行近嵩丘路已諳，稻秧新緑滿前潭。道人聞罷重來意，數盞清泉茗戰酣。

其　二

行行回首意遲遲，此别重來復幾時。流水桃花依舊在，問津人是故相知。

壬午除夕癸未元旦同金賢村、劉筠谷次徐賓四明府元韻二首

其　一

赴壑脩鱗不少寬，强求繫尾奈更闌。孫兒也解來分歲，衰病常思瘖考槃。爆竹聲中殘臘盡，梅花枝上曉星單。未除妄念思循例，夜祀黄羊拜突闤。

其　二

香煎五木炭氛氲，薦寢仍傾柏葉薰。不識居諸催我老，頓驚新舊隔年分。會吟只解成蠻語，屬和誰當敢戰軍。自願頭顱已如詩，未知何日種榆枌。

上元後一日元墓探梅有懷家兄粵西仍用除夕元旦韻

湖光送自酒船寬，況復探花興未闌。五十年華争幾許，時四十有八。二三知己足遊盤。山中伴鶴憐行瘦，嶺表看雲顧影單。一夜相思愁折贈，倚窗頻望月團圞。輕烟宿霧雨氤氲，清入衣襟花氣薰。籬落幾家林未見，湖山一望鏡中分。雪天誰並稱高士，香國真堪作冠軍。便欲結茅來往此，數椽何必定榆枌。

探梅遊靈巖、鄧尉諸山和宋牧仲先生原韻六首

其　一

輕風來自南，百卉盡春含。細雨添新緑，晴雲掃翠嵐。身閑逢令

節,地遠極幽探。對此林花盛,塵襟合仰慚。杜句:仰慚林花盛。

其　二

館娃名尚在,歌舞久銷沉。山色濃於黛,泉聲咽似琴。遊人攀葛杳,野鳥入雲深。無限徘徊意,登臨共此心。

其　三

烟波縹緲際,一線引支河。春漲新潮潔,餘陰晚靄多。對花賞魯酒,鼓棹起吴歌。指點巖前路,曾經御輦過。

其　四

欲折銅坑蕊,衣沾石路香。李建薰詩:山晴石路香。雲間暗樵徑,巖際隱僧房。高枕清涼界,明燈舍利光。西域正月十五,觀舍利之光。五湖真在目,懷抱入汪洋。

其　五

山照夕陽路,人行夾道花。臨風多黯淡,連日大風。銷雪突槎枒。古樹名稱異,司徒廟有清奇古怪四柏樹。荒阡鳥語譁。道傍有董尚書汾墓。若令摩詰在,定寫一林葩。

其　六

何處望三山,洞庭縹緲間。藏書思禹蹟,狎水讓吴蠻。一歲幾春日,方來何遽還。年年花事好,人異别離顔。

許芝田明府見示孟冬和歸愚沈尚書偕同人過獅子林二首囑和

其　一

選勝探奇春復秋，幾曾辜負此林丘。玲瓏玉竇空中度，盤屈松根石上留。位置天然容遠眺，登臨往事俯長流。平生心折倪迂筆，直欲高眠洞壑幽。

其　二

五載淹留始一過，衹今魂夢憶林蘿。燕公大筆江山助，謂沈尚書。元度高情登陟多。山色翠來蛾乍斂，波光静處鏡新磨。三冬好繼三春候，把臂重遊意若何。

吏隱集詩鈔卷三

諸君見過鏝能司馬見示解嘲二律依韻和答

其一

紅杏連朝雨，鶯花助酒狂。賦風憐宋玉，學坡，楚人。説劍等蒙莊。鏝能好道。終日衙齋静，三春筆硯忙。未慚賓饌薄，滋味菜根長。

其二

萬户對何易，殘年數首詩。漫愁拈韻險，休負賞花期。署有玉蘭正放。官共吴江冷，杯添春日遲。更逢何次道，家釀盡傾卮。

寄吴江邨

諸侯上客競傳餐，江邨昔爲名幕。何事辛勤摶一官。刺繡縱能多組織，學行終不及邯鄲。衙齋相對吴江冷，家業還餘易水寒。身世支離鬚鬢白，重憐乞米返長安。

就江邨簡告近事寄慰

簿領無關日苦吟，田家樂事任幽尋。閑挑野菜山妻煮，悶酌村醪稚子斟。細雨斜風歸唳雁，高山流水寄鳴琴。飽餐薄粥身何事，抱甕時來灌漢陰。

題節孝顧童氏辭

慷慨赴死亦從容，盡節難伊難詎獨。在一瞑要能，委曲圖其艱。故人留其身，匪以愛其生。事居送往更勞瘁，況乃巾幗矢幽貞。請看童節婦，遭家何單煢。夫死叔遽夭，雛殤翁復盲。死亡相繼緒胤絶，刳心泣血延宗祊。遂令若敖鬼，享祀黍稷馨。不然刲股以身殉，豈僅激烈完其名。留鬟截髮字晝荻，此身存歿關重輕。聖朝下明詔，表烈昭幽淪。三吳富奇節，抗疏揚貞魂。恩綸下賁百世祀，一一烏頭綽楔旌其門。於戲！烏頭綽楔旌其門，吾於婦也斂衽無間言。

甲申孟夏遣兒攸欽之官六詔

莫謂微官可治人，須知官裏要持身。歸仍留犢休嫌矯，到酌清泉當飲醇。我已異鄉汝更遠，家無次子老而貧。滇南萬里非容易，常寄平安慰老親。

送李龍川明府歸皖名凱音布。

桑梓情深聚散頻，東風吹凍水粼粼。八年留滯君同我，五秩衰顏老却真。吳市驪歌聊復爾，燕山榆社幾逡巡。終南捷徑誰曾慣，采石磯邊好問津。

劉鑑澄哀辭二首劉子鑑澄,江右吉安人也。少補博士弟子員,聲藉甚,一時名達多出其門。困場屋幾三十年,乃以計然術家累巨萬,别不十載而結駟連騎,無復舊時措大態矣。需次郡守力止其出山,林泉詩酒,何樂如之。鑑澄意允而未決。客冬省墓還鄉,抱病而返。初夏舟過吴門,居止言談,不異平昔。挂帆未幾,訃音忽至。予兩人曩共鹺務,爲莫逆交。中間雖經闊别,而君得僑居金陵。予作吏吴下,往來之易,直一襟帶間水耳。方念尺素頻通,唱酬不隔,舊好之契,當十倍於前,而今已矣。鑑澄長予兩年,予兄事之。於其没也,哭之以詩,實有不能已於懷者,非止爲宿艸悲也。

其　一

一夜秋聲白下來,故人訃到不勝哀。生從石火光中散,死抱文章地下埋。落地懷慚空若輩,起家徒手見雄才。豈知前日黄花約,直向泉臺淚滿杯。

其　二

十年膠市結綢繆,回憶音塵哭未休。大器果成原不晚,彼蒼難問欲何求。乘牛若箇醒前夢,化鶴今知返故丘。遥望白門殘柳外,可憐花鳥總關愁。

送蘭渚程外翰赴禮闈

其　一

君今别我上長安,惆悵征車冒曉寒。楊柳青時初倚棹,杏花紅處好攀鞍。盤中苜蓿酸鹹慣,閣下絲綸出納難。他日皋比登講座,不知立雪幾人看。

其　二

五載論交意氣堅，十年以長耻居先。雞從養到方言闕，蠶爲絲窮只自眠。别後寒暄各珍重，眼前花酒漫留連。白雪回首添吟望，不獨同袍别緒牽。

和陸宗海賞王蘭留客不飲原韻

九十風光半未殘，迎春初放影姗姗。肌憐姑射瑩如玉，香冷空階臭若蘭。洗盞邀賓成獨飲，敲銅對月且同看。無漁供饌方慚薄，却喜論文坐夜闌。

清明日虎丘即事祭厲壇而治酒殽，向例也。周泊莊明府順以脩禊見招。登舟後，泊莊因公先返，悵然罷席，詩以紀事。

署篆何當列祀班，名花有約上孱顔。主多雅意艤舟待，客有餘情鎮日閒。往事尚仍寒食例，勝遊豈爲禁烟删。山光水影空摇曳，白傅堤邊放棹還。

吴愛棠明府見和叠前韻奉答

季重才名接馬班，迴環新句破愁顔。未從五馬聯鑣去，却共雙鳬盡日閒。三月鶯花隨手過，滿園草木逐時删。此身但使無塵累，小艇何辭再往還。

次韻送吕超寰歸終南三首

其　一

舊雨凋零梧業秋，一樽誰與結綢繆。風懷磊落兮如君少，我欲因之汗漫遊。

其　二

中條山色曉葱蘢，盤谷泉甘水沆溶。採藥伯休今在否，白雲深處可相逢。

其　三

休叠陽關第四聲，十年遊子不勝情。閨中更有秦嘉婦，膏沐香殘白髮明。

寄答内兄李樹功

憶昔兒童時，與君共筆硯。論年長六齡，君冠我未弁。見必相質疑，會則以文戰。君性多聰慧，一目十行遍。六經咀英華，百家皆貫串。下筆爲文章，錦繡爛若絢。我才賴君衡，往往奔而殿。相望承明廬，待制草封禪。那期人事乖，未聞虎豹變。隔離三十秋，中間不數面。君向蒼梧尉，我充吴下椽。促促轅下駒，實爲棧豆戀。近事寄新詩，韓李堪同傳。朱顔不再來，日月急如箭。春花依澗生，畫梁巢紫燕。秋風吹鬢絲，明月如團扇。絲竹陶性靈，右軍豈獨擅。莫笑兒孫愚，自當爲時彦。

送湯曉嵐司馬之任彝陵

兩載同方聚散頻,那堪判袂隔江濱。前乃雲間別駕。秦川晚照聯今雨,楓葉初丹送故人。此去綰符猶佐郡,再來駐節繼先臣。謂令祖文正公。鵬程萬里春秋富,豈爲驪歌一愴神。

清明申荆巖太守招赴虎阜賞玉蘭

風流太守認屠嘉,五馬來看第一花。此日乘春新雨露,當年霑澤舊桑麻。色留清白香能久,杯泛波濤興轉加。屬吏叨陪猶未老,青山無數映朱霞。

送吴愛棠之任奉天

久留江南地,得交四方賢。盡抱濟世略,寬猛鮮具全。暫時智術馭,德意難敷宣。北礁有君子,温潤如于闐。七載令晉陵,臨去德政鐫。初疑積歲月,一方或偶然。承檄調吴邑,撫字纔期年。了無驚奇車,萬口聲名傳。下邳僅三月,循序當鶯遷。攀轅與卧轍,猶惜去惠泉。借冠格成例,涕泣失二天。問君施何術,無乃誠爲先。可見德化速,不須效鷹鸇。國家重豐沛,首善先八埏。君往佐岳牧,志操願益堅。白山治績聳,滄海恩波連。獨惜好友别,舉杯悵離筵。投我白雪吟,三復沁心田。征途泠風色,雙旌望纏綿。盧龍與馬城,清夜魂夢牽。倘予遂初服,故鄉故人憐。

送劉十三筠谷歸里即用留別韻二首

其　一

交舊疏如欲旦星，藉君此夕慰伶俜。人歸海表雙瞳碧，山望江南一髮青。嶽嶽久知終破甑，休休無礙且名亭。擎杯坐向楓林晚，帆掛胥江細雨零。

其　二

休論蠖屈與鶯遷，得失從來事偶然。漫掃元卿三益徑，愛看劉寵一文錢。人情似夏雲多幻，世事當機矢在弦。籬有黄花樽有酒，北牕歸後好高眠。

和方芥舟紅梅詩四首

其　一

瑶林數點幻朱甤，可是春從驛使携。五夜梨雲驚異夢，三霄絳雪任輕吹。多姿豈定歸空色，高格何妨也入時。合聘海棠添旖旎，只愁弄笛有羌兒。

其　二

纔出羅浮便不同，巧裁纖縟詑園公。十分艷思留枝北，一樣詩情動閣東。换骨丹來紫府裏，賜緋人在碧山中。認桃辨杏兼枝葉，持較豐容總未工。

其　三

寒凍林昏色愈明，彼穠空自擅佳名。開仍疏影當殘臘，烘趁初陽弄曉晴。爲看香風浮的的,何曾顔色誤生生。還教緑蕚稱同類,絶勝槐榆合弟兄。

其　四

正倚高齋氣慓憀,心逾鐵石度清宵。魂如紫玉烟初化,花映酡顔酒未消。比態已辭月姊妬,洗粧終被蝶兒招。轉憐移植西崗後,忘覓冰肌向翠條。

丁亥初度

每逢初度笑浮生,知道浮生再幾更。事少經營驚我老,世多閲歷識人情。衰顔無藉黄冠寫,健步何須赤杖行。東坡贈李道士得柔寫真詩:“五十之年初過二,衰顔記我今如此。”殘臘餘三春已至,一年又見歲功成。

春答松郚李司馬原韻

懸弧曾託謫仙居,黄州有太白湖。相遇金閶退食餘。赤壁風光頻問訊,紫臺歲月幾乘除。先君罷郡後戍塞。攀轅猶説遺民愛,先子守黄十載被議,後黄人餽衣食無虚日,瀕行哭餞者三十里不絶。君常言之。挾策何能讀父書。字取臨臯應有意,須教不忘我生初。黄岡李長青松郚:“别號依然記舊居,一官吴會十年餘。思黄詩就珠盈篋,醉白堂存雪滿除。筦庫有才登薦牘,桁楊無事鑄刑書。送人作郡鬼休笑,自古公侯還復初。”

贈常昭亭鹽官時予攝柘林判篆。

桑梓情深旅遇難,與君更覺比鄰歡。柘林城文武四人皆屬旗籍,場署與倅署又相接。雲間燕過臨秋迥，海上人來放眼寬。黄浦船隨潮汐信，青邨酒泛菊花寒。挑燈細話江南事，十載同袍幾易官。

柘林舟發口古奉别烏都閫

海天風雨惜分歧，茂苑茸城兩繫思。淼淼寒潮人獨去，蕭蕭秋荚雁來時。官齋醉月諧深契，古塞論兵感故知。都閫出兵塞上，皆予舊遊地。剪燭昨宵難忘處，家山千里共心期。

送潘蘭谷觀察浙東

其　一

賀公建節過錢塘，五載憂勤鑒上蒼。吏畏廉能驚暮夜，民安政教樂耕桑。到來止飲三吴水，别後空添兩鬢霜。遥指天台猶未遠，相思欲度赤城梁。

其　二

自分衙官少過存，衆中青眼接春温。素欽矩矱尊師長，重荷謙光敘弟昆。惠露沾吴歌舊德，仁風扇越望新恩。他時若憶追歡地，驗取前襟舊酒痕。

題邱曲江司馬小照二首

其　一

修竹濃陰碧玉竿，隱囊紗帽坐雕欄。玄機参透無人識，一着輸君下子難。

其　二

公餘閲遍勢縱横，茶熟香清聽鶴鳴。久矣朱輪馳驰劇，郡使豈復賭宣城。

送鞠沓園之任陽羡

蹀躞花驄柳外嘶，分歧亞字古城西。鳴琴閒對善卷洞，飲水清當罨畫溪。地有人文邀月旦，政先惠養及蒼黎。懷君猶幸湖雲接，鶴蓋無須悵阻暌。

送常霽川之任雲間

三泖晴波彩鷁飛，匆匆祖帳對斜暉。慈君家學推常衮，勝壤居民有陸機。誰似符分兼綬綰，偏逢蒓美與鱸肥。寬平著績由經術，却笑前賢爲佩韋。

除夕劉十三筠谷用東坡宿常州城外韻見遺率和二首

其　一

春至同生去日悲，風光又早届三微。每看兒戲猶維昔，爲念家貧不易歸。新進雲從謝年少，故交星落感晨稀。東南留滯非無意，樽酒相將肺腑依。

其　二

懷人幾度歲雲阻，鞅掌偏難共一途。干禄有書慚魯國，潛夫著論憶王符。傲寒梅蕊微成笑，欺老霜華漸滿鬚。他日洛陽如問訊，十年冰檗在姑蘇。

己丑元旦筠谷叠前韻又和二首

其一

低徊壯志漫含悲，鳳紀遥頒自太微。學殖得方須益智，宦遊奚事寄當歸。清如蔣詡名真忝，才似劉楨遇却希。莫忘江南花信早，探芳同盼柳依依。

其二

静念羲娥節物阻，坦懷隨遇得夷途。夢回玉漏消殘臘，春到璇題换舊符。古道論文同氣味，閒曹覓句撚髭須。頌椒恰少瓊瑶報，詩格輪君比大蘇。

答宋五五芝見贈元韻二首

其一

學愧優言仕，官閒學正宜。常陪孟公座，未下仲舒帷。嘆逝判年夜，述懷分歲詞。故人情意重，投和數篇詩。

其二

世誼推前輩，論交長十年。還知第五貴，不數玉堂仙。安石終當出，東山幸有緣。盍簪休戀戀，早占探花筵。

題單梅嶼送行圖

東南繁劇姑蘇首，一城三邑世罕有。上官慎選難其人，縱負雄才不輕受。三邑之難吳爲最，彼得一二此八九。茂苑中分長與元，民淳大半親隴畝。金閶四方商賈集，奇枝百出奸頑藪。戴星朝出夜深歸，撫字催科俱在後。十年閱盡瓜代多，老吏往往衿見肘。君初釋褐新發硎，憑何方術不棘手。剛柔布政何優優，外露精明内渾厚。暫時解組去朝天，神明之號不去口。一詩一書留人間，什襲藏之等瓊玖。我昔觀海過盧龍，曾與阿兄共杯酒。廿載浮雲彈指速，猶憶相逢歲在酉。淵源家學齊眉山，二難駢肩皆畏友。趨庭東郡試綵衣，道予問訊賢太守。謂令兄廣平太守。滄江晴擊送行舟，平堤雨重相思柳。再來再來願勿忘，請看攀援擁童叟。

初聞量移膠東信

原乏臨民術，何能刺一州。只因貧作宦，誰解喜爲愁。子隔千山外，家同片葉浮。江花相識久，那得不遲留。

聞信自述呈吳下同人四首

其　一

散官十載擬頹仙，懶向雲衢逐俊賢。拈韻愛尋詩有畫，判花争注酒如泉。兒童久熟知吾意，魚鳥相親是宿緣。從此褰帷遥視處，撫心只覺未安然。

其　二

共笑高陽舊酒徒，一官幾老古勾吴。湖山久住如昆弟，角丱相看已丈夫。千頃雲登憐折屐，百花洲過憶當壚。須知到處難言别，更向庭前認竹梧。齋前梧一株，竹數竿，前人因以顔額。

其　三

五十年來等擲梭，半從放浪任消磨。纏頭未肯羞囊篋，軟脚何辭倒叵羅。漏盡銀燈明醉眼，月斜檀板拍清歌。一朝又向膠東去，略似前波讓後波。

其　四

楓霜江冷暮雲平，摇落聲中愴客情。但願送人常作郡，不思投老任專城。海天旅雁迎秋晚，吴苑愁心對月明。珍重鬚眉重過此，莫教回首誤卿卿。

量移膠東留别吴下同人

不飲胡爲醉，離别方在兹。我來正一紀，花酒無虚時。論交皆先達，僚友憐吾癡。忘形到爾汝，開懷更不疑。事逢盤根處，每每相諏咨。千慮偶有得，時復一中之。蘭堂春晝永，香雪探清奇。每折銅坑蕊，還題元和詩。館娃宫畔草，歲歲坐離披。歸舟五湖月，興挾秋雲馳。分曹各射覆，紅燭照清卮。兒童識姓字，花鳥關情私。胥吏安我拙，遇事未忍欺。方將諱吏隱，粗官是男兒。信美亦吾土，菟裘老于斯。得隴豈思蜀，況乃别遷移。那知瓜期届，一朝赴臨淄。負性本疏懶，民人復何爲。吾聞古即墨，地汙常苦饑。撫字要心勞，催科忍箠笞。時有萑苻發，安良敢素尸。讀書不讀律，措施何所宜。馬曹不知數,看山惟拄頤。移棹感萍蒂,臨水憮流澌。塞鴻猶南至,朔風撲面吹。停杯述往事,把袂問後期。白社人漸散,黄花依舊籬。江柳看揺落,勝遊那可追。前路黑如漆,升沈誰預知。故人漫相慶,行矣正遲遲。

舟泛胥江同人飲集即席分韻坐中皆吴下名流。

雲水蒼茫漾小舟,長天風色去還留。相逢争愛人難老,遠别偏教我欲愁。千里孤身依北海,一詩高士憶南州。他年總有探梅約,空有濃陰滿樹頭。

庚寅立春後日哭吴愛棠治中

昨日書來墨正新,誰知書到已無人。臘八日猶在蘇,接其手書。平江往事堪垂涕,遼海遺孤誰與親。子方三歲。年歲比肩君尚少,客途聞信我逢春。紛紛涼月梁間白,獨對殘燈淚滿巾。

花朝寓齋宴集韜園蘇方伯公子謹亭薇垣昆仲,前長洲許肖冶、前南匯楊南庵二明府

春風促棹到王城,水國江鄉歲幾更。茂苑停雲思舊雨,花朝聯袂愛新晴。連日風霾。雪留鴻爪蹟無定,池起鳳毛飛有聲。同是信陵門下客,關山萬里望西征。方伯鎮守新疆。

送錢景陶山長南歸兼懷吴下諸同志二首

其　一

秋風匹馬事長征,遥望江南舊國情。縞紵十年分手易,倡酬半載

拂衣輕。黄花到酌籬邊酒,白首難成海上名。此日贈鞭須我在,他時誰送故人行。

其　二

竢罪金閶十二秋,獅林虎阜任遨遊。花當開罷猶呼醉,月已斜時正放舟。分韻常思壓元白,選聲肯使失張周。張爲善、周德符皆時下名部。煩君爲訪滄浪宅,他日終當問菟裘。

聞何石莊庫使沈□刺史物故詩以悼之

吴門風雪惜離羣,舊雨凋零不可聞。東閣觀梅思水部,西窗刻燭憶休文。淮南未必同仙去,江左生悲二影分。半載詩篇重檢點,招魂句覺太紛紛。

哭杜耐可明府二首

其　一

年方三十舉明經,領袖羣英衆服膺。初任即長洲首邑。若使聰明偏折壽,東坡有句祝寧馨。

其　二

薄宦羈人每薄情,無由磨鏡感平生。妻兒何處蔽風雨,分宅可還須郈成。

德州度歲

四方自是男兒志,肯向丘園老此生。塞外風霜曾領略,江南花酒足逢迎。東皇漸啟春郊潤，德水先消凍雪輕。却怪歲除猶在客，一燈窗下聽寒更。

于役陵州六越月瀕行留贈同人

春光瞥眼過河干，猶憶來時歲正寒。曲徑尚留陶令菊，閒庭又放謝家蘭。盍簪舊雨聯床久，許肖冶、王野堂、敬常熟諸同人俱在寓盤桓。傾蓋新知酌酒寬。自笑疏慵人不棄，此邦賢俊盡交歡。

罷官後紳士見過，極爲扼腕，云及文廟重修，皆余之力，尚有興舉，惜未逮也，率爾答此

三年夢裏問虛盈，教養無方負此行。才未稱官原自解，事非由我可原情。頻豐年歲邀天幸，未竟憂勤待衆成。喜得一身輕似業，諸君莫作不平鳴。

題徐芝山小照

"碌碌風塵久，疏筆硯瀕行"芝山持圖索題，因思吾兩人不可無一言以爲别，故序其始末云爾，時乾隆壬辰嘉平中浣。

我生髮未燥，耳熱崑山徐。一門三鼎甲，功業炳煥如。壯歲遊江潭，瞻仰舊門閭。故老猶能道，嘖嘖稱其初。園經先皇賞，宅尚兒孫居。後賢餘幾許，四方覓儲胥。景行殊念切，私淑正踟躕。何期到膠東，同堂獲大儒。綽約丰標在，流風餘韻俱。始信家聲遠，不離舊楷模。書畫乃遺事，聲名滿皇都。相依每晨夕，三載藉匡扶。脱略世情外，肝膽照吾徒。奈予命運乖，南山罄爰書。殺人心不快，況復事模

糊。去官恰夙願,良朋更有無。瀕行展素卷,科頭貌魁梧。晦堂不二法,木穉香揶揄。貧不如人矣,老更思蒓鱸。歸去好參禪,無那累妻孥。

題王昆衡小照

昆衡先生寄夢仙圖索題,時予久羈會城,遲留數月,未遑應命,迨至罷官後,走筆率成,三載綢繆,厚意未報,藉一言以爲别何如。

栩栩春光遇箇人,幾番花落想前因。縱教識得路中路,夢仙有詩四句,内有"識得路中路"云云。未必修成身外身。六合風雲昏似墨,三山宫闕爛如銀。仙家度世婆心在,重到華胥驗假真。三載雞棲渾一夢,圖中意趣我先知。人情涉去幾成幻,仙道遊來未足奇。佐理逢人惟畫諾,論交到處挹華滋。聊題數語兼留别,聚散難憑有所思。

留别膠東故人二首

其　一

霅水吴山一往深,三年載酒共題襟。南州高士徐孺子,北里新聲余澹心。漸覺開懷餘幾日,更嗟散髮不勝簪。略無沾潤慚官長,歸去難忘舊井禽。

其　二

雪泥鴻爪走天涯,暫過膠東晚歲華。幸藉清操安素位,那能神術養丹砂。夜深柳莖閒眠犬,春静槐堂曉噪鴉。剩有琴書瀟灑在,故人休念我無家。

吏隱集詩鈔卷四

夜坐望雨

負郭原無十畝園，舉家糴米繼饔飧。年豐尚慮塵生甑，秫貴安望酒在樽。四海盡皆歸造化，隣對得雨。一隅何以吝乾坤。須知夏五行當過，露坐愁看星斗繁。

哭陳聲九明府

故交零落更餘誰，回憶音塵涕淚垂。星里家風追往事，渠陽文獻起今思。黃花初綻聞孤雁，白髮歸來幸首貍。嘆逝衰年還自警，輸君負荷有佳兒。

重過昌黎廿年矣，頃應單梅嶼召途中即席二首

其一

水色山光處處同，銷沉樽酒廿年中。灤河東去疾如箭，塞月西生曲似弓。菊近重陽開晚節，疆連孤竹挹清風。白頭騎馬盧龍道，可有人談射虎雄。

其　二

題襟載酒共金閶，回首江天正渺茫。今日下慚徐孺榻，昔年曾過鄭公鄉。單家高密。雞蟲得失難三省，蝠燕昏朝欲兩忘。四海論交餘幾輩，樽前不覺話偏長。

乾隆乙未年届六十因夜不寐漫興七首

其　一

饑寒此後不爲貧，温飽先經六十春。老服鹽車無遠志，臣之壯也不如人。

其　二

頭銜五品不爲尊，乘馬從徒荷國恩。來去一身輕似葉，可餘些子累兒孫。

其　三

甲子從今又起頭，未知再歷幾春秋。太平時節身難遇，樂盡餘年死即休。

其　四

南越歸來滿橐中，生平兩袖笑清風。十朝極欲原難望，只要無煩慁乃翁。

其　五

求生不得尚哀矜，周内還將何事憑。官去終難平反獄，伯仁由我愧無能。罷官以不命爲命案也。

其　六

巧宦雖云學術疏，三年田野未荒蕪。齊王不信毁言至，即墨何由烹大夫。大憲極知其隱迫于不得已之勢。

其　七

折腰奔走學邯鄲，粟里高風話盍簪。今日漢陰來抱甕，望雲臨水尚餘慚。

見丙申憲書

正朔初頒是小春，翻書驚見歲重輪。一生温飽免庚癸，再度風光逢丙申。雨暗三更燈有焰，霜凌百草柏常新。六旬小劫匆匆過，閒閲升沈世上人。

乙未嘉平六十生朝述懷誌謝同人八首

其　一

壯志猶存老病催，平生誤謬未全知。欸經白髮倚笻日，尚憶紅顔騎竹時。事不求人貧自樂，官無妄殺罷何辭。静中堦下觀朝槿，遲速榮枯有所思。

其　二

廿載馳驅席未温，酒壚重過幾人存。花開比屋仍前艷，鹺市牡丹開盛同前。社赴鄰村半後昆。垂釣渾忘石上旰，偷光潛認壁間痕。廿年前僦屋即去咫尺。還餘幾樹婆娑柳，離恨條條一愴魂。

其　三

地偏心遠罷逢迎，自別城中禮數生。誰道郎官應列宿，何妨刺史且徒行。病來二竪成知己，句乏長卿呼老兵。酒不常賒多藥債，歲除疑有鋪頭聲。

其　四

雪落霜天寒色侵，圍爐兀坐屋廬深。漫開荒徑延求仲，擬訪名山偕向禽。釜内生魚且中酒，門前羅雀轉清心。臘餘三日春光至，花柳隨人探近林。

其　五

樽希北海肯教空，愛客心情老尚雄。且可當杯袍貨緼，未能免俗膳求豐。日臨晚照霞偏好，馬到長年路自通。縱使故人多厚禄，不將書札告途窮。

其　六

花甲重周幸若何，一生淡泊天田和。田無負郭饔飧缺，家有藏書歲月多。敢望兒孫繼弓冶，早傾堂構受奔波。數椽暫假堪容膝，好向蕭墻挂薜蘿。

其　七

釀金稱壽友情真，只覺浮生愧此身。坐閲乾坤無補益，耽吟篇句少清新。歡場追笑雖殊衆，酒陣當筵不讓人。朋盍天涯興非淺，望衡況復孟家鄰。

其　八

不棄金蘭到老翁，敢解筋力謝諸公。那堪兩鬢如霜白，惟仗雙顴借酒紅。客道添籌六旬始，我言減算百年中。明廷便下賢良詔，懶覓平津萬户封。

丁酉三月下浣送四兄歸玉川

一堂荆樹半凋零，二七之中餘四丁。同堂十四人，今存四。論壽誰能開九袠，言衰俱已到頹齡。兄年八十，餘三人皆逾六十。縱令長被無多日，況復分襟各異形。人居一地。暫捧一杯春正暮，翻堦紅藥又亭亭。

王啟堂甥婿初得子，彌月之日烏衣羣從咸集，洪、馬二孝廉有詩乘興而作

得子當君强仕年，青箱家學有人傳。適逢湯餅連嘉會，更覺琳琅列綺筵。推命自然應富貴，承祧不必問愚賢。眼中漫説吾衰老，頭角猶能見嶄然。

芮茂才詩有“商年應未晚”之句再成一首

設帨之辰始卜居，風光别我太斯須。予來林亭，女始生，今幾三十載矣。固知德曜宜家室，更喜商瞿舉丈夫。榴子黄時看壘壘，桂輪滿處聽呱呱。生子五月十五。諸君擲地皆金石，南郭何妨亦濫竽。

送趙一杜進士令淅川

天人三策對彤墀，此去爲官兼父師。聞欲安民先察吏，還勤讀律莫吟詩。南陽拔薤强難問，單父鳴琴卧自治。惟有紫金山口月，清暉夜夜照相思。

哭袁可儀甥二首

其　一

往事追思四十年，一船曾共載雲煙。乙卯，予自南旋同北上，因共居于今。螢牕攻苦雖同志，鵬路迢遥未着鞭。尚望白頭歸故里，客春擬南歸未果。那知黃土起新阡。死生亦解尋常事，婚嫁還餘未了緣。

其　二

論年相若倍相親，弱冠而今隔數春。自乙卯至今，中間分馳數年耳。事遇盤根竭心力，窮能固節愈精神。牙絃欲撫誰成調，珠淚難禁屢拭巾。一第天涯吾又老，三喪未葬靠何人。

中秋偕西席韓君和及兒輩夜吟

一輪高倚碧霄寒，賓主吟情欲盡歡。天上那真有榆桂，堦前惟望長芝蘭。分明四海從人玩，似覺今宵供我看。春夜豈同秋夜皎，東坡詩向未爲安。

除　夜

無喜無憂六十六，白香山句。從前過眼若雲煙。祀神各奠三杯酒，薦寢還燒一陌錢。帶眼漸寬方覺老，幞頭不著似登仙。挑燈細酌聽兒誦，知足東坡守歲篇。

膠市宴牡丹

誰道瓊姿盛洛陽，一株只合壓羣芳。玉樓春豈輸姚魏，金帶圍堪作相王。歲歲花枝自開落，茫茫人代感滄桑。清風明月周旋久，卅五年來醉幾場。

追哭許肖冶明府二首

其　一

蘇臺十載感同游，回首音塵淚不收。書斷白狼河北寄，神馳雲夢澤南州。茫茫人代推遷速，落落晨星幾點留。四海論心何處有，九原隨會憶千秋。

其　二

罪憑爰書敢失真，可憐民怨總難伸。孟生破甑何須顧，予兩人皆以命案被議，一應抵者出之，一不應抵入之，意注于官，而忘事之曲直矣。王子遺琴忍再陳。篋裏遺文多是誄，眼前無處可逢春。吊君還許爲君慶，名位徐卿已二人。

夏日閒居二首

其　一

日長晝寢不相宜，種藥藝蔬殊忘疲。滿院涼颸颸鳳尾，草名。一簾新月對蛾眉。豆名。無風自搖異獨活，入水而乾奇石脾。物理難窮皆似此，老來學圃問人知。

其　二

藜藿常充願莫遲，已慚元亮老來知。南山種豆勤加溉，東户餘糧敢妄希。隱几時還吾喪我，閉門不問是和非。差强人意無他事，有子傳經仰漢韋。

贈高七蕉邨夏日常寒。

新詩寫景極工妍，欲效松齡著後鞭。沙礫淘金苦雕琢，芙蓉出水自天然。涼生不用齊紈扇，醉裏常吟蜀錦箋。皮陸風流傳盛事，林亭二老倚前賢。

蕉邨有兒女解詩之意因戲賦

謝公有嬌女，驥子好男兒。蕉邨子名驥。善詠庭前絮，早傳都邑詩。圍從小郎解，名與老夫馳。却念淵明後，徒知覓栗梨。

和友人牽牛花

早是佳多貫斗牛，一枝籬下景偏幽。鉛華洗盡粧奩態，黑白分明药籠收。性似合歡當解忿,形如萱草可忘憂。雖然弱植無楨幹,不與朝菌作匹儔。

和石榴花

誰令中國得奇葩,知是當年載海槎。艷色久爲天下重,紅裙漫向伎人誇。碎來瑪瑙房多子,點取胭脂帶有花。任爾風姨肆狂虐,疏櫺不動燭籠紗。

和蔦蘿松

唤做蒼鱗骨本殊,柔條脆蔓倩人扶。雖然虵屈慚君子,不受秦封號大夫。施柏臨風多嫋娜,浮萍泛水乏根株。强求刻畫無佳句,自笑江淹筆硯蕪。

悶　酒

身衰心病兩支持,坐閱窗前駒隙馳。梅老徒窮詩總廢,孟嘉得趣酒難辭。好花開處還經眼,舊事無端又上眉。便得中山千日釀,三年畢竟有醒時。

白石榴花

正翻火焰映朝霞,一樹瓊枝到眼華。豈是詩人無好句,故教素女换丹砂。鬢邊插去疑粧粉,月下尋來不見花。聞道蕭娘初嫁日,千房擎出水晶奢。

連雨添愁宿釀獨酌，因憶前韻率爾賦此

從事青州品自殊，玉山頹倒玉人扶。中賢一室思徐邈，罵坐長筵戒灌夫。解渴尚須茶七椀，謀生何用橘千株。那堪連夜無情雨，滿地蒼苔蘭蕙蕪。

和張南圃苦雨韻

造物本平施，雨露無私作。防潦固當愁，久晴良可賀。地緣處尾閭，豈是運坎坷。近市無乾土，列販泥塗坐。回憶困敦年，何止十倍過。産蛙蝸兩部，新笋抽若箇。但取藜藿充，不至西山餓。啼號尚餘事，早辦公家課。元之陋室居，少陵茅屋破。吾儕何許人，得高北牕卧。

蕉邨以蓮花詩見示，因憶濟南蓮子湖向多蓮花，余三度夏末見。所谓濯錦者，江南花事之盛，如在心目，感而賦之

濯錦曾聞傳歷下，我來空見碧淪漪。風清月曉長洲苑，人影衣香短簿祠。一水盈盈縈夢寐，千山渺渺起相思。石湖春色應如舊，拾翠誰爲泛渼陂。

偶　　作

丹鉛不記歲云阻，幾載齊東濫吹竽。静對青萍探七略，遥聞赤羽膳千夫。久無壯志思投筆，時有碓心願執殳。夜氣雖存朝理髮，不禁

攬鏡一盧胡。

洒肆夾竹桃高有丈餘,花開甚盛,走筆而成

四株愛見出墻高,不飲相看興亦豪。心本無虚那是竹,花開極艷卻勝桃。門中人面知何處,江上靈妃未易遭。便欲浮沈酒池内,還須左午更持螯。

高蕉邨、張南圃、王蕉林和夾竹桃各次韻答之三首

其　一

穠華緗簜各争標,更喜參天未伐夭。銷暑正栽叢个个,助嬌宜插鬟姚姚。美貌,出《説苑》。嶺高誰裹曼卿核,樓在空聞弄玉簫。最是晚涼新雨後,恍如醉頰上紅潮。

其　二

元都再過菜花繁,何意相逢在此門。只説青蓮宴羣季,誰知緑笋長兒孫。波翻錦浪川留影,淚灑湘斑葉少痕。若使崔郎重覯面,竹根不卧卧桃根。

其　三

花未翻新人自新,仙郎妙筆可傳神。羊車初引渾如夢,漁艇重來不見春。𩑶面頻年香閣畔,填胸千畝渭川濱。若教解語兼含笑,似介徽之宋玉鄰。

再咏夾竹桃

留核求仙笑漢皇，此君醫俗是良方。兩叢栽處報狂客，一片流來賺阮郎。劉氏冠因織皮貴，秦人衣自惹花香。漫言愛妾矜挑葉，還許生兒號竹王。

連日霖雨屋漏墻圮戲作

床頭滲漏不曾乾，墻倒鄰家面面觀。若論築巖胼手易，卻教運甓折腰難。橘奴傷澇甘驕惰，菊婢開先恨兆端。鳳仙名菊婢，開早主水。日晏中厨炊未熟，濕柴難著比燒丹。

長至有感

冬至陽生節序遷，相看七十欠三年。香山句。全無牙齒難辭老，剩有鬚眉不受憐。兒得食饟方薾栗，孫還生子望瓜綿。惟嗟伯氏悲身後，先兄嗣子禫祭之月。每睹孩提一泫然。

送　春

馮唐已老甘推少，宋玉逢春亦是秋。霧裏看花時快意，鏡中理髮轉忘愁。習飛小燕梁間語，慣狎輕鷗水面浮。欲去殘春無計挽，好攀良月莫西流。

贈遂初老人移居兼述懷二十韻

當年瀛海誰與友,更生之老青丘耦。七十二沽烟水深,論文吊古共杯酒。二君之才十倍加,每欲從之鞭其後。中間聚散苦難憑,一官智効東南走。作尉蒼梧類轅駒,充椽吴趨視芻狗。嵚崎歷落可笑人,時倚南雲望北斗。歸來風景不殊前,訪舊一二少八九。但見兒童項領成,不知自顧已老醜。舊雨何處論相思,新知敢道不忠厚。卻喜與君望衡宇,朝夕過從慰衰朽。我甫三百滿六旬,蘇文定詩云:"年已六十七,旬滿三百六。"君正平頭七十壽。一彈指頃四十秋,回憶相逢歲辛酉。尚念更老遠索居,恨不移來相厮守。胡爲今又賦遂初,賣劍佩犢耕隴畝。賞奇析義復向誰,獨立蒼茫空搔首。田家伏臘烹羔羊,冬餘晚松春早韭。涓涓流水環柴門,白白雙魚入敝笱。東西況止三里遥,扁舟更得落吾手。我有斗酒藏之久,還攜雙柑一分剖。遂初大署新頭銜,我亦改號煙波叟。

再送遂初老人遷居二首

其　一

一鋤荷去老河濱,萬事無關自在身。一卷奇書百回讀,滿輪明月四時新。

其　二

春來懶著尋花屐,醉裏閒除漉酒巾。避静非因年耄耋,臣之壯也不如人。

初夏偶成三首

其　一

生計蕭條又一春，世情反覆認非真。柳花著絮難充纊，榆莢飛錢不救貧。日把丹鉛探往事，時將白眼看他人。夏雲已似秋雲薄，旱魃何嘗別有神。

其　二

手把長鑱可代藜，胸中生意草萋萋。野茅乘屋索綯早，黄獨生苗荷鍤齊。丙夜翻書詳渡豕，午牕酣夢警啼雞。江山自有閒風月，入室投襟任取攜。

其　三

非愛名山入剡深，田家樂事得幽尋。閑挑野菜時時煮，悶倚長松細細吟。雨歇花間争舞蝶，夢醒牕外亂鳴禽。飽殮薄粥身思倦，抱甕前來灌漢陰。

壬寅仲秋攜兒就姻于陵州，憶庚寅承乏膠東牧，曾于役於此，嗣後被議歸里，今十二年矣。追念昔時往事感賦

重過陵州十二春，故交零落倍酸辛。庚寅歲易壬寅歲，黑首人成白首人。閫外將軍威何在，山頭廷尉蹟方新。蒸羊未及追前路，自笑原非葉李身。

誌謝馬中齋親家

金蘭契在結絲光，相見相思老更堅。不是婿姻甘跋涉，那能旅館致纏綿。若翁當盡吾翁孝，猶子還加半子憐。新婦德容承母訓，謝家咏絮漫稱賢。

哭輓高七蕉邨三首

其　一

七十之年首可回，如君事事正堪哀。空餘三畝室縣磬，遺有孤兒心尚孩。死抱文章埋下地，生從石火落寒灰。妻孥白髮歸何處，兩目難教暝夜臺。

其　二

十年聚首細論文，一月歸來不見君。誰是巨卿成死友，劇憐文季理孤墳。謂張朝選經理喪事。寒牕閱世悲人代，去家一月，親疏五六物故。斜月穿梁感夜分。那便應劉相接踵，田立平表姪同時而逝。悽風斷雁不堪聞。

其　三

榻前執手話臨歧，此日遂爲永訣時。在道未伸親友痛，高、田二喪皆于途中聞信。入門又見蕙蘭萎。到家始知姪婦已亡。移居尚載三千卷，蕉邨新移家對聯。銘墓誰刊第二碑。自顧浮生争幾許，蒼茫雙鬓莫深悲。

再至林亭于今十載，中間親故新知下世者指不勝屈，自顧衰老能無感焉二首

其　一

遼東化鶴太紛紛，老大徒悲冀北羣。天上何須才子賦，人間多少可兒墳。

其　二

生存華屋向山丘，作誄安仁已白頭。思往撫今頻下淚，不須策馬過西州。

客　　至

方嫌鼠穿屋，忽聽鵲争喧。陋巷無回轍，貧家少候門。莫堂新霽雪，斜月淡孤村。君自何方至，呼兒具一樽。

賞　牡　丹

其　一

花面今年似去年，看花人面不同前。莫言花比人難老，歲歲來看豈偶然。

其　二

人因遠别頭先白，花爲交深眼倍青。若使有情應共語，依然小隱是林亭。

公餞王懋昭之任荆州賦送

耳鬢于兹已十年，風流儒雅仰前賢。昔曾接交伊祖惠翁。别從今始聚難散，交到忘形老更憐。愛説南風輕五兩，何辭驛路遠三千。荆州自古稱名勝，暇日登樓吊仲宣。

讀《宋史》

敢將三字殺將軍，斬草猶連憲與雲。逆子不思生見父，忠臣止有死逢君。東牕私語人知恨，北闕陰謀世莫聞。太息長城偏自壞，曲公冤又向誰云。

題七十時小照二首

其　一

人生七十鬼爲鄰，宋人孫冕句。氣在猶稱矍鑠身。顴頰寫來云似我，歲年深去竟何人。尚能眠食休言病，且免飢寒未覺貧。形影自看還自笑，是爲誰主是誰賓。

其　二

平生志不求温飽，老去風光已屬人。應手斵輪仍挾技，甘心伏櫪莫追塵。不才早合歸田里，有子還堪列縉紳。如此鬚眉非異相，全憑阿堵認吾真。

乙巳除夕

初開八袠是新年，笑看孫曾滿眼前。餘算可能承考武，先大夫壽七十九。同堂還望比兄肩。從四兄八十六，二兄八十一，餘親兄從兄九人皆未至于七十也。嚴霜到臘孤松秀，蒼竹臨寒晚節堅。化日舒長人盡壽，獨予似覺受恩偏。

過訪朱四御天出釣不遇得誦鄭五新詩戲寄

膠市深藏已有年，持竿何處釣林泉。早聞嚴瀨垂千古，猶説磻谿起大賢。公子餌牛終是幻，琴高騎鯉便登仙。到門未可成虛往，吟得都官白雪篇。

移居留別林亭同人四首

其一

孤雲來往每無依，身與孤雲逐處飛。寄廡伯通今已矣，牽船思曼竟依稀。暫棲亦識非吾土，遷去何能久息機。梁燕歸來應自詫，舊巢故在主人非。

其二

仁里居來借數椽，賞花中酒一年年。每因投轄常驚坐，更過敲銅不讓先。鶺鴒比隣應慣習，雲山兄弟正纏綿。竹林他日羣歌嘯，再有何人辨聖賢。

其　三

自眼榻手持經，巷乏羊求影答形。對鏡没憐頭易白，逢人到處眼難青。鴟鵶何地無林木，僮僕翻懷去疃町。久識黄鶯偏戀戀，頻來窗外語叮嚀。

其　四

壁上偷光四十秋，黑頭再至已蒼頭。予前後住此四十年。陳荀星聚差難匹，皮陸風流尚可儔。此去夢魂應有托，再來歲月恐淹留。階前正遇將離發，且折花枝當酒籌。

書先府君吏隱集後

府君生於先王父黄州郡署，别字臨皋，不忘初也。十餘歲即績學工詩，諸子百家靡不觀覽，而於韓、蘇集爲尤嗜。天性孝友淳樸，故無論長篇短什，意味深長，不必劌目怵心，而字字從至性中流出。嗣是隨宦津門，待詔京邸，未嘗一日忘乎詩。乾隆己未歲，先王父罷職歸旗，以隨任之。從父楷年就婣楚南，遺漏未報，謫戍軍臺。府君陳情乞代，格於例不得達，又以旗人不能隨侍。兩次乞假省覲，匹馬長途，嚴風朔雪，閲歷所經皆關學問，所謂窮而益工者也。至癸亥歲，始得遂代戍之請。喜老親之生入玉門，悲定省之遠違子舍，穹廬歲月，益肆力於詩。適陵州盧雅雨先生亦在戍所，親承指授，更沉浸於淵明、子美諸家，而詩學大成。中年多故，兩次居憂。又以家貧代人經理鹺務，茅店雞聲，釣篷雪影，拊髀悼歎，擊節悲歌。迨後筮仕江南，遷官山左，退耕於泃水之陽。南北奔馳，星霜荏苒，或撫江山而吊古人；或封花月而酌今雨；或兔葵燕麥而滄海之成田；或薤露晨星、悲山陽之聞笛，情之所至，即寄於詩。惟是少時屢經顛沛，家室飄零，故弱冠以前痛無存稿。第自中年以後，篋笥所存，編次得若干首，仍舊稿之名，集曰《吏隱》。余小子以顓愚之質，幸叨科第，其槖筆西清，不至雌霓誤讀者，受教於庭訓爲最深。乃手澤猶存，而僾聞莫接，言念乃此，傷如之何。蓋讀不終篇，而掩卷長泣矣，又安忍序爲哉。謹述府君詩學生平大略，附識於後。每日晨起盥手，敬誦惕然，於君恩之不可忘，而祖德之不敢替云爾。

庚戌秋七月，男攸銛謹識

約園詩存

（清）蔣攸銛　撰

約園詩存卷上

早　　發

萬户人烟静，一天風露稀。依依隄上柳，似欲挽征衣。

題陳忠襄公遺蹟

公諱潛夫，字元倩，浙江錢塘人。明崇禎開封司，李流賊冠洛，以捍禦功拜監軍御史。丙戌晦，河上師潰，公於山陰之化龍橋作絶命詞，偕妻妾二孟氏同日殉難。追謚“忠襄”。

孤帆南渡海雲昏，凛凛精靈吊屈原。到此只知完士節，他年無復報君恩。氣吞嵩嶽陳兵策，淚灑桐江帶戰痕。惟有化龍橋畔月，清光千古照忠魂。

己卯秋赴吴門留别林亭村舍

髫年來問此林泉，風物於今尚宛然。洵水潮來生細浪，薊門秋盡起寒烟。抗懷跋涉三千里，回首淹留十二年。惟有長隄隄畔柳，垂條猶似戀征鞭。

晤于讓谷禮部於濟河舟次兼讀暮春歸里之作賦贈二律

其　一

冰雪河干駐畫艙，萍蹤深喜拜清塵。淵明高潔官如水，開府風流句有神。小艇歸人懷舊雨，落花離思感恩綸。達夫隨境皆堪樂，故國湖山總是春。

其　二

君門萬里脱華簪，兩拜儀曹物望欽。舞獸無慚夙夜志，解龜快讀暮春吟。休將白髮愁官況，自有新詩著藝林。此去江南望江北，江湖應是廟廊心。

揚州三首

其　一

大業繁華古𨸏儔，流風今日屬揚州。月明猶自臨香徑，不照君王清夜遊。

其　二

御池開讌泛金卮，天子風流慣賦詩。誰料詞臣終負國，詔書不敵晉陽師。

其　三

江南一覺夢闌珊，玉輦朱輪血未乾。爲問當時歌舞處，景華螢火夜光寒。

依韻留答遠軒四兄三首

其　一

七年遊濟洛，半爲食無魚。司馬空能賦，袁安自有廬。鼎鐘誠不偶，藜藿尚應餘。歸去尋真樂，娱親并讀書。

其　二

少小模糊别，相逢話舊真。親朋多白眼，身世盡紅塵。自勵安貧志，毋嗟生我辰。雄飛會有日，從此是源津。

其　三

異地兄逢弟，欣然若故園。同爲千里客，各盡十年言。踽踽依南國，迢迢望北原。臨池增别夢，趿履更何門。

舟中簡劉第三鴻衢

一片輕帆江上時，清宵緩棹意遲遲。碧餘澄練中流月，緑遍垂楊近水枝。天際停雲同别緒，海隅春樹獨吟思。離懷何似憑消遣，快讀迎暉集裏詩。劉有《迎暉集詩》，余嘗録以歸。

秋興詩

秋興集字詩者，外父洵南太史實創此格，其法以少陵《秋興八首》中四百四十八字爲限，隱集成章。歲之庚辰，訪内兄鴻衢于菊泉官舍，樽酒論文，偶出所著《秋興八集》見示，併從余爲之。因規夫太史之法，漫成八詠。

其　一

極目蕭蕭萬象秋，江城斜日重回頭。一林烟泛相思樹，幾處風移不繫舟。同學關心違北塞,薄遊經歲坐南州。每看百事隨清淚,冷寂文園起暮愁。

其　二

斜月依微映小池,中庭匡坐思遲遲。朱樓露重沉金瑣,玉樹香寒冷碧枝。自有黄花堪對處,還憐紅豆已違時。平居寂寞江南夜,長望京華有所思。

其　三

三山極北是蓬萊,青溪瑶宫接眼開。鸚鵡自依朱樹繞,鳳凰還向碧霄來。仙峰重瑣風雲合,人事需隨日月催。惟有泛槎昔日使,曾憐織女幾遲回。

其　四

秋波清漾小滄浪,自泛輕舟動畫檣。日暮江寒楓樹老,雲回峰冷碧天長。瑶池風露思王母,人世功名問子房。彩筆有時千氣象,衣冠還點御鑪香。

其　五

年來事事不勝愁,回首燕南望昔遊。静苑梧陰垂素月,平池菰米墜新秋。江湖萬古關青眼,鷗鳥隨時對白頭。幾點寒風驚歲晚,孤吟寥落古長洲。

其　六

静坐江城依小閣,千年人事問沉波。佳人寂寞金蓮地,王氣凋殘玉樹歌。幾處落花秦苑冷,三秋承露漢宫多。惟餘静夜中天月,還向洲前映碧蘿。

其　七

滿眼青山江上時,乘風信水小舟遲。高堂露冷還依枕,巫峽雲迴問所思。波静游鱗沉碧浪,蓮開輕粉落紅枝。荻蘆花動秋聲老,寒月虚明映曲池。

其　八

寒烟落寞滿南樓,萬里滄波一小舟。明月自依南國思,江花還擊北人愁。青霄隱隱來黄鵠,碧水鱗鱗泛錦鷗。抗首京華虚望眼,暮雲春樹幾同遊。

自書秋興詩後

蕭然太古居,庭草散空緑。風送桐花香,清幽祛繁縟。虚牕趁晚晴,雨過冷生竹。豁達曠塵襟,江天宛可掬。隨意一卷書,無言生静悟。晚風吹夢殘,好句愜幽愫。

遣　　興

輕颸拂暑閒披襟,小苑幽堦諧素心。雨洗苔痕長新緑,風動梧影移庭陰。學書不成慵學劍,好酒年來兼好吟。欲訪赤松問遊境,武夸深處容吾尋。

喜盆梅九月著花二首

其　一

昨夜秋風綻一枝,應憐庾嶺未花時。幽庭藉得春光早,紫蝶黄蜂總不知。

其　二

楓落吴江花事闌，紅粧小試自珊珊。不同桃杏争春色，來伴東籬耐歲寒。

冬日晚眺

舊愛寒江古畫圖，蒼烟衰草半模糊。斜陽步眺明湖晚，一帶空林淡欲無。

辛巳元日

江城元日臘風回，春入千門次第開。滿徑寒梅堆作雪，映堦新草細於苔。書來茂苑鶯先覺，夢到漁陽燕未催。落落萍踪江漢表，太平時節一閑材。

春日登金閶城樓

金閶城郭染微烟，樓外春晴萬象妍。芳草自饒南國思，江花空惹北人憐。青山滿眼遥連越，白日當頭苦憶燕。誰識憑高無限思，玉簫瓊瑟滿樓船。

得袁可儀父菴兩表兄書

童稚親情廿載還，三秋千里兩茫然。地分南北人同客，書歷關河話隔年。鄉夢尚回芳草地，旅懷幾度釀花天。燕臺交戚如相問，病酒淫詩絶可憐。

落梅二首

其一

東風冉冉雨絲絲，斷送寒梅是此時。竹外蕭條清影散，苔邊惆悵暗香遺。壽陽巧樣欺金鈿，江令新吟對玉卮。曉起臨堦無限思，一枝空翠獨參差。

其二

幾日幽芳正滿庭，何當摧落玉娉婷。淡香無復飄金砌，冷艷空教憶石亭。浪蝶有情應悵望，曉鶯學語似叮嚀。還愁五月江城夜，又向關山笛裏聽。

雨

漠漠連朝雨，江南二月時。春光亦已半，又誤玉蘭期。

雪

朔風千里晦，飛雪滿江南。小砌苔痕没，幽庭竹影鬖。詩成冰左筆，客至酒盈甔。鄧尉探梅路，明朝踏凍嵐。

冬日書懷次陳珊若贈孫明府元韻二首

其一

凝寒凜凜拂征衫，客裏流光感歲嚴。意氣漸教歸槃蠖，身心那便脱羈銜。寧甘文字憐金骨,“自憐金骨無人識”,温飛卿句。肯把功名誤石函。見《梁武帝紀》。惆悵年來空伏櫪,隨時有道且從凡。范隨時之宜“書道貴從凡”。

其　二

詩魔酒病怎攻砭,日暮江城金柝嚴。三徑蕭條慚蔣詡,一官清慎羨孫謙。《南史》有《孫謙傳》。寒侵細蘚猶緣砌,月照空梧不滿簾。憶昔揚舲江上曉,金焦雲凈涌朝暹。余己卯冬渡鎮江,有“金焦塔頂露暘曦”之句。

袁可儀表兄由北歸越過吴興登圓妙觀閣

何期君到此,客裏共登臨。薊北關山遠,江南煙水深。故人多冷落,浪蹟獨浮沉。向夕涼風起,彌傷萬里心。

暮春三首

其　一

菜花黄褪槿花稀,客裏傷春春又歸。寄語東風問蘇小,别來啼淚濕羅衣。

其　二

小庭清晝夢回時,風捲晴簾日午遲。紫燕漸低鶯漸老,酴醾開遍一枝枝。

其　三

短垣竹翠藹窗紗,一枕蒙莊省衆譁。半榻茶烟清絶處,緑陰金染日初斜。

雨中賞張氏園亭牡丹

雨雨風風謝衆芳，名花猶自倚春長。清尊此日臨吴苑，勝事頻年憶洛陽。長慶移還多歲月，開元别後幾滄桑。凭闌忘卻衣衫濕，情爲花嗤也不妨。

同和軒潤溪兩兄登虎阜塔

客中兄弟登高處，極目空明萬象涵。今古山川分楚越，乾坤烟月盡東南。心馳十界遊中悟，花散諸天定後參。若問前朝歌舞地，採蓮池畔草髼髼。

夏日遣懷三首

其　一

桐葉陰濃蕉葉長，微風時送女蘭香。小軒幽静人行少，午夢聞雞劍在牀。

其　二

雨餘竹翠繞堦墀，北牖風涼憩坐宜。倦蝶未辭芳草徑，新蟬已噪緑楊枝。

其　三

詩名不盡因詩顯，酒病還須用酒醫。試問長安裘馬客，與予同度太平時。

師　子　林

平生丘壑情，幽林恣欣賞。荷馥挹沖襟，入門發清爽。石勢何森森，猙獰各偃仰。距盤穿曲拗，林立疊窠筤。洞深路縈紆。洞盡忽開塽。古松蒼龍鱗，動我千歲想。白雲生足底，心神時一廣。言歸情暢然，風物自倏敞。

荔　　支

驛使新從閩海迴，絳囊初擘水晶胎。永元別後誰相識，曾向華清度曲來。

送別王啟昆二首

其　一

涼風微雨送君行，莫聽陽關折柳聲。七月風光江上好，一湖煙月布帆輕。

其　二

桐陰翳翳柳鬖鬖，久客懷情覺漸諳。今日故人臨水別，飄餘秋思滿江南。

秋日簡高景西二首

其　一

一葉荆桐和露落，半天楚雨送江秋。吳舠七尺吳娃弄，相約明朝湖上遊。

其　二

漁莊浪静青菰老，鳧渚沙平野渡空。楊柳樓頭人盡醉，不關一笛落梅風。

八月二日枕上

江城涼夜静，客夢雨中醒。預計中秋節，無須半月經。繁焦鳴露鼓，疏竹語風鈴。倚枕詩成後，殘燈暗曲檽。

夜　坐

兀坐涼天静，中庭夜氣幽。高梧空桂月，疏竹淡横秋。迎雁風初急，鳴蛩露未收。故人無數在，何事獨淹留。

春懷次徐樹伯遊靈巖韻

緑蕪歌散豔陽天，正好鶯花二月前。濯柳雨迷芳草渡，落梅風送木蘭船。丘遲夢裏書如錦，杜宇聲中髩似煙。無際春光虚望眼，文園回首正茫然。

春日偕徐樹伯同舟慢興二首

其　一

天涯暫許學垂綸，清漾平湖好問津。耐瘦詩腸强對景，未償酒債又經春。雲歸海嶼晴嵐出，帆破江潮細浪勻。傳語風光暫相賞，由來杜牧是閒人。

其　二

輕煙嫩日賞花時，小艇尋春任艫遲。憩蝶乍依芳草徑，啼鶯初占落梅枝。風塵姓字慚人問，雲錦文章枉夢思。公子才高年正少，敢言懸榻爲君期。

仲冬赴婁江舟行即事二首

其　一

木落沙平客思孤，霜篷依約聽吴歈。銀花萬頃兼天湧，前路分明是泖湖。

其　二

日晚維舟煙草深，風恬江静悄無音。一聲何處松濤發，中有伊人鳴玉琴。昔别舟金子理琴，作松下觀濤之操。

五　　月

榴花紅破麥花收，梅雨新涼似晚秋。寄語富春深谷客，江南五月也披裘。

雨後遣興

細雨濕空庭，清齋敞素屏。桐花隨意落，草色向人青。風過開書卷，客來傾酒瓶。他鄉幽興極，轉自笑伶俜。

自吴門北上留别同人

五年牢落古長洲，别向秋風雨地愁。不盡詩情隨塞月，未償酒債付江流。清華乍醒參差夢，牧之句"舊事參差夢"，今即用其意。碧海初憑汗漫遊。一束新詩宛春雅，雷南山毛琴泉、曹雪俱有贈别之作。臨分珍重意綢繆。

發姑蘇第二日眺惠山

小别吴楓一棹閒，清秋江上破離顔。不須重問梁鴻宅，落日殘烟望惠山。

天　寧　寺

暫作蘭陵客，尋幽到上方。細泉流法乳，清磬散花香。浪蹟蹄涔幻，天涯履齒茫。芙蓉湖上月，從此繫離腸。

再客林亭時余將有滇南之役除夕漫成二首

其　一

一年曾此足盤桓，珍重重來歲又闌。極目舊遊渾似昨，愧無好句報林巒。

其　二

滿引屠蘇興自賒，況從萬里欲乘槎。尊前别緒縈詩思，不是羈愁感物華。

春日有懷北平諸兄弟

花發鶯飛長髩絲,故園回首憶壎篪。舟横北渚客歸晚,雁怯南雲書到遲。可但棗梨交讓事,絶憐風雨論文時。一尊獨盡江天闊,月落燈殘有夢知。

暮春偕潤溪十兄泛舟湖上作

春去江南水自流,天涯兄弟一扁舟。落花紅泛尊前酒,垂柳青拖隄畔樓。歲月無端能送老,風光何處不生愁。誰能竟謝平生事,沙上忘機對白鷗。

自吴門赴滇誌别同人

三春風雨送征人,共歎尊前萬里身。薊北關山歸更遠,吴門烟月暫相親。地當遐服猶中夏,囊有新詩未極貧。他日相思應珍重,定誰雙髩早如銀。

瀕行口占二絶句

其　一

雲樹離情託浩歌,風塵薄宦竟如何。山迎水送知多少,回首吴楓只夢多。

其　二

此别真成萬里遊,何年重問舊林丘。衫痕髩影應無恙,遍倚横塘買酒樓。

錢塘曉望

高閣凌晨霽景幽,銀濤萬頃望中收。曉烟尚籠吴山寺,旭日初明鎮海樓。往事扁舟高范蠡,由來萬弩壯錢鏐。鷓鴣聲裏春將暮,獨向風塵事遠遊。

七里瀧

“七里龍頭水,千古流芳澤。明月與清風,時送孤舟客。”薄暮抵廣信,將訪朱九奇峰。值雨未果,次晨風利,舟人輒解維矣,感而成此。

細雨南屏夜,孤舟萬里心。故人隔咫尺,幽夢繞江潯。浪湧檣形急,帆輕風力深。相思不相見,惆悵轉難任。

過鄱陽湖

一葦泛滄溟,四顧渾無岸。回首洪厓巔,摇摇在天半。暮雲垂迥野,餘霞舒燦爛。返照海門深,遥山列几案。輕帆任飄緲,側身仰碧漢。終古狎驚瀾,沙間飛鳥亂。咄哉萬里遊,憑臨俯浩瀚。泠然豁塵襟,仙骨如堪换。富貴亦有時,丈夫貴達觀。湖天正盈掬,浩歌發長粲。

贛南午日

江漢西來千里餘,天涯節物渺愁予。越人競渡風何極,楚客懷沙恨未除。題雁亭邊新月上,鬱姑臺畔晚風徐。倚篷凝望情無那,灘水寧山畫不如。

梅　　嶺

直溯西江盡，舍舟而乘樏。三秋雁不到，唐許鼎登嶺詩：雁飛猶不度。萬里客初來。芳草以時發，梅花何處開。長安在雲際，凝望獨裴回。

登正氣樓樓中祀昌黎文山遺像，並書《正氣歌》于東壁。

斯樓自何代，巍然積翠間。流風追吏部，遺蹟仰文山。曙色臨孤嶂，江聲咽百蠻。倚欄時小憩，飄泊損朱顏。

古 蒙 子 城

荒城真斗大，寂寞修篁裏。吊古自何年，懷人爲誰氏。秋雨足蒼苔，春風生蘭茝。牢落客天涯，尋幽獨到此。

入粤東第一夕看山偶用少陵《遊龍門宿奉先寺》韻

輕舟乘暮潮，頓入霧奇境。一綫青天痕，千林明月影。陰崖危欲垂，回飈清且冷。嗟哉遠遊子，能勿遽然省。

舟中别宋恒巖

浪蹟江湖類素鷗，驪歌一曲滿滄洲。春風芳草縈鄉夢，秋雨寒花送客舟。書劍中年辭故國,風濤萬里別同遊。君于此後如相憶,記取天南水際頭。

潯州府

乘風十幅峭飄颻,欲溯三江渺正長。冷雁哀猿聽不盡,青山歷亂過潯陽。粤西左江、右江、府江爲三江。

起敬灘拜漢伏波將軍廟

瘴鄉萬里拜忠魂,肅肅靈旗廟貌尊。雨過潯江朧月上,烟横粤嶺陣雲屯。故人深負平生遇,明主難量地下冤。惆悵雲臺何處是,夕陽無際水潺湲。

瘴雨亭二首亭在太平府郡署西圃,遠軒四兄隸書題額。

其一

艱難萬里拂征衣,偶向風塵蹔息機。正是黄茅新瘴裏,六七月之交,稻花盡放,粤人謂之黄茅瘴,俗以爲春艸方生時,誤矣。江雲冪冪雨霏霏。

其二

尋幽步屧繞芳叢,瘦骨經秋怯晚風。卻就小亭閒縱目,青山無數木棉紅。

玄猿峽

山寒日落玄猿峽,沙湧雲飛白馬灘。灘在峽口。皮骨漸經風浪慣，輕舠如鷁下奔湍。

中秋後二日抵昆明晤從弟鑒

萬里兄逢弟，悲歡總莫論。蠻煙連海甸，秋雨過雲門。入世從予懶，乘時看爾騫。聯床今夜夢，應共到鄉園。

捧檄

三十年來漶漫遊，天涯捧檄迥生愁。時奉檄委麗陽司李。明朝匹馬連然路，正是千巖萬壑秋。

鐵鎖橋

天險平分處，危橋鐵鎖横。山青蠻雨歇，風静暮濤平。歲月行將邁，鄉關望欲傾。停驂一搔首，返照在邊城。

約園詩存卷下

春日偕梅十四參軍巡四郊水利

紫陌風和拂面吹，濃春煙景頓如斯。雲連雪嶺添晴勢，渠引靈湫任土宜。莫歎微官滯荒徼，也因農事贊清時。暮山遥指斜陽染，欲整歸鞍意自遲。

述 夢 三 首

其　一

夢裏吴山訪舊遊，繡簾銀燭上蘭舟。相逢一笑回眸處，猶認佳人是莫愁。

其　二

清歌初按酒初酣，波净風恬月一潭。無數故人滿眼在，那堪重唱望江南。

其　三

緩動歸橈興未闌，一枝柔艣破輕烟。纖雲四卷湖光静，何處高樓肆管絃。

梅十四逸村邀賞牡丹偶值風雨漫成

又值名花漸老時，風塵萬里感相思。是空是色應難悟，和雨和風覺更宜。如此樽前争惜醉，可能歸去竟無詩。幾回欲别還珍重，衣染奇香澣不移。

龍　潭　寺

捫磴攀崖到上方，煙光嵐翠望迷茫。空堂閒遠疏林静，寺方草創。曲徑清幽細草香。雲擁禪關烏鵲穩，波微靈沼錦鱗翔。箇中頓覺逃塵縛，法雨天風滿袖凉。

初　　秋

邊城一夜雨，秋氣滿關河。天淡浮雲漢，山寒老薜蘿。中年多感會，薄宦易蹉跎。五字吟成後，疏狂態若何。

病　　懷

孤踪寄絶域，和病入新秋。聽雨時欹枕，驚涼欲擁裘。鄉書翻引恨，囊藥不醫愁。誰信微官縛，飄飄愧白鷗。

春　　懷

何事逢春便黯然，天涯風物劇堪憐。金江風定沙奔浪，玉嶺雲開雪在天。五斗微官輕萬里，孤蹤絶域已三年。淺才自古嗟難遇，猶向風塵聳病肩。

春夕望月偶成

天涯客轉怯逢春，愁思看春月又新。樹影動簾猶下鳥，花香入夜只歸人。請纓已愧終軍少，捧檄誰知毛義貧。此夕金閶風露裏，可知偏照翠眉顰。

癸未春朱九奇峰白姑蘇移官江右，予以四絕贈行。乙酉秋奇峰和詩書扇并鮑孺人墨蘭寄余。於滇萬里外得故人筆墨，珍重感會而作此詩五首

其　一

壯心何事感幽離，萬里天涯寄所思。贏得江西好風月，青山處處謝公詩。

其　二

曾共吴楓爛漫遊，江天别緒已三秋。殷懃惠我和風扇，不爲驅塵爲遣愁。

其　三

清秋煙景似殘春，空谷奇葩别有神。香茗才華今省識，風流不數管夫人。

其　四

和烟和雨寫冰紈，不屑胭脂畫牡丹。似解含毫無限意，爲余氣味

結幽蘭。

其　五

潦倒艱難總不禁，親題珍重費沉吟。何年重約江南夢，罨畫雲山次第尋。

重賞木别駕園亭牡丹二首

其　一

春風别苑敞華筵，花底逢迎又一年。不是東君誇富貴，傾城丰韻本天然。

其　二

風動流香滿翠樽，倚欄無語亦銷魂。歡場未肯輕離别，醉把花枝仔細論。

地　　僻

地僻民常樸，官閒境並幽。能詩聊自適，好佛本無求。骨瘦風多勁，心清水共流。倚欄看長劍，猶有氣横秋。

送張宜軒廣文入都銓授

故人此别意如何，無那深情託浩歌。萬里一官須鄭重，二年雙鬢共摩挲。清秋夢斷猿啼月，舊雨書來雁渡河。故國若逢相識問，道余不久迎漁簑。

除夕前四日答李白山茂才寄詩即用元韻昔李客西維趙别駕署。

軼羣高躅託良媒,少府椒樽清讌開。蘭水北來懷劍履,玉山西指見樓臺。休誇裴令三千絹,自有陳王八斗才。若許龍門重執御,相期共覆夜光杯。

丙戌春撿廢簏中得毛琴泉、徐樹伯各同人甲申送别諸什感而成詩

簾捲東風淑景幽,題襟載酒憶同遊。芃芃碧草青山近,歷落晴霞暮靄收。天際故人嗟萬里,篋中好句感三秋。傷春惜别空雙鬢,離恨歸心起百憂。

遲　　起

遲起非關懶,無營暫息機。官清從役慢,地遠見書稀。城郭青山近,鄉關白露微。自慚誇吏隱,何處問漁磯。鄭欽吏隱於蟻陂間。

阿喜龍潭小憩

支離飄泊向窮邊,偶得林泉便息肩。澗草無名殊爛漫,山禽隨意自翩翾。十年曾舞劉琨劍,萬里虚揚祖逖鞭。但脱塵纓即就此,不勞重費買山錢。

傳聞商寶意太守凶問適余官罷感二絶

其　一

山斗人間四十春，玉臺即元江府。風雨斷清塵。海珊雲叔凋零後，宇内談詩尚幾人。

其　二

鳥唬花落悵何如，絶域淒涼感素車。好句而今方省得，解龜快事罷官餘。即公贈顧雲叔句。

和蔡仁山見示二首

其　一

清於冰雪淡於烟，管領東風自在天。持較美人原未老，相逢佳客劇生憐。

其　二

無言獨立郵橋畔，有夢曾移畫閣前。憶昔何郎留不得，幾經滄海幾桑田。右古梅

素娥有約赴瓊樓，萬片清光一枕收。玉杵欻驚高閣夢，冰輪初湧小庭秋。天池浪静星辰穩，人海風恬宇宙浮。歸去綸竿須料理，蘆花淺水老漁舟。右聽月樓

一樣西川種，柔嘉倍可憐。儘教枝着地，自有幹擎天。舊恨靈和滿，新愁灞水還。笛殘江上月，腸斷晚春前。右垂柳

官罷後，日益貧甚，從弟鎏判義都銅務，往就食焉途中感興

恰向風塵乍息肩，旅途猶復困揚鞭。休猜倒屣依劉表，直擬臨池憶謝連。山面危梯丹似渥，林腰飛瀑練如懸。半生拙宦空雙袂，匹馬洟門拂曙烟。

得雷南山曹雪郇、邱養亭諸故人書，寄時猶未知余官罷也，詩以答之

南國多知己，書來萬里程。問余久别況，語子未歸情。官似陶彭澤，人同阮步兵。相逢會有日，秋滿闔閭城。

立春日偕弟鎏曉望二首[一]

其　一

芳草芊眠燕未遠，東風初放白雲閒。離人曉起姜肱榻，滿眼青山破旅顏。

其　二

絶域抽簪空所思，輕裝贏得卷中詩。青袍白紵渾無恙，急返漁樵幸未遲。

【校記】

［一］按：底本題作“三首”，實存二首。

除夕示弟鋆

迂拙真成癖，輕帆碧海收。歲從今夜别，人尚異鄉遊。骨月天涯重，關山夢裏浮。明年泛秋水，爲汝轉遲留。

戊子元日

乍許逃塵縛，天涯歲又催。春風先拂柳，臘雪漸消梅。蔀屋千家霽，蘋江萬里開。碧山歸計穩，排悶且銜杯。

病中口號

勞生才得寄衡門，又負春光卧小軒。魂返楓林和月落，病中恍惚見住諸故人。夢回斗帳伴鐙昏。翻從喪後懷微禄，倍覺愁中憶故園。慚謝山禽珍重意，殷勤猶爲報晴暄。

自義都將赴昆明先寄許二懷白十二韻

才望歸奇士，江湖稱散人。飄零虚歲月，寂寞謝風塵。共笑陶潛拙，誰知原憲貧。浮踪縻六詔，旅夢倦三春。已報重遊約，還棲萬里身。豈無同志好，獨與素心親。閥閱乘殊渥，襟懷邁等倫。忘形空世態，重義本天真。律品清於水，論交味似醇。着鞭慚祖逖，投轄倚陳遵。北海樽仍把，西川榻更陳。蒼茫多感會，歌罷意嶙峋。

攬　　鏡

七尺鬚眉鏡裹儂,風塵夢醒獨從容。嵇康疏放真成癖,阮瑀飄零未定踪。入世無緣同畫虎,能詩有技類屠龍。吴楓歸去唯高枕,試聽寒山半夜鐘。

《南北史》雜詠十首

其　一

荆棘銅駝往事空,古風争得競南風。項城他日傳遺夢,金屑深杯見阿翁。

其　二

淝水新亭危復存,如何鼞首笑桓温。長星勸爾一杯酒,清暑千秋不返魂。

其　三

南國流風憶永明,華林猿嘯獨傷情。負儂行許摧同氣,忍聽中郎絃上聲。

其　四

閲堂楊柳帶斜曛,一曲新謡那更聞。回首遺宫歌舞歇,座中猶識沈休文。

其　五

白馬青袍氛祲銷,龍光金刹拜神霄。可憐萬卷書焚後,烏幔幽魂誰與招。

其　六

皂莢黄塵怨若何，臨平湖水漾晴波。後庭雅調應珍重，何事雞臺戲阿摩。

其　七

積翠池頭新漲痕，單于臺下暮雲屯。鳥聲勸酒梅花笑，聊洗空梁庭草冤。

其　八

深宮秘祝顧生兒，鞏洛王都竟黍離。卓識千秋推漢武，雲陽風雨叫愁鴟。

其　九

開府儀同恩未酬，檀槽月夜譜無愁。千秋史筆懸冰鑑，不獨乘軒咎衛侯。

其　十

建德遺徽不可尋，咸陽霸業久銷沉。何堪重問軒轅璽，一擲空餘淚滿襟。

重 赴 義 都

樹影溪聲一逕同，爲耽丘壑藐途窮。烟從别浦和風碧，花向陰崖背日紅。歧路千盤羞詭遇，危梯百折任徐通。籃輿會出層巒表，四野浮雲俛瞰中。

立秋日言懷

山深梧落晚涼幽，萬里投簪又一秋。絶域稻粱初被野，故園松菊憶登樓。歸心已許同張翰，旅況誰能重阮修。我有老親傳健飯，數日前得書。風烟目斷古長洲。

山居七夕

山居之七夕，几硯獨蕭清。静裏知書味，閒中見世情。江風驅石落，瘴雨帶烟横。遥憶針樓上，懷人夢未成。

寄林十一巡檢

縞紵深情得旅途，風塵回首足長吁。樓開山翠當高枕，徑静花光染素襦。已忝呼炊延德操，可能返棹載長瑜。髩絲日短猶爲客，深負鷗盟向五湖。

由義都再赴昆明江浦晚渡

兩月巖棲穩晝眠，秋光又復促征鞭。蟬争高樹響空脆，鳥帶飛夕陽飛亂烟，水落沙虚灘轉急，山重雲斷嶺還連。他年緩棹平江上，紫蓼黄花緑埜田。

寄袁順亭司庫余姑表兄。

惆悵雲泥隔起居，高情珍重寄雙魚。銅臺譙侶懷車騎，鏡水歸人愧秘書。酒陣全收多病後，詩囊漸益罷官餘。奮飛時暫休長翮，返棹春風古闔閭。

建陽春望

傷春襟抱抵悲秋，客思㵳高萬里愁。敢向寰中論獨醒，嘗聞古者重先憂。雲連銅柱霾春瘴，水合金江急暮流。疏放一生隨處得，陶唐端合許巢由。

依韻答陳第三秋帆

物外冥鴻天際客，相逢絶域興逾添。偶因無語遺瞉蔑，曾晤秋帆於王孟桑，座中不相識也。轉以移居得謝瞻。由昆明移客臨陽始傾蓋焉。未老緣何偏善病，多才恒若不勝謙。他時棋罷鐙殘後，爲我驅塵下素簾。

霽後小亭晚坐

浦夏園亭暮雨過，客中幽事竟如何。雲開蘿壁山如畫，風静蓮塘水不波。西望烽塵勞戍鼓，南遊烟月穩漁簑。秋清定有三吴舊，書報蒓鱸早晚多。

重陽前一日有作

飄萍六載滯遐荒，萬里江南儘斷腸。正是送蟬迎雁候，一樓風雨又重陽。

病酒簡郝南溪五

晴秋烟景似春柔,病酒今朝懶下樓。卻倚小窗窮遠目,夕陽萬木下平疇。

冬夜懷弟鎏時已擬北歸因便寄此

月落高樓夜,蕭森萬籟清。艱難餘骨肉,卓落見平生。狂則非關醉,愁原不爲名。歸心翻倒極,何以破離情。

歸期將届爲諸知己預計言歸之樂漫成二律

其　一

翻從坎壈放懷寬,萬里言歸興未闌。羞把微名分枉直,閒將幽意味鹹酸。藉入終薄韋升酒,潔已何如閔片肝。遥指燕雲高卧處,哀怨曉月送征鞍。

其　二

鳥倦雲閒總息機,闌珊舊夢是耶非。清時無事芻蕘榮,樂土寧虞畝畝饑。衹嚮烟霞忘寵辱,敢將簑笠傲輕肥。擘牋若報諸知己,自署昇平大布衣。

僧院梅花一株正當寓樓窗畔,其初放也,予適有蒙陽之行,感賦此章

青陽消息摧寒却,預放梅花到僧閣。疑從姑射移新姿,聞與羅浮

有舊約。寄嵌歷落小窗前,結我羈人世外緣。芳魂應悟月中禪,何當萬里欲分岐,衰草天涯事可知。夢回紙帳餘香在,原未與花生別離。余因候牒尚滯昆明,三弟鋆攝尉蒙陽,堅欲余往。

意重違之途次口占

幾度言歸歸未能,看雲離緒轉難勝。梨江菊巇蒙陽道,寒月霜風匹馬曾。

贈任十三蔓甫

萬里投荒十載情,一尊爲我話平生。新詩半是艱危得,逸品翻於患難成。淮月海烟殘夢影,夷歌蠻語斷腸聲。夜郎終有金雞下,縮首山陽老釣耕。

蔓甫以春夜感懷之作見示詩以答之

斷腸風味説江南,直到於今夢尚酣。衹以六州緣錯鑄,遂令千里憶蓴甘。青袍謝後徒捫蝨,素橐空來不飽蟫。任昉新詩似招隱,太虚明月共君探。青袍句用白香山詩"青草如袍位尚卑"意。

送楊三陟庭再篆易門即以誌别

西南天意貸遊魂,前以軍務倥偬暫。却易篆今□大,兵振旅旋復舊邑,佇看飛舄又易門。清白久徽靈雀璧,神明重著笑龍源。沾裳父老歌前德,待哺兒童説舊恩,況值殷勤論别際,相看慰勉總忘言。客冬言旋未果,庚寅夏杪决計北歸,感成一律誌。

别同人

風塵患難飽經過，剩得孱魂返薜蘿。春樹離懷愁雁杳，秋風客路聽猿多。燕垂趙際勞清夢，楚尾吴頭足浩歌。他日故人珍重意，好憑書札寄雲邁。

瀕行佟炳文司馬、王晴嵐司庫、張誠齋尉、林芸軒巡檢聯騎郊送據鞍賦此

歸心原有定，離思忽無端。得遂趨庭樂，寧辭行路難。岱雲孤馬近，滇樹亂蜩殘。久客深情極，臨風忍淚看。

馬龍

曉風送客古龍川，别夢連宵尚黯然。上盡層梯時小郄，一林深樹有鳴蟬。

霑益留别曹晞林明府

七年前事説銓堂，甲申與余同銓。轉羨無成返故鄉。齋亦留余同素酌，清緣知己瀝空囊。兼洲時晞林兼篆羅平。莫報催科最，邊郡全憑撫字良。感我此言如晤對，漫須握手惜途長。

庚戌橋鄂西陵相國建。

峽勢偪仄路垂縷，中斷鴻溝自太古。蠶叢鳥道不足踰，千秋萬載

封榛蕪。鄂公翊贊平成功,徑闢崱嵤駕長虹。豈必亨衢詄蕩蕩,往來不窮謂之通。我來躧磴挂斜晅,幽巖彷彿聞清猨。自分投閒猶棖觸,摩挲薜碣視乾坤。

松　巋　寺

飄渺烟霞裏,修篁隱上方。雙崖裁薜壁,一逕遶筠廊。嶺樹侵衣翠,溪花染屐香。鷓鴣啼不住,振策及斜陽。

老　鷹　厓

盤旋坤軸疊峆岈,直擬星軺接斗槎。山似雲隈殊蘊藉,雨從風送自横斜。孤征萬里尋常事,近指三苗一兩家。捷下崇岡默惆悵,寰中坎險信無涯。

貴陽府訪高景西參軍不遇

絶徼名都會,流風古夜郎。百蠻登衽席,三楚接梯航。山映燒畬燄,風來蒸黍香。空懷高仲武,天際獨蒼茫。

牟　珠　洞

老樹合崔嵬,青天一髮闊。洞虛巖寺古,路蟠石磴缺。暗風儼積雪,森然動毛骨。亭午障白日,天籟不時發。初疑鬼神宅,歲久就泯滅。意是蛟龍窟,時清不敢出。天涯得奇觀,俯仰重騷屑。隨境恣冥搜,富貴徒覬豁。默思身世事,未敢即輕訣。長揖謝山谷,前路晚雲没。

飛雲巖一號飛雲洞，洞中題詠如林，其上鑱石大書，丹碧交映，幾滿巖矣。我來亦復匆匆，於行篋中探得紙硯，倩跛波彌滴巖泉，濡墨走筆成此。

雲體無常飛無方，偶於斯巖繾綣而迴翔。顧惟攘攘遊觀者，苦欲與雲致頌揚。不知雲固至虛至，靈物世情毀譽庸何傷。嗚呼，造化之奇安所極，誰能舉意窮八荒。君不見海上老人説滄桑，又不見銅狄銅駝蔓草長。朝蕣隙駒暫有此，虛巖胡爲空彷徨。一丘一壑吾自求多福，莫向蓬瀛探混茫。吟罷長風天際來，山靈得失於我何有哉?

華　嚴　洞

清秋踰險絶，古洞得華嚴。積雨欹頹壁，層雲鑠斷檐。泝流窮樹杪，蟠磴出峰尖。萬里傷摇落，憑高淚一沾。

舟行月夜聞笛

送盡青山水自流，潺潺似訴古今愁。月明倚棹誰家笛，人在瀟湘正及秋。

桃源不住夜雨偶成

渺渺孤篷宿雨催，客襟自喜遠塵埃。鳧驚遠浦漁燈亂，犬吠深林茅舍開。三徑久遲元亮約，一帆今送季鷹來。就中莫問桃源路，雲水蒼蒼鑠緑苔。

公安喜過錢南園孝廉

涼風幾日犯行輈，渺渺征途雁影浮。長憶故人滇海別，可知相遇楚天舒。精神大得江山助，襟抱同隨歲月流。記取殷勤兩携手，孱陵西接古昭丘。

别公安萬荔村明府

聚散雲泥總莫論，封君貧病一身存。五華月冷遊疑夢，三楚秋涼酒在樽。倦翮已歸遼海鶴，離腸重繫洞庭猿。遥知報最三年後，紆轡仍將訪約園。

荆州懷古二首

其　一

保障中原第一州，大江不盡古今流。霸圖一夢規雄鎮，漢鼎三分競上游。柳亸章臺歌舞歇，茅荒宋宅狄蘆秋。時清頓失川險江，江草江花滿近洲。

其　二

中流擊楫暮雲昏，形勝興亡未易論。拊背北趨憑夏口，吞胸西下接夔門。細腰人去曾無語，青塚魂歸尚有邨。獨立蒼茫默惆悵，臨風搔首問乾坤。

襄　陽

行人無淚墮殘碑，猶憶羊公坐鎮時。浪闊樊川黏沔漢，山横峴首接荆夔。萬家烟火秋風冷，一片樓臺落照遲。因問迴文多少恨，斷蟬别雁不勝悲。

望卧龍岡咏武侯事

飛騰割據已無憑，剩水殘山怨不勝。吴信能和曹易滅，公如不死漢終興。千秋史册憐陳壽，萬古雲霄感杜陵。《叢溪詩話》謂：少陵夢間彷佛見公，寤而得句。得力生平唯出處，豈專功業到今稱。

朱　仙　鎮

流恨敷天塵再蒙，臨安君相忍和戎。烏篷采石悲蘄國，白浪苻離惜魏公。一代存亡三字獄，十年成敗兩河功。到今空有叢祠樹，無數南枝吼夜風。

抵平度省覲悲喜成詩

甘旨風塵不忍論，團圞異地也春温。兄年老大初看弟，祖日劬勞自課孫。疏拙敢稱無藥癖，艱難猶有未招魂。遥愁郭隗臺邊路，春露秋烟冷墓門。

趵突泉夏日偕崔恰村秀才晚步

歷下仙源接,臨流偶放閒。翠紋皴一綫,銀浪疊三山。曲檻聽松坐,幽亭賭茗還。偕歸餘興郄,返照在林間。

喜遠軒四兄久客如歸值相漁七兄誕日

十載驚鴻天一涯,倦遊今始各還家。飄零滋味同嘗肋,懶慢襟懷等嗜痂。仲智論詩不借火,伯熊卻酒獨耽茶。況逢説帨稱觴日,白髮相看興自賒。

冬夜答郝五書有感成詩不寄郝也

夢醒風塵合閉門,功名時命總休論。捫心已化冰兼炭,瞥眼何争輕與軒。幸少受恩猶易報,最深知已轉忘言。漫云我我周旋久,爲有南溪識約園。

薄暮臨淄道中咏懷新柳

春日趨東郡,東風上柳枝。穗穠思作蔭,條弱未成絲。客緒浮雲表,詩情落照時。微名同塞馬,旨蒙後銜。吴質總深悲。

和錢南園太守壁間元日立春作

銀旛綵燕恰同懸,帝里風光覺倍妍。鳳律暖融三殿雪,龍樓晴鎖一林煙。祇應好句耽羅隱,元唱羅孝廉作。況以清言得鄭虔。謂户部鄭徵。海内未妨吾輩在,詩圍茗戰過初年。

再寓泃南與諸故人集飲林亭小隱牡丹

卷盡浮雲莫更論,名花小讌坐芳鄰。八千里外歸來客,十五年餘別後身。情到尊前俱灑落,花從醉裏倍精神。懵騰猶憶吴楓句,雨露滄桑又幾春。曩客吴門咏牡丹,有"長慶移來多雨露,開元别後俬滄桑"之句。

七　夕

燕臺七夕近如何,又向愁中汗漫過。幾樹涼颸催落葉,一宵清露澹明河。年雖未老身經廢,秋但初深感輒多。借問星橋高駕鵲,分飛無復有雲羅。

都門秋日

埠垷過風雨,新涼滿帝畿。半窗秋月白,高枕暮鐘微。卧久愁筋緩,搔頻恐髮稀。明朝已寒露,猶擁舊絺衣。

哭張誠齋

萬里傳君没,秋風淚滿巾。祗言年正富,不信命多迍。伯道猶無子,皋漁尚有親。旅魂歸浩蕩,南望重傷神。

圖書在版編目(CIP)數據

蔣攸銛文學家族詩集 / (清) 蔣攸銛等撰；多洛肯點校. —上海：上海古籍出版社，2019.1
(清代少數民族文學家族詩集叢刊)
ISBN 978-7-5325-8768-1

Ⅰ.①蔣… Ⅱ.①蔣… ②多… Ⅲ.①古典詩歌—詩集—中國—清代 Ⅳ.①I222.749

中國版本圖書館CIP數據核字(2018)第048106號

清代少數民族文學家族詩集叢刊第二輯
蔣攸銛文學家族詩集
[清] 蔣攸銛 等撰
周 松 多洛肯 點校
上海古籍出版社出版發行
(上海瑞金二路272號 郵政編碼200020)
(1) 網址：www.guji.com.cn
(2) E-mail：guji1@guji.com.cn
(3) 易文網網址：www.ewen.co
上海惠敦印務科技有限公司印刷
開本890×1240 1/32 印張12.625 插頁2 字數317,000
2019年1月第1版 2019年1月第1次印刷
ISBN 978-7-5325-8768-1
I·3259 定價：62.00元
如有質量問題，請與承印公司聯繫